Eclipse de Sirena

Escrito por N.E. Carlisle

Traducido del inglés por Immaculada Colomina Limonero

Diseño del libro por Jessica Cameron
Traducido por Immaculada Colomina Limonero y Nora Romero Colomina

ISBN: 978-1-956146-67-7 (Tapa dura)
ISBN: 978-1-956146-68-4 (Tapa blanda)
ISBN: 978-1-956146-69-1 (Libro electrónico)

A mi mamá y a mi papá, quienes me dieron la confianza para soñar

CAPÍTULO 1

Me dirigí hacia las rocas y, de repente, me envolvió una nube negra de mosquitos de arena que estaban devorando un molusco. Aquel rincón estaba protegido del oleaje que chocaba contra las altas rocas, y justo ahí el fondo se hundía como un cráter rodeado de aguas muy profundas. Conocía bien la zona y tuve cuidado de no caer en la fosa, moviendo mi cuerpo y arrastrando los pies con mucha precaución. Sabía que las mantarrayas habitaban estas bolsas de arena donde yo intentaba mantener el equilibrio. Todos los que frecuentábamos el lugar aprendimos a ser cautelosos por la densa maleza oculta a simple vista. Era la antesala a unas aguas salvajes y hermosas, donde la naturaleza nos recordaba que una parte esencial de nuestro planeta viene del océano, que siempre nos llama y nos lleva de regreso al mar. Aunque era muy codiciada para tomar el sol con tranquilidad, esa orilla jamás me gustó.

Cuando éramos pequeños, mis padres nos llevaban a mi hermano y a mí a la playa para hacer castillos de arena y jugar con las olas. Suena divertido, ¿no? Pues no para mí. Yo gritaba como si me llevaran al mismísimo infierno. Odiaba la arena. No soportaba esa sensación asquerosa entre los dedos. Y el agua salada, tan pegajosa… ¡Ni hablar! Hacía que todo el cuerpo me picara y me sintiera incómoda. Las olas, la marea, todo ese caos subterráneo me resultaban inquietantes y ponían los nervios de punta. Para mí, el mar no era diversión, era pura tristeza, y siempre terminaba llorando.

Esa fue de las primeras señales de que los demás me etiquetarían por mis "rarezas", aunque yo lo llamaba simplemente *mi personalidad*. Siendo gemela, mis diferencias eran más evidentes. Mis padres tenían un plan para mí: llevarme a la playa todos los días, como si eso fuera a hacerme superar mis problemas. Creían que, si me enfrentaba a la arena una y otra vez, al final me acostumbraría. Pero yo solo me preguntaba qué pasaría si no fuera gemela, ¿se habrían dado cuenta de que lo mío no era un simple berrinche? ¿Habrían quitado la arena de entre mis dedos, me habrían dado un abrazo y me habrían llevado a casa? Nunca lo sabré, porque para entonces ya estaba claro que yo era la gemela rara. Y para colmo, la gente no ayudaba. Me sentía afortunada de que mi gemelo era un chico y yo una chica, y aun así siempre había algún idiota que le preguntaba a mi madre si éramos gemelos idénticos. Ella, muy tranquila, solía responder: "No, uno de ellos tiene pene. Son gemelos fraternos". Y yo pensaba: *¿De verdad es necesario dar tantas explicaciones?* Morgan, mi hermano, era el típico chico que llamaba la atención. Fuerte, atlético, y con ese aire rudo e informal que causaba admiración. Tenía el cabello oscuro y lleno de rizos suaves, como los de mi madre. A todos le encantaba. Siempre le halagaban su pelo, aunque a él no le gustaba. Lo que quería era tenerlo lacio como el de papá. Nunca entendió por qué lo paraban en la calle para decirle cumplidos o por qué algunos no podían resistirse a pasarle los dedos por los rizos. Era guapo, de eso no había duda, y aunque yo siempre quise tener rizos, la verdad es que, a mí, nada de lo que él hacía me impresionaba. Morgan ocupaba demasiado espacio en mi vida. De hecho, incluso antes de nacer, ya me estaba quitando el oxígeno en el útero. Y ahora, aquí estaba yo, muerta de miedo, escaneando el mar con la vista, buscando desesperada su cabeza oscura llena de rizos. Desde la distancia, solo podía ver su tabla de surf flotando, deslizándose lentamente hacia la orilla.

Mis padres, que eran muy creativos, decidieron que nuestros nombres empezaran con la misma letra: Muriel y Morgan. No sé si fue por comodidad o simplemente por capricho, pero lo cierto es que siempre acabábamos en las mismas clases, en las mismas actividades... todo lo hacíamos juntos. De pequeños éramos conocidos como "Los Gemelos", y más tarde llegaron otros apodos. El más obvio, claro, fue la broma sobre los caramelos M&M. Lo gracioso es que, irónicamente, ambos éramos alérgicos a los cacahuetes, las nueces, los colorantes y prácticamente cualquier ingrediente de esos dichosos dulces. ¡Todo un coqueteo constante con la anafilaxis!

Decidí dejar mi puesto estratégico en las rocas y nadé hacia la tabla de surf. Vi a mi hermano atrapado en una corriente de resaca, luchando para salir, cuando de repente se hundió y sentí un nudo en el estómago, pero, para mi alivio, apareció de nuevo, sacando la cabeza del agua.

Tal vez ahora te estás preguntando: si odiaba tanto la playa, ¿qué hacía yo allí, en ese día tan soleado, mirando a mi hermano surfear? La respuesta es sencilla: adoraba a mi prima Brooke. Ella estaba allí, atrapando olas con una gracia increíble. Y, por si fuera poco, su nombre empezaba con otra letra del alfabeto (que no era la M), lo que la hacía aún más especial.

Incluso cuando ella desaparecía de mi vista y se adentraba en el mar, no podía evitar pensar: "¡Ojalá hubiera sido yo capaz!" Cuando surfeaba, Brooke desafiaba toda incomodidad, y me encantaba verla bailar entre las olas. Morgan, en cambio, hacía que el surf pareciera un trabajo arduo. La verdad es que cuando él estaba en el agua, me ponía en un estado de estrés constante. No quería ni imaginarme si un tiburón lo atacaba o si su tabla se estrellaba contra su cabeza. Sospechaba que había algo raro entre nosotros, pero más aún en él. Casi siempre sabía cuándo yo tenía un problema o si estaba enferma. Yo, en cambio... no tanto. Al final, prefería no pensar en cómo sería no ser un gemelo.

Las nubes grises proyectaban sombras sobre los demás surfistas. Fue entonces, cuando sentí la atracción del mar, noté que la lluvia se acercaba y deseé con todas mis fuerzas ser capaz de abandonar la orilla y unirme a ellos. Me armé de valor justo cuando el viento empezó a empujar las nubes. El sol se asomó con valentía, Brooke me vio entrar al agua para recoger la tabla vacía de Morgan. Ella gritó: "¡Se cayó de la tabla!". Para regresar, tuve que cruzar la parte que nunca me gustó. Brooke corrió hacia mí, con la tabla pegada a su cuerpo, y sacudió su cabello como un perro después del baño, empapándome por completo.

"¡Muri! Me alegro de que te hayas atrevido a entrar".

Me giré y pude ver a Morgan en la playa, tumbado en la arena, recuperando el aliento. Intenté ocultar el pánico que se apoderaba de mí cada vez que veía su tabla vacía flotando en el agua. Mi corazón siempre se aceleraba mientras buscaba su figura entre las olas, tratando de convencerme de que todo estaba bien.

Me volví hacia Brooke. "Sí. Quiero que sepas que nuestros padres tienen planes para irnos de camping este fin de semana largo. No tengo muchas ganas, pero estamos obligados. ¡Por favor ven...acompáñanos por favor!". Dejé caer la tabla de surf de Morgan mientras Brooke se quitaba el traje de neopreno y después agarró un snack de su mochila.

"¡No, gracias! Seguro que será divertido. Tu familia nunca va a ningún lado. Os lo pasareis muy bien. Por mi parte, la última vez que fui de camping fue con mi mamá y la verdad, no me gustó y no voy a repetir la experiencia".

Sentí un escalofrío y una sensación incómoda subiendo por mi cuello. Su mamá había fallecido hacía poco. Mi papá y su mamá eran hermanos, siempre eran ellos los que impulsaban cualquier viaje de la familia Lutey. Ese es nuestro apellido: Lutey. El apellido de Brooke es Kainoa, que suena mucho más genial. Su mamá al casarse mantuvo el apellido Lutey, pero si a mí me dieran a elegir, lo cambiaría en un abrir y cerrar de ojos. Muriel Lutey—no es un nombre atractivo. Pero Brooke Kainoa, ¡ese sí es un nombre con fuerza!

Su padre es hawaiano y ya la puso en una tabla de surf antes de que comenzara a caminar. Se mudaron aquí después del fallecimiento de mi tía. Desde entonces cada día había estado animándome a salir a surfear juntas. Pero es que yo no podía hacerlo. Sabía que mi ilusión era surfear y creo que ella buscaba una conexión conmigo. Esperaba que la eligiera en lugar de mis miedos y mi aversión al océano. Morgan sí podía acompañarla, pero no era lo mismo, ella quería ser mi amiga. Tenía una mirada en sus ojos que me atraía y me alejaba al mismo tiempo. Pensé que la quería incluso más que a Morgan, y eso me llenaba de culpa. Yo no quería tener una gemela, lo que quería era tener una hermana como ella.

"Bueno, la verdad es que no te perderás de mucho. Todo el mundo sabe que no me gusta la naturaleza. Papá está decidido a sacar a mamá de casa para que haga algo de ejercicio. Encontró fotos antiguas de cuando ella era activa, y es como si quisiera revivir esos 'aquellos buenos tiempos'. En realidad, este viaje le importa más a él que a ella. La vida antes del andador, antes de la silla. Yo siempre le digo que así es la vida, que no se preocupe". Lo sabía, parecía que yo era una desagradecida. Su mamá había muerto, y aquí estaba yo, quejándome de mis padres agobiantes. Brooke, totalmente ajena a mis pensamientos, volvió su atención a Morgan, que se estaba acercando. Le sonrió y le hizo el gesto de surfero con la mano. "No sabía que ibas a poder manejar esa última ola. Pensé que te estrellarías contra las rocas".

Su forma de hablar nos recordaba la vida que llevaba antes de llegar a California. Ella siempre decía que Morgan algún día se lastimaría contra las olas o las rocas, y esta vez, vimos que tenía un pequeño corte en el pie. "Solo es un rasguño. Muri".

Por suerte, esta vez no sentí ningún dolor en el pie. Una vez más, la famosa conexión entre gemelos demostró ser un mito. Agarré el kit de primeros auxilios que siempre llevo conmigo y me puse en modo "enfermera de la escuela" para curarlo.

"Muri, no te olvides que Spencer nos está esperando en casa". Brooke sonrió al ver cómo se me abrieron los ojos.

"¿Spencer? Pensé que habías invitado a Wes. ¿Cuándo cambiaste de opinión?".

"Ah, supéralo ya. Te lanzó una piedra en tercer grado y dijo que fue un accidente. Eso fue hace mil años. Déjalo ya".

"Deberías apoyarme y guardarle rencor tanto tiempo como yo te diga que mi rencor sigue siendo válido". Morgan frunció el ceño y se alejó hacia el auto, murmurando. El viento se llevó algunas palabras, pero me devolvió una palabra claramente: "Atont...".

Brooke dejó de reírse y me miró con seriedad.

"Tú sabes que Spencer te lanzó esa piedra para llamar tu atención. Sabes que todavía le gustas".

Me encogí de hombros. "Lo sé. Pero ese no se trata de eso. Morgan se pone del lado de cualquiera menos del mío". Ella frunció el ceño. "No sé si alguna vez sabré que te pasa Muri. Pero te quiero, prima. Te quiero con todo mi corazón. Intenta relajarte un poco". Sonreí. Le di un gran abrazo, sin importarme que la arena me cubriera. Valió la pena. En mi corazón, sentí que éramos hermanas. Empacamos nuestro equipo, y los tres subimos en un auto destartalado con las tablas de surf amarradas al techo.

Este era el coche de Brooke. Morgan y yo teníamos quince años y carecíamos de este privilegio. Morgan usaba un patinete, y yo tenía una bicicleta amarilla de aspecto vintage que le puse el nombre de "Mantequilla". Tenía un paseo suave y simple, sin complicaciones. Me llevaba a todas partes cuando no teníamos otro transporte. Me estremecí al pensarlo. Afortunadamente, pronto llegaría el verano, y cuando volviéramos a la rutina del año escolar, al menos uno de nosotros dos tendría licencia para conducir.

El viaje fue corto. Conocíamos de sobras el camino a la playa. Transportar las tablas tan largas era el mayor desafío. Al tomar la última esquina de la calle Monroe hacia nuestra calle, Murray Hill, Brooke se acercó demasiado a los vehículos estacionados. Morgan respiró hondo, asustado, y no pudimos evitar reírnos; él era muy cauteloso cuando estábamos fuera del agua. Era un defensor de las reglas y el más preocupado del grupo. Pero, mi risa se cortó de inmediato al ver nuestra casa. Una enorme autocaravana estaba estacionada a medio camino entre la entrada y la calle.

"Vaya, esto es serio. ¿Sabías algo tú?" Ahora le tocaba a Morgan reír. "Sí. El papá de Spencer nos la ha prestado. Ellos no la usan, y él sabe que mamá tiene algunas limitaciones, ya sabes".

Oh, está bien. ¡Que amable! Pero, ¿qué le contaste de mamá para que de pronto se sintiera tan generoso?". Sabía que Brooke podía percibir la tensión creciente en el auto. Puso el freno de mano y nos sacó de la autocaravana en un abrir y cerrar de ojos.

"¡Bueno chicos! Os quiero, pero estoy muerta de hambre. ¡Nos vemos luego!" Le lancé una mirada a Morgan. Él me ignoró y le dio las gracias a Brooke por llevarnos a casa. Ella salió del auto y lo ayudó a descargar su tabla. Después intercambiaron un abrazo largo.

"Espero que vuestra mamá se divierta. No te preocupes por lo que le dijiste". A mí me dolió ver cómo apoyaba a mi hermano gemelo, que llegó al mundo dos minutos después que yo. Brooke se acercó y me dio un abrazo que me hizo sentir incómoda, así que me puse rígida y ella se apartó. "Solo intenta divertirte, prima. Solo inténtalo". Asentí mientras papá se unía a nosotros afuera. Brooke le lanzó un beso. "¡Diviértete, tío Mitch! ¡Cuando regreséis la próxima semana nos vemos en una cena familiar!".

Mi padre, Mitch—Mitchell Lutey—es un artista y profesor extraordinario. Es alguien importante... no estoy segura muy bien de qué. Desde que tengo memoria, siempre ha estado ocupado trabajando en su "última" creación. Le ofrecieron hacer unos bancos de arte público para las paradas de autobús, y eso fue todo. Cuando éramos pequeños, enseñaba arte en la universidad y dirigía los cursos de ebanistería artística. Había experimentado con el trabajo en metal durante su carrera universitaria, pero no era su especialidad. Se enamoró de mamá, nos tuvieron, y todo era maravilloso (o eso se decía) hasta que aparecieron las paradas de autobús y las jóvenes asistentes de pregrado. A partir de ahí, lo único que parecía aumentar era su ego. Presentaron los bancos de metal en una revista local, y él salió muy bien en una foto, con su cabello rubio arenoso, ojos azules profundos y una sonrisa burlona. Se convirtió en una sensación, el apuesto artista de moda. Muy pronto le dieron más clases para enseñar, logró la titularidad y puso un taller dedicado al arte del metal en nuestra casa. Eso fue más o menos cuando mamá se enfermó gravemente. Tenía un trastorno autoinmune -en otras palabras, no sabemos exactamente qué le pasa-, pero no es bueno, pues está empeorando, y ¡oh sí! es cuando tu cuerpo se lo está haciendo a sí mismo. No hay nada como ser tu peor enemigo.

"Brooke, por favor, piénsatelo. Me gustaria que vinieras con nosotros. Tu mamá y yo nos divertíamos mucho acampando cuando teníamos tu edad. ¡Tuvimos tantos buenos momentos! Muri estará encantada de tener una compañera de viaje" Los ojos de Brooke se llenaron de lágrimas y se dio la vuelta hacia su auto.

"No, no gracias".

Morgan y yo nos acercamos rápidamente a papá. Sin lugar a dudas, esto era un asunto de gemelos. "Pero ¿qué te pasa papá?" preguntamos al unísono.

"¿Qué? Pues que extraño muchísimo a vuestra tía. Me hubiera gustado que Brooke nos acompañara".

"Bien por ti, papá. ¡Bravo!".

Spencer llegó con su mochila, y Morgan se alejó sin decir una palabra más. Pero yo este comentario no podía dejarlo pasar.

"Eres tan distante y estas siempre desconectado. Tú sabes bien que ella está pasando por un mal momento". Me miró con severidad, sin un atisbo de remordimiento.

"Todos lo estamos. Ella nunca me pregunta cómo me siento yo. Yo también perdí a mi hermana". Mis ojos se abrieron tanto que pensé que iban a estallar y salir disparados de mi cara.

"Claro, lo olvidé. Se trata de cómo te afecta a ti. Siempre olvido tomar nota de eso. Déjame anotarlo ahora mismo. ¿Cómo se siente el importante Mitch Lutey?".

"¡Dame tu teléfono!", dijo papá, extendiendo su mano.

"Vas a estar sin tecnología todo el fin de semana. Recuerda, esta es tu consecuencia, no la mía. Esta falta de respeto tuya es intolerable. Entiendo lo de la angustia adolescente, pero ya está bien". Le entregué mi teléfono, sintiéndome aislada de este grupo de personas que llamaba mi familia. Por mí, podían cargar la autocaravana ellos mismos.

"Avísame cuando sea la hora de irnos". Me escabullí dentro de la casa. No tenía prisa por ver a mi madre, la siempre devota, aunque enferma, señora Lutey, también conocida como mamá, Lorelei. Era una mujer de estilo y necesidades simples, pero a la vez un poco misteriosa. Mi padre podía rastrear su linaje ancestral por generaciones, y hablábamos de eso con frecuencia. Hasta había una placa en la pared con un poema extraño sobre uno de nuestros antepasados que vivió hace eones. Papá se enorgullecía de la antigüedad de su apellido, como si eso le diera prestigio.

Pero mamá...su historia siempre fue más triste y, hasta cierto punto, trágica. Era huérfana, nacida en algún punto del estado de Nueva York, un lugar al que nunca habíamos ido, así que solamente por eso, ya era misterioso para nosotros, gente de la Costa Oeste. Lo más al Este que habíamos estado era Texas. De muy niña fue llevada a un orfanato en Pensilvania, donde la adoptó una familia que sospechaba que podría haber nacido fuera del país, tal vez en Canadá o Escocia. Esa parte siempre fue un poco confusa. Sus padres adoptivos fallecieron hace ya mucho tiempo, y no queda nadie a quien preguntar. Al parecer, eran bastante mayores cuando la adoptaron. Aquí estaba mamá mirándome, emocionada por el viaje, y yo pensé que debería ser más comprensiva y abierta con ella. Al fin y al cabo, solo nos tenía a nosotros.

"Hola, mamá", le dije. Se acercó a mí, apoyándose en su andador. Me envolvió en un fuerte abrazo y me dio un beso cálido.

"¿Ya empacaste?" Le dije a la vez que le arreglaba un botón suelto de su blusa y ella con una mirada penetrante me apartó un mechón del rostro, dándome de nuevo un beso suave en la mejilla.

"Mi dulce niña. No te preocupes por mí, estoy bien. Estaré bien". Sentí que mis lágrimas querían salir, pero las contuve, sentí un nudo en la garganta, respirando hondo para parecer tranquila.

"Lo sé, mamá". Aunque no pude mantener la compostura por mucho tiempo. "Voy a terminar de preparar mis cosas". Salí rápidamente de la habitación, pero antes de irme, me llamó:

"¡Muriel, no te olvides de los malvaviscos!". Como si eso fuera ahora mi mayor preocupación.

Hoy no era un buen día. En menos de una hora, estaría en el auto atrapada, sin teléfono ni Tablet. Menos mal que llevaba mi cuaderno de dibujo. Mis padres me habían pasado su amor por el arte, y sin tecnología, era mi único refugio. Miré por la ventana y vi a papá, Morgan y Spencer cargando la caravana como hormigas. Podía escuchar a Spencer dando consejos de supervivencia.

"Agua. Mucha agua. Sin ella, estamos perdidos".

Cerré las persianas y terminé de empacar mi "bolsa de viaje": cuaderno de dibujo, lápices, marcadores, galletas, chocolate y malvaviscos. Ya estaba lista.

Oí un golpe en la puerta. Era mamá.

"Muri, ya nos vamos". Tomé mi bolsa y salí sin más demora.

CAPÍTULO 2

El interior de la autocaravana era increíble. Siempre supe que la familia de Spencer tenía más dinero que nosotros, pero ahora me daba cuenta de cuánto. Los chicos estaban en una zona jugando videojuegos en una pantalla plana integrada, mientras yo me relajaba en un sofá súper cómodo. Papá conducía y mamá disfrutaba siendo su copiloto. Hasta ahora, el viaje estaba yendo bien. De hecho, nadie había notado mi humor un poco triste, y el paisaje era hermoso.

Mamá siempre había soñado con ver las secuoyas, esos árboles enormes y antiguos, y me alegraba que la lleváramos a verlos. El viaje duraba unas trece horas, pero teníamos pensado hacer una parada en Solvang, California, para pasar la noche. Papá estaba obsesionado con la escultura de "La Sirenita", hecha por Edvard Eriksen en bronce. Siempre había querido ver la original, que está en Copenhague, Dinamarca, pero nunca había salido del país. Ni siquiera fue con nosotros a México, lo cual es para nosotros como cruzar la calle.

Solvang es como una pequeña Dinamarca en California, y tienen una copia de esa escultura. A papá le intrigaba cómo algo hecho de metal podía capturar tan bien a la sirenita del cuento de Hans Christian Andersen. La escultura ha sido vandalizada y restaurada como diez veces, y eso también lo tenía súper interesado.

Tras unas horas de viaje, mi madre estaba lista para tomarse un descanso de estar tanto tiempo sentada. Su largo cabello negro se le estaba soltando del moño apretado. Siempre decía que prefería no preocuparse por su pelo. Se levantó con cuidado del asiento delantero para venir a relajarse un rato con nosotros. Morgan se levantó enseguida para ayudarla, como si fuera su bastón, pero ella se veía bien y capaz de venir hacia nosotros. Me sorprendió un poco su vitalidad. Aparte de lucir algo cansada, se veía igual que siempre. Me hice a un lado para que pudiera sentarse en el mejor lugar de la caravana.

"¿Cómo vas, Muriel? ¿Te molesta el ruido de los videojuegos de los chicos?" me preguntó, acariciándome el cabello suavemente, como si estuviera calmando a un animalito asustado. Siempre tuvo esa forma delicada de acariciarme; dicen que de pequeña yo solía gritar mucho.

"Todo bien. Aquí atrás ha estado todo muy tranquilo", respondí.

"Apuesto a que ya extrañas a Brooke".

"Hablando de Brooke, ¿escuchaste lo que papá le dijo? ¡Fue horrible!".

"Sí, lo escuché, pero no creo que fuera tan horrible. Sabes que la pérdida de su hermana también ha sido muy dura para él. Solo eran ellos dos, como tú y Morgan".

Después desvió su atención y miró por la ventana. El sol se estaba poniendo y el océano se veía en todo su esplendor.

"Esta es la vista que deberíamos tener todos los días", murmuró mamá. Justo en ese momento, papá tomó la salida hacia el resort de caravanas Soaring Sails. Este era el lugar perfecto para quienes prefieren el glamping, como yo. Aunque, siendo sincera, por lo que vi, la mayoría de las personas aquí parecían adultos que venían a disfrutar del vino.

Estábamos en pleno valle de Santa Ynez, en la región vinícola cerca de Santa Bárbara. Mientras recorríamos el resort, pasamos por caravanas de lujo, cabañas y tiendas estilo safari. También había una fogata comunal y una piscina que se veía bastante bien. Pero no vi a ningún niño o adolescente.

Las pequeñas cabañas tenían cercas blancas y porches acogedores. En cada porche, los campistas disfrutaban de sus copas de vino mientras contemplaban el atardecer. Pensé que ese era el motivo por el que papá había elegido este lugar. Mamá nunca bebía. No sé si alguna vez lo hizo, pero ahora su cuerpo no toleraba ni medicamentos ni alcohol. Últimamente, había notado que papá lo hacía como parte de su rutina nocturna.

De repente, su teléfono sonó con un mensaje. Lo leyó y sonrió; seguramente era de alguna de sus estudiantes admiradoras. Papá era un buen tipo, pero le encantaba recibir elogios. En casa, la única que siempre lo halagaba era mamá. Actuaba como si estuviera encantada por él. No importaba lo que dijera o cómo ella se sintiera, siempre lo apoyaba en todo. Tal vez era porque se sentía dependiente de él o culpable por estar enferma... quién sabe. Yo quería a papá, pero veía las cosas con más claridad. Morgan también.

Papá estacionó la caravana.

"¿Chicos vieron la piscina? ¿Por qué no van a nadar un rato?" dijo papá. Morgan y Spencer seguían enganchados al videojuego, ni siquiera miraron.

"¿Ya te quieres deshacer de nosotros, Mitch?" soltó Morgan sin apartar la vista de la pantalla.

Mamá intervino de inmediato. "Vamos, chicos, sabéis que no nos gusta que llaméis papá por su nombre. Es una falta de respeto".

Spencer se puso incómodo y Morgan dejó el control remoto.

"Está bien, mamá. Entonces, ¿nos quieres echar ya, papá?" respondió Morgan con una sonrisa y sacó una botella de vino de uno de los gabinetes de la caravana. En mi cabeza, yo podía seguir llamándolo Mitch todas las veces que quisiera. Justo mientras pensaba eso, Morgan me miró con una sonrisa extraña, como si me hubiera leído la mente. A veces, sentía que él adivinaba mis pensamientos.

Dejé mi cuaderno de dibujo a un lado y dije: "Huele a lluvia. Me voy a quedar aquí". No llovió. Los chicos fueron a nadar y mis padres se quedaron bebiendo vino. Yo me quedé dormida y tuve un sueño raro que me ha perseguido toda mi vida. Hacía años que no lo tenía, pero siempre lo recordaba igual: como ese pariente incómodo que no reconoces hasta que aparece a pellizcarte las mejillas.

El sueño era extraño: estaba sola en la orilla del océano y unas almejas, o algo parecido, me mordían los pies. Esta vez, Spencer apareció y me ayudó a quitar una que se había quedado pegada a mi dedo gordo. Su presencia en el sueño me inquietó un poco, así que me obligué a despertar. Cuando abrí los ojos, vi que todos estaban de vuelta en la caravana. Los chicos habían vuelto a jugar a los videojuegos, pero sin sonido. Mamá estaba ya en la cama y papá estaba terminando la botella de vino en el asiento del conductor. Todos habíamos encontrado nuestro lugar para pasar la noche.

Miré a Spencer más de cerca. ¿Me ayudaría si tuviera almejas pegadas a los pies? Spencer, cuando éramos pequeños y antes del incidente de la piedra, era mi amigo. Todos formábamos parte del mismo programa después de la escuela, ideado para aquellos que no podían ir a casa porque sus padres no podían recogerlos y eran demasiado pequeños para caminar solos. Él era callado y amable, y le encantaba colorear conmigo, mientras los demás solo querían usar sus dedos como pistolas y cualquier cosa en armas.

Luego, las cosas cambiaron. Todo el esfuerzo y el trabajo duro de sus padres dio resultados, y ya no era un niño que tenía que quedarse en la escuela esperando que lo recogieran. Podía volver a casa con la tranquilidad de saber que siempre había alguien esperándole. Lo veía en la escuela, en la playa o en el pueblo, pero ya no éramos tan cercanos. La situación que nos unía había terminado, ya fuera por su decisión o no, me había dejado atrás. Intenté olvidar que alguna vez había sido mi amigo; era más fácil fingir que nunca lo habíamos sido. Supongo que a él no le gustó que yo me comportara así, y por eso ocurrió lo de la piedra. Solo necesité un punto de sutura, pero fue suficiente para que lo odiara. Aunque todos sabían, incluso él, que no era cierto. No lo odiaba. No podía. Era solo que había sido mi único amigo, además de Morgan. No entendía cómo podía sentirme tan sola de niña, sin estar realmente sola. Los gemelos nunca están solos; ni siquiera existen en la mente uno sin el otro.

Spencer había dejado atrás toda su torpeza y se había convertido en el chico más guapo de nuestra clase, junto a Morgan. Siempre lucía ese estilo casual de playa, con el cabello dos semanas después de un buen corte. La mayoría de los días, llevaba gafas de sol que cubrían sus ojos color avellana y sus largas pestañas. Spencer era un atleta natural, inteligente y amable. Si había alguna votación, su nombre siempre aparecía para "lo mejor" de algo. Y yo, bueno, terminaba siendo "lo peor" de algo. Lo menos probable era volver a ser amiga de Spencer, seguro. ¿O tal vez había esperanza?

Día dos: ¡Hacia Solvang!

Salimos del parque de las autocaravanas temprano porque Solvang era solo una parada en el largo camino.

Mama era artista de grabados cuando conoció a papá y se especializó en el mundo de las aves, inspirándose en los viejos libros de Audubon que leía en la biblioteca. Pasaba los fríos inviernos de Pensilvania acurrucada con sus libros, estudiando a sus ídolos Edward Lear y John Gould. La naturaleza y sus muchos matices siempre la habían cautivado. Una vez me dijo que creía que había al menos cien tonos sutiles de verde.

Las secuoyas siempre la habían fascinado; pensaba que eran las portadoras de una sabiduría antigua. De alguna manera, creía que conectarse con la naturaleza podría darle respuestas sobre quién era. Si era parte de ese universo, no importaba de dónde venía o quién era su familia. Podía existir con significado, sin necesidad de conocer su origen. Sin embargo, a medida que su cuerpo se rebelaba y su sistema inmunológico comenzaba a fallar, se alejó de la naturaleza. Pero, a medida que nos alejábamos de casa y nos adentrábamos en este viaje al bosque, parecía estar regresando a nosotros. Sabía que la naturaleza no la había abandonado.

Los hambrientos chicos nos obligaron a que nuestra primera parada en Solvang fuera en un restaurante. Todo el pueblo parecía sacado de un cuento de hadas, con molinos de viento y edificios de estilo danés. Un sinfín de intrincados detalles de madera adornaban las ventanas y puertas de las casas. Estacionamos la autocaravana en un aparcamiento para turistas y caminamos por el pintoresco lugar. Todos habíamos investigado con anterioridad lo que queríamos ver y llevamos la silla de ruedas eléctrica de mamá para que pudiera disfrutarlo con nosotros.

Entramos en una pequeña cafetería donde la especialidad eran los abundantes desayunos con huevos y tocino, pero lo mejor de todo fueron los aebleskiver. Son como los donuts, pero a mí me parecen aún más deliciosos, aunque algunos dicen que simplemente son bolas de harina fritas. Los comimos acompañados de una mermelada roja de frutos del bosque.

No pude evitar robarle miradas a Spencer, y Morgan me atrapó. Sacudió la cabeza en desaprobación. No sabía qué estaba pensando. Ni siquiera yo sabía lo que estaba pensando yo misma.

"Entonces, Muri, ¿qué vas a dibujar? ¿Cuál va a ser tu perspectiva? ¿Vas a enfocarte en el suelo mirando hacia arriba a esos árboles gigantes? ¿O tienes algo más en mente?" No quitó la vista de su tenedor lleno de aebleskiver y mermelada; y dio otro bocado. De repente, mis manos estaban frías y sudorosas. ¿Me había visto antes mirándolo? ¿Cómo se atrevía a hablarme como si fuéramos viejos amigos? bueno, al menos sin advertirme que aún contábamos como tales. No me había dicho ni dos palabras en el viaje hasta ahora. Esta era una alarmante ruptura de la etiqueta del rencor y de las normas sociales establecidas. ¿Iba a barrer todo el pasado bajo la alfombra? No lo sabía, pero secretamente esperaba que sí.

Mi mente se quedó en blanco mientras él miraba de nuevo su plato, tomando un bocado cuidadosamente organizado. Estaba esperando mi respuesta. Todos lo estaban.

"Eh, pues...no sé".

"Bueno, siento curiosidad por ver que dibujas. Siempre has tenido un gran ojo para los detalles". ¡Santo cielo! ¿Estaba hablando como en mi serie británica favorita? ¿Pero qué estaba pasando? ¿Me acababa de hacer un cumplido? ¿En serio? Mientras me quedaba atónita, un fuerte pellizco me sacó de mis pensamientos. Era mamá, debajo de la mesa. Me pellizcó el muslo y me dio un pequeño empujón.

"Sí, siempre he pensado que Muriel tiene una perspectiva interesante sobre ángulos y sombras. No ha pasado mucho tiempo en la naturaleza. Principalmente ha visto áreas abiertas: llanuras, valles y vistas de la playa. Las secoyas gigantes serán un buen desafío". Me dio una palmadita en la pierna, instándome a que respondiera.

"Sí, lo decidiré cuando llegue" En ese momento mamá se levantó de la mesa: "Disculpen. ¡Baño de damas!". Huyó hacia el baño, y yo la esperé afuera. No iba a regresar a esa mesa ni a esa escena. Desde ese punto vi que nuestra cafetería estaba en diagonal a la razón principal por la que papá quería estar allí: la famosa estatua.

La pátina verdosa de La Sirenita era escamosa y la verdad, no encontré nada atractivo en ella, así que dejé que las placas históricas y la información que la rodeaba me absorbieran. Hablaban sobre Hans Christian Andersen, su museo y sus habilidades de recorte de papel, algo que nunca había oído antes. Resulta que él doblaba papel y lo cortaba mientras contaba historias. Los recortes se convertían en intrincados diseños y escenas de las historias que narraba.

Morgan y Spencer fueron los primeros en salir de la cafetería. Morgan saludó desde la otra acera.

"¡Nos vamos a comprar sombreros vikingos y zuecos!"

Mi madre salió de la cafetería y se dirigió a su silla, ella sola sin bastón ni el brazo de mi padre que estaba a dos pasos detrás de ella. Intercambiamos una mirada esperanzadora; Ambos sonreímos, como si todo estuviera bien. Hice un gesto hacia la estatua, y ellos cruzaron para reunirse conmigo. Los chicos merodeaban por la calle, demasiado ruidosos, como siempre. Me alegré de mantener un poco de distancia física.

Mi padre miró la estatua con decepción. Se acercó y la examinó desde todos los ángulos. "Quizás sea la ubicación. Pero no me impresiona para nada".

"Bueno, es una reproducción y no tiene el significado histórico que te atrae", sugirió mi madre. "Es cierto. La historia de La Sirenita de Andersen es trágica, y la estatua parece reflejarlo". Papá se inclinó para tocarla. "Excepto que es resiliente. Se repara y se renueva después de cada acto de vandalismo o tormenta. Ojalá todos pudiéramos renovarnos así".

Mi madre suspiró mientras miraba la obra de arte. Le pasé el brazo por encima de los hombros.

"Parece que te sientes mejor aquí. ¿Cómo te va?" Ella pensó un momento y sonrió, luego miró a lo lejos, como si estuviera recordando algo bonito.

"Me siento mejor. Tal vez solo necesitaba salir y cambiar de aires".

"Papá, quiero ir al Museo de Hans Christian Andersen. ¿Quieres venir? Tienen algunas de sus increíbles obras de recorte de papel". Noté que a papá le gustaba que nuestra relación se estuviera descongelando. Quizás había un rayo de esperanza para nuestra relación deteriorada. Nuestras relaciones familiares eran como un rompecabezas difícil de armar. Todo brillaba cuando mamá estaba bien, como si su sonrisa iluminara todo. Sin ella, todo se sentía más gris, pero cuando sonreía, todo parecía posible.

"Y ¿Por qué dices que La Sirenita es trágica? ¡Es alegre!" Papá me rodeó con el brazo mientras caminábamos hacia Morgan y Spencer, que entraban y salían de las tiendas buscando el casco vikingo perfecto. "En la historia original, ella muere. No termina con el príncipe", respondió sin rodeos.

Mamá se estremeció. "La Sirenita realmente sufre en la historia. En un momento, unas ostras dolorosas se le adhieren a la cola. Debe ser algo parecido al dolor que siento en las piernas". Papá le apretó la mano y le dio un beso en la mejilla. Me habría gustado acercarme a ella y darle un poco de mi fuerza, aunque sabía que era un pensamiento tonto. Pero no podía dejar de pensar en esas ostras pegadas a su cola. ¿Acaso mis padres me contaron esa versión de la historia cuando era pequeña? ¿Me quitaron mi hermosa versión de la sirenita de Disney? ¿Era esa la razón detrás de mi pesadilla? Sabía que habían revelado a Santa Claus, al Conejito de Pascua y al Hada de los Dientes, pero ¿también estaban destruyendo mis princesas de Disney? Eso explicaría mucho.

Las compras de Morgan habían terminado. Llevaba puesto un casco vikingo, unos zuecos de madera y en la mano una jarra danesa llena de agua. Se habría visto un poco ridículo si no fuera porque Spencer había mejorado su look poniéndole espadas falsas en ambos lados del cuerpo. Morgan tomó un trago de su jarra, luciendo orgulloso.

"¿A dónde vamos ahora?" dijo Morgan. Él y Spencer chocaron sus jarras y brindaron. "¡Por Solvang, este extraño pueblo danés!" Mamá, riéndose, tomó una foto de los chicos. "Vamos al museo de Hans Christian Andersen", anuncié. Morgan asintió con resignación, mientras que Spencer parecía genuinamente interesado.

"¿Sabías que escribió *Pulgarcito* y *El Patito Feo*?" preguntó mamá, mientras seguía capturando momentos con su cámara.

"No, pero necesito más espadas" respondió Morgan, se dio la vuelta y salió corriendo hacia las tiendas. Spencer lo siguió, gritando: "¡Y más aebleskivers!".

Papá se quedó mirando una última vez a La Sirenita antes de que nos dirigiéramos al museo. Sacudió la cabeza. "La verdad, pensaba que sería más impresionante".

Mamá entrelazó su mano con la de papá y le dio un beso en la mejilla. "Lo siento, cariño. Quizás algún día podamos ver la auténtica en Dinamarca". Al llegar a la entrada del museo, nos topamos con un letrero en la puerta que decía: "Cerrado por reformas". Intenté mirar por las ventanas, pero solo vi oscuridad.

Una anciana rubia pasó junto a nosotros mientras yo me esforzaba por ver el interior. "Está cerrado, cariño," dijo con una sonrisa amable. Papá se acercó y también miró por la ventana. "Oh, lo siento, Muri", murmuró.

La mujer continuó con su hospitalidad. "Si buscan algo interesante que hacer en familia, tienen las hermosas Nojoqui Falls muy cerca. Son impresionantes, creo que miden unos 80 pies de altura. Si toman Alisal Road, llegarán en un instante. Hay senderos para caminar y áreas de picnic. ¡Es muy divertido!". Los ojos de mamá brillaron al escucharlo. Me miró y levantó las cejas. Sabía que quería ir.

"¿Qué piensas, Muriel? ¿Vamos? Me encantaría ver las cascadas". Papá trató de convencerme. "Estoy seguro de que encontrarías algo genial para esbozar allí". Me encogí de hombros, un poco molesta porque me trataban como a una niña, se pensaban que iba a sufrir una rabieta porque el museo estaba cerrado. Últimamente mi comportamiento podía haber sido un poco infantil, lo reconozco. "Claro. ¡Suena divertido!". Mis padres suspiraron aliviados, lo que me irritó aún más.

Los dos ruidosos vikingos armados con espadas en ambas manos regresaron. "¿Qué pasa?" Morgan mostró su nueva arma con una gran sonrisa. Fruncí el ceño ante su tonto juego de espadas, pero no pude evitar sonreír cuando me mostró su tesoro de aebleskivers.

"El museo está cerrado. Vamos a ver unas cascadas que están cerca". Los chicos se metieron los aebleskivers en la boca, llenando el aire con sonidos de satisfacción. Morgan me ofreció uno.

"Gracias". Él sonrió y metió la mano en su bolsa. "También te conseguí algo más". Con un gesto dramático, colocó un casco vikingo en mi cabeza. "¡Ahora sí que estamos de vacaciones!".

Mamá se apresuró a sacar su cámara antes de que me lo quitara. En realidad, no tenía intención de quitármelo. Quería ser una buena deportista, sin importar lo que pasara. Iba a aguantar, aunque odiara ese casco. Me estaba haciendo sudar la cabeza, pero no iba a quitármelo. Olía raro. Estaba segura de que estaba hecho de algún plástico extraño de China. ¿Por qué no en su lugar, me compró los zuecos? Al menos eran de madera. A pesar de todo, no podía evitar sonreír. En el fondo estaba feliz. Mamá me tomó al menos cincuenta fotos. Hasta nos hizo posar de nuevo frente a La Sirenita con papá.

Nos subimos a toda prisa a la autocaravana, listos para una nueva aventura, dejando atrás este pedacito de Dinamarca y con la esperanza de que el viaje fuera el comienzo de un nuevo capítulo familiar.

CAPÍTULO 3

Fue un viaje muy corto hacia las cascadas Nojoqui, que son un poco difíciles de pronunciar, ¡pero son preciosas! Se llaman así por una antigua aldea nativa americana Chumash que estaba en ese lugar. Son casi tan altas como las Cataratas del Niágara. Sabía todo esto porque Morgan había estado leyendo en voz alta la información de un folleto que tomó cuando salimos de la ciudad. Decía también que esta era zona la parte más lluviosa de toda la región. La fuente natural y las cascadas fluyen todo el año gracias a esas fuertes lluvias. El cielo amenazaba con llover durante días, pero estábamos en el sur de California y nosotros no creíamos en las nubes ni en el pronóstico del tiempo.

Encontramos un lugar para estacionar, cerca del impresionante paisaje. Mamá se sintió con fuerza para dar un paseo corto, apoyada con un bastón y con papá a su lado. Morgan y Spencer se fueron en busca de aventura y tal vez un chapuzón en la balsa al pie de las cascadas. Me invitaron a unirme a ellos, pero la vista era tan increíble que decidí quedarme allí para dibujar. Mi madre tenía razón; había algo especial allí que podía capturar. Agarré mi pequeña mochila con mis utensilios de arte y me aventuré a encontrar un buen ángulo para contemplar las cascadas sin mojarme. Un lugar donde mis materiales y yo estaríamos seguros y secos. Descubrí el punto perfecto cerca de una gran roca: lo suficientemente alto para observar y lo suficientemente lejos para mantenerme seca. Las cascadas eran muy altas y con poco caudal, con tres o cuatro chorros cayendo sobre una enorme pared de roca que ocultaba un pequeño rincón detrás del agua. Vi a Morgan y Spencer acercarse, charlando. Me escondí detrás de un gran árbol, esperando no ser vista. Este era mi lugar secreto, y no estaba lista para renunciar a él. Spencer se inclinó para mirar de cerca el agua.

"Está muy turbia".

Morgan tambien se inclinó y observo más de cerca la balsa. "Uy sí. Mmm…, pues no gracias, hoy no me apetece que unos parásitos se instalen en mi cerebro. ¡Prefiero regresar a casa libre de amebas!".

Tomaron algunos selfies frente a las cascadas y siguieron caminando por el sendero. Entonces empezó a llover. Al principio, solo era una llovizna, pero de repente se convirtió en una tormenta, un verdadero aguacero. Los chicos corrieron hacia el prado, rumbo a la autocaravana. Yo, mientras tanto, intentaba recoger apresuradamente mis materiales. El musgo en la roca no ofrecía mucha tracción, y empecé a resbalar. Perdí el equilibrio e intenté sujetarme a un lado de la roca, mientras mis cosas caían por el otro. Solo eran papeles y lápices de colores, ¡pero los dibujos se perderían para siempre! Avancé como pude a través de un camino de barro y musgo para intentar salvarlos.

La lluvia venía acompañada de un viento fuerte que ahora golpeaba de lado. Mi camino de barro se había convertido en un arroyo lleno de plantas y ramas desarraigadas que flotaban junto a mis pies. Recuperé mi cuaderno de bocetos, sucio y empapado, y lo guardé con cuidado en mi mochila impermeable. Me convencí de que no estaba completamente mojado y que se secaría. De repente, una rama levantada por el viento me golpeó en la cara, dejándome un rasguño. Fue entonces cuando me di cuenta: la cascada ya no era un chorrito. El sonido del agua cayendo sobre la roca era ensordecedor, y la balsa, antes tranquila, comenzaba a crecer e inundarse. Y entonces lo escuché. Lo escuché por encima del estruendo del agua y el silbido del viento: un grito. O más bien, un chillido. Algo, alguien o algún animal, parecía estar herido.

Mi primer instinto fue correr lo más lejos posible del grito, desclavar mis pies del barro y volver rápidamente a la autocaravana. Pero lo escuché de nuevo, y esta vez, me congelé. El grito sonaba más bien a palabras. Esos segundos de duda fueron decisivos. Mi vacilación me dejó atrapada en el lodo, mientras la creciente balsa y el torrente avanzaban por el prado. El grito volvió, ahora mucho más claro, como si fuera un lenguaje, y eso me paralizó por completo.

"¡Ayúdame!" La voz se escuchaba cerca de las cascadas. Sin pensarlo, empecé a chapotear, tratando de orientarme. Algo me empujaba hacia la cascada, y pronto mis pies ya no estaban en el barro; estaba nadando. Vi una pequeña cueva justo detrás de la caída de agua. Con mi mochila en la espalda, hice todo lo posible para avanzar, pero el torrente era muy fuerte, me empujaba hacia atrás llenando mis ojos, oídos y nariz de agua. A pesar de todo, mantuve la boca cerrada, aguantando la respiración. Sabía que la única opción era zambullirme bajo las cascadas para llegar a la pequeña cueva.

"¡Ayúdame!" Volví a oír la voz, ahora mucho más cerca, pero mi mente estaba en modo de supervivencia. Ya no intentaba llegar a la voz, solo quería mantenerme a salvo. El latido de mi corazón se apoderó de mis oídos y bloqueaba cualquier otra cosa. Me zambullí, palpando a ciegas para evitar las piedras afiladas. Alcancé una roca resbaladiza al otro lado de la cascada e intenté subir, pero mi cuerpo mojado pesaba demasiado. Busqué dónde apoyar los pies para impulsarme, y con un último esfuerzo, logré deslizarme dentro de la cueva húmeda, alejándome de la tormenta. En el rincón el agua entraba con fuerza, pero parecía que drenaba rápidamente, por lo que pensé que podría haber una salida de la corriente en algún lugar de la cueva. Respiré profundamente, murmurando oraciones de agradecimiento. "La tormenta no durará mucho", me dije, recordando que estaba en California, el estado de las sequías.

Pero entonces, me di cuenta de algo aterrador: había alguien más en la cueva. Intenté calmar mi respiración, temblando, mientras escuchaba pequeños movimientos acercándose a mí. Mi corazón se aceleró y yo me quede inmóvil. Y luego, lo escuché. Esa misma voz melódica que había gritado antes ahora susurraba, muy cerca de mí, tan cerca que podía sentir su aliento cálido en mi cuello.

"¿Viniste a ayudarme? No creo".

Mi temblor se detuvo de golpe cuando el miedo se apoderó de mí y me paralizó por completo. Traté de respirar profundamente y moví solo mis ojos para ver mejor. Y entonces, la vi. Era una criatura pequeña, mitad pájaro, mitad humano. Su cuerpo era extraño: tenía garras y unos brazos que parecían alas, pero terminaban en un torso diminuto de un ser humano. Su cara se veía seca y arrugada, con la piel agrietada alrededor de la boca. Aunque sus plumas estaban mojadas y ajadas, los colores brillantes azul y morado aún resplandecían La piel de sus brazos, teñida de los colores del arcoíris, era suave y sedosa a simple vista. Su cabello era una mezcla entre plumas y mechones de un verde vibrante.

Grité. Y cuando digo que grité, puede que esté siendo suave. Mi madre siempre me decía que tenía la tendencia de reaccionar como un animal salvaje cuando algo me asustaba, y esta vez fue igual. Salté, moví los brazos con fuerza, cerré los puños, y con cada movimiento intenté golpear todo lo que estuviera cerca. Grité y grité, sin poder detenerme, hasta que me arrojé hacia la balsa del pie de la cascada en puro pánico.

Recuerdo haber golpeado algo con mis puños—tal vez fue la criatura—y aún tengo la imagen de su rostro grabada en mi mente, con una expresión aterrorizada que se asemejaba mucho a la mía. Esto es lo último que a día de hoy recuerdo con claridad. El resto es como un sueño. Pude ver a Morgan entrando apresuradamente al agua. La lluvia había parado. Había un cuerpo boca abajo en lo que ahora era un río. De repente, reconocí mi mochila, aún en la espalda. Me di cuenta de que era yo misma flotando. Cuando Morgan llego hasta mí, vio algo extraño: cientos de escamas brillantes nadando alrededor de mi cuerpo. Me empujó con fuerza para intentar sacarme de allí, pero los peces plateados me rodeaban y, en lugar de atacarme, parecían mantenerme a flote. Aterrorizado, pensó que me estaban mordiendo. Creía que era un ataque de pirañas. Y bueno, si algo podemos asegurar de los gemelos Lutey es que somos un poco exagerados y expertos en asustarnos hasta el extremo.

En cuanto Morgan me dio la vuelta, su furia se desató. Empezó a gritar, haciendo movimientos de karate, pateando el agua y luchando contra los peces con toda la energía de un ninja en pánico.

"¡Fuera de aquí!" Los peces se dispersaron rápidamente, tan asustados como él. Spencer llegó corriendo hacia el agua para ayudar. Me arrastraron a una zona más seca, y Spencer, siendo el héroe salvavidas, comenzó a hacerme respiración boca a boca y compresiones torácicas, tarareando "Staying Alive" de los Bee Gees para mantener el ritmo. Morgan, presa del pánico, hizo la señal de la cruz y trató de recordar alguna oración de su infancia, aunque había pasado mucho tiempo desde que fuimos a la iglesia.

Y luego, regresé a la vida. Escupí agua, tosiendo fuerte, y mis ojos se abrieron de golpe. Morgan me abrazó con fuerza, sus lágrimas cayendo por mi rostro. Aún aturdida, lo abracé, sintiendo una mezcla de alivio y confusión. Entonces lo recordé: la criatura. El pánico volvió a apoderarse de mí, en ese momento, el abrazo de Morgan era lo único que me reconfortaba.

"¿La viste? ¿La criatura?".

Él asintió.

"Sí, la vi. Era un pez muy extraño y también había otros peces rodeándote". Hice una mueca, confundida "¿Peces?"

Los chicos me ayudaron a ponerme de pie, pero estaba tambaleándome. Morgan me levantó y me cargó fuera del prado, fuera de la vorágine del río. Mis padres estaban esperando junto a la autocaravana. Mi madre corrió hacia mí con una facilidad asombrosa, como si nunca hubiera sentido un momento de dolor. Me abrazó con tanta fuerza que, por un momento, olvidé todo lo que acababa de suceder.

"¿¿Qué pasó??"

"La encontramos flotando en el agua". Morgan comenzó a contarle a mamá lo sucedido, pero Spencer le puso una mano en el hombro, indicándole que guardara silencio. Morgan se saltó la parte de los peces "piraña".

"¿Cómo te sientes, Muri?" preguntó con una mezcla de preocupación y alivio. Asentí, aunque todavía sentía el frío en los huesos.

"¿Cuánto tiempo estuve en el agua?" pregunté, algo desorientada. Morgan me explicó rápidamente la línea de tiempo. Por lo visto, no había estado sumergida por mucho tiempo. Él había salido a buscarme, y Spencer escuchó mis gritos.

Spencer, tratando de aligerar el ambiente, bromeó: "Reconocí un clásico ataque de Muriel a la legua. Me recordó a esos viejos tiempos, cuando éramos niños y dramatizaba cualquier pequeño accidente". Morgan y yo lo fulminamos con la mirada, molestos por la broma tan inapropiada. Spencer, dándose cuenta de que se había pasado, sonrió tímidamente y se encogió de hombros.

Una vez dentro de la autocaravana mamá me arropó con una manta cálida. Papá, serio y preocupado, se acercó a mí. Revisó mis ojos y tomó mi pulso con delicadeza, sin decir una palabra, pero su rostro lo decía todo.

"Mamá, lo siento mucho. No quiero arruinar el viaje". Ella me dio un beso en la frente y sonrió suavemente. "Ya ha sido maravilloso, cariño. Ha sido un viaje perfecto".

Morgan no pudo evitar intervenir. "Claro, si no cuentas que encontré a mi hermana boca abajo en el agua mientras era devorada por los peces".

Mi madre se quedó helada, completamente sorprendida. "¿¿Qué??"

Spencer sacudió la cabeza rápidamente. "Morgan. ¡Pensaba que no contarías esta parte!".

Papá encendió el motor. "Vamos a llevarte a la clínica de urgencias más cercana. ¡Que alguien, busque una en el camino hacia casa!" La más próxima estaba en Santa Bárbara, pero era justo en dirección contraria. Papá quería que fuéramos hacia el norte para que me revisaran, pero a mamá no le gustaba la idea de detenernos y menos en el norte.

"¿Por qué no volvemos por la costa?" sugirió ella, mirando a papá con preocupación. "Preferiría que revisaran a Muriel cerca de casa. Si la tienen que ingresar, sería muy complicado para todos". El tono de su voz mostraba que no solo estaba preocupada por mí, sino también por cómo afectaría a la familia.

Intervine con calma. "Sí, papá, ya me siento mejor. Puedo esperar hasta que lleguemos a San Diego". Miré a Morgan, que tenía la cara pálida y preocupada. En ese momento entendí lo que Santa Bárbara significaba para nosotros: fue donde la tía Mallory desapareció en el mar. Recuerdo cómo papá pasó semanas buscando en hospitales y clínicas, esperando alguna noticia de ella. Nunca encontraron su cuerpo.

Morgan, sintiendo la tensión en el aire, puso su mano en el hombro de papá. "Estaba exagerando antes, papá. Ella está bien. Vamos a casa". Su voz era calmada, pero también había un rayo de determinación. Sabía que, en ese momento, lo más importante era volver juntos y dejar atrás los fantasmas del pasado.

En ese momento, Mitchell Lutey se veía más frágil de lo que nunca antes lo había visto. Quizás yo le importaba más de lo que me pensaba. Empezó a llorar, y lo abracé. A veces me parecía un extraño, tan diferente a mí, aunque tal vez éramos más parecidos de lo que creía. Me abrazó fuerte, y sentí una conexión profunda, como si ambos tratáramos de lidiar con nuestras propias pérdidas y miedos. Sus lágrimas mojaban mi hombro, y no pude evitar pensar que, a pesar de nuestras diferencias, había un cariño muy profundo que nos unía. En medio de toda la confusión, ese abrazo se volvió un refugio, un recordatorio de que, aunque la vida nos había golpeado, siempre nos tendríamos el uno al otro. "Nunca quiero perderte a ti ni a nadie más en esta familia" Spencer se mantenía incómodamente al margen. Nos fundimos todos en un abrazo grupal. Después mamá me acomodó en un lugar del sofá, y tomaron el control a modo de capitán y copiloto en el camino de regreso a casa.

Todavía tenía en mente la extraña criatura que vi junto a las cascadas, pero trataba de convencerme que era una alucinación causada por el golpe de aquella rama en mi cabeza. Al menos ahora estaba fuera de peligro, junto a mi familia. Mientras avanzábamos por la carretera, sentí que, aunque el viaje había sido difícil y, para mí, aterrador, el vínculo que compartíamos como Luteys se había hecho más fuerte.

Pobre Brooke. Sus padres salieron juntos en un barco y solo uno regresó. Alguien podría haber sospechado de mi tío, Nohea Kainoa, pero lo cierto es que apareció herido flotando en la orilla y pasó una semana en el hospital recuperándose de los daños. Se conocieron en Hawái, cuando la tía Mallory consiguió su primer trabajo en un equipo de investigación tras graduarse. Su tesis trataba sobre cómo el cambio en el medio ambiente afectaba la vida del coral, que estaba muriendo por el calentamiento del agua. Su equipo incluso puso cámaras de lapso de tiempo bajo el agua para documentar cómo el coral se blanqueaba con el aumento de la temperatura.

Mi tío también era investigador y estudiaba los efectos del cambio climático en las islas. Ambos compartían una pasión por los cambios en el paisaje subterráneo y en tierra firme. Trabajaron juntos muchas veces, y poco después nació Brooke. Los recuerdos de su amor eran tan vívidos como el sol de California, cálidos y brillantes. Su historia me recordaba que, a pesar de las dificultades, siempre había espacio para la esperanza y el amor.

La historia trágica comenzó cuando decidieron venir a California para celebrar su aniversario. ¿Quién deja Hawái por una escapada romántica a California? Dejaron a su hija Brooke con nosotros unos días mientras ellos se desplazaban a Santa Bárbara. Era la segunda vez que hacían esta excursión; la primera fue cuando Brooke era un bebé. En esta ocasión, disfrutarían de la migración de las ballenas grises hacia las cálidas aguas de la Baja California. Siempre soñaron con ver el regreso de las ballenas en primavera, cuando viajan con sus crías hacia Alaska. Contrataron un crucero privado y subieron a una pequeña embarcación con trece pasajeros más. El tío Nohea siempre explicaba cómo Mallory y el resto estaban fascinados por su buena suerte. No solo avistaron ballenas grises, sino también jorobadas y azules. Era extraordinario ver a tantas majestuosas criaturas juntas en un solo lugar. Pese a que estaban en alta mar, notaron que el agua, más clara de lo habitual, parecía poco profunda, como si pudieran ver el fondo. Las ballenas parecían buscar un lugar idóneo desde el cual observar mejor a los pasajeros del yate. Primero, se agruparon alrededor de la embarcación, manteniendo una distancia prudente para no provocar un movimiento excesivo. Luego, comenzaron a saltar y girar casi al unísono. Todos a bordo quedaron asombrados; las cámaras destellaban mientras aplaudían cada vez que una nueva ballena realizaba un truco para ellos. Sin embargo, los pasajeros pronto notaron un movimiento extraño. El barco comenzó a oscilar de manera inusual. La tripulación ordenó a todos a alejarse de los bordes y a ponerse un chaleco salvavidas por si las cosas se complicaban. En medio de la prisa, las ballenas saltaron y se sumergieron repentinamente, dejando al yate en calma. Los pasajeros recuperaron el aliento, y mi tío dijo que en ese momento abrazó a mi tía, sintiéndose aliviados, agradecidos y muy enamorados. Ese último instante lo perseguiría durante el resto de su vida.

El hombre a su lado fue el primero en notar cuando las ballenas asomaron de nuevo la cabeza. Una tras otra, se agruparon alrededor del barco rodeándolo, emergiendo para observar muy de cerca a los turistas aterrados que gritaban y lloraban. Nohea abrazó con fuerza a mi tía y le susurró al oído: "Todo irá bien. Solo están echándonos un vistazo, por pura curiosidad". Mi tía se relajó y sonrió. Entonces, ambos presenciaron algo extraordinario. Una ballena azul emergió junto a una criatura indefinida que Nohea estaba seguro de que no era ni una ballena ni un delfín. Era una criatura con una gran cola brillante, dorada y verde. Se sumergió, saltó y luego pareció descansar sobre el lomo de la enorme ballena, mostrando su espalda al barco. No pudo decir si era macho o hembra, pero su piel brillaba bajo el sol poniente. Con asombro, vieron cómo levantaba un brazo y hacía una señal a las ballenas. ¡¡Un brazo!! Estaba claro que no era un ser marino común. En Hawái, había escuchado historias sobre las deidades del agua, y ahora estaba convencido de que había encontrado a un espíritu del mar, tal vez estaban frente a la famosa diosa del agua, Namaka. En un giro trágico, el clima cambió de repente. Una tormenta estalló de la nada, con vientos violentos que golpeaban el yate y olas que lo sacudían ferozmente. A pesar de la experiencia de la tripulación, la embarcación perdió el control. El barco, ya dañado, luchaba por mantenerse a flote, pero pronto fue evidente que no podían mantener el rumbo. En medio del caos, mi tía Mallory se soltó de los brazos de mi tío e intentó ayudar, pero una ola implacable la arrastró hacia las profundidades del mar. Nohea fue el último en verla, su grito desesperado se perdió en el estruendo del viento. En ese instante, el barco fue sacudido de nuevo, volcó y se hundió sin dejar rastro. Nohea se despertó en el hospital dos días después. De los catorce a bordo, solo Mallory continuaba desaparecida. Las autoridades iniciaron su búsqueda, pero jamás la encontraron.

Brooke, a pesar de su corta edad, llevaba el peso de la pérdida de su madre. Nuestra familia intentaba ayudarla, pero el dolor nunca desaparecía del todo. La tragedia nos dejó una marca, recordándonos lo frágil que es la vida y cómo, a veces, todo lo que amamos puede perderse en un instante. La historia de un espíritu del mar maligno que causó la muerte de su hermana era demasiado para mi padre. Criado en la fe luterana, o lo que yo llamo "catolicismo ligero", le mortificaba que la historia incluyera ese detalle. Aunque apenas iba a la iglesia, su fe era profunda. Estoy segura de que en otra época habría sido una de esas personas que llevaban cruces, veneraban el agua bendita y se dedicaban a romper maldiciones. Sin duda, habría estado en el grupo que participó en los juicios de brujas de Salem. Los apellidos de mi padre, Luteys y Pellars, reflejaban su legado: los Pellars se ocupaban de erradicar toda influencia maligna, mientras que los Luteys eran conocidos como sanadores. Quizás por eso papá siempre intentaba curar a mamá a su manera.

La primera vez que escuché la historia, pensé que el tío Nohea había perdido completamente la cabeza. Todo era muy extraño. Estaba en una situación estresante y tal vez confundió una foca con otra criatura. Una vez le pregunté a Brooke qué pensaba y ella sin dudar me respondió: "Creo que está totalmente convencido". Ahora, yo también había tenido una experiencia con una criatura. ¿A quién se lo iba a contar? ¿Qué es lo que yo había visto o escuchado realmente? Me habló, ¿verdad? O tal vez solo estaba alucinando; flotando aún boca abajo en el río y todo esto era un mal sueño. Sí, pensé, eso tiene más sentido. Nuestros cerebros intentan encontrar orden en el caos, a veces de maneras increíbles. Sin embargo, en algún rincón de mi mente, sentía que todo lo que había pasado era muy real.

CAPÍTULO 4

Una vez en casa, devolvimos la autocaravana y el viaje quedó atrás, pero, curiosamente, Spencer parecía haberse quedado para siempre. Desde que regresamos, venía a visitarnos casi todos los días. La idea de tenerlo cerca me empezaba a gustar, aunque no hablábamos mucho; él pasaba todo su tiempo con Morgan. Se habían unido para su proyecto de ciencias. Brooke y yo también decidimos trabajar juntas; es más fácil hacer la mitad del trabajo con alguien en quien se confía.

Spencer y Brooke llegaban a casa al mismo tiempo, y creo que no era casualidad que siempre aparecieran justo a la hora de la cena. Mamá parecía estar en una especie de remisión, como si su enfermedad autoinmune hubiera tomado un descanso. Supongo que su cuerpo se había calmado un poco y ya no se atacaba a sí mismo. Volvió a sus viejas costumbres de Betty Crocker: cocinar. Podía preparar de todo. De todos sus talentos, este era el que yo más valoraba y el que más extrañaba cuando la veía tan debilitada. Antes de que enfermara, era la reina de la comida reconfortante. Y como yo todavía me estaba recuperando de lo que pasó en la cascada, ella se esmeraba para que me sintiera mejor. Esa noche nos sorprendió con un delicioso Stroganoff de res y pastel de chocolate cubierto con fresas frescas y crema batida. Era como si tuviera su propio libro de recetas secreto que nos curaba todas las heridas.

Recuerdo la primera vez que preparó ese plato: yo tenía seis años. Ese día le había suplicado que me inscribiera en clases de ballet, como las otras niñas de mi clase de primer grado. Pero cuando llegué al estudio, no pude entrar. Era como si hubiera un campo de fuerza bloqueando la puerta. A pesar de cuánto deseaba bailar y mecerme al ritmo de la música, no podía. Me aferré a la falda de mi mamá y lloré. El pobre Morgan, que tuvo que tomar la clase conmigo, se quedó ahí, incómodo, mientras mamá trataba de despegarme de sus piernas. Ese fue el comienzo de nuestra tradición de afrontar las cosas juntas, madre e hija. Ella se acercaba a la recepción de cualquier actividad en la que nos inscribíamos (yo aún aferrada a sus piernas, brazos, o lo que fuera) y pedía un reembolso, con total tranquilidad. Luego regresábamos a casa, y ella preparaba la comida más deliciosa y reconfortante. Creo que eso nos sanaba a los tres. No había cicatrices por no haber participado; ya era parte del pasado.

Últimamente Papá también había estado más presente. Quizás no era tan insensible como creíamos. Creo que se había alejado porque no podía hacer nada por mamá. La veía desvanecerse ante sus ojos, y en lugar de enfrentar esa dura realidad, miraba hacia otro lado. Buscaba consuelo en su trabajo y en sus estudiantes, pero no en su propia familia. No sé si algún día voy a poder entender o perdonar esa parte, aunque lo intento de veras. Esta noche era especial, estábamos listos para cenar. Papá ocupaba la cabecera de la mesa y, por alguna razón, se saltó su tradicional copa de vino. Se veía feliz, como si fuera el rey de su pequeño mundo. Pero todo cambió cuando llegó mi tío Nohea. Brooke había olvidado el cuaderno de ciencias en su casa, y él vino a traerlo. Apareció justo cuando estábamos sirviendo el postre, y no venía solo. Mi tío trabajaba para la NOAA (Administración Nacional Oceánica y Atmosférica) y siempre tenía a su alrededor un grupo de pasantes y estudiantes de posgrado. Le acompañaba Colin Irving, un tipo alto y delgado de veintitantos años, con cabello corto y oscuro, ojos súper verdes y unas gafas gruesas. Colin había sido transferido desde la Universidad de Edimburgo, en Escocia, y estudiaba Meteorología y Ciencias Atmosféricas. Mi madre, siempre amable, los invitó a quedarse a cenar. Aunque papá intentaba parecer civilizado, podía ver que le costaba ocultar su enojo por los dos recién llegados que habían roto la paz familiar del momento: sus fosas nasales se dilataban levemente y respiraba hondo. Colin se sentó frente a Brooke, y yo podía notar que ella estaba interesada en él. No dejaba de mirarlo, con las mejillas ligeramente sonrojadas. En seguida, la tensión entre mi padre y el tío Nohea se volvió palpable. Papá siempre había sido muy competitivo, y ahora, con Colin en la sala, parecía que había una competencia no oficial que no quería perder. El tío Nohea hablaba con entusiasmo sobre los nuevos proyectos de investigación en la NOAA, mientras que Colin intercalaba comentarios que dejaban entrever su inteligencia y conocimiento. La forma en que ambos hombres intentaban impresionar a Colin era casi cómica, como si estuvieran en una especie de duelo intelectual. Mi madre, por otro lado, sonreía y hacía preguntas para mantener la conversación en marcha, tratando de equilibrar la tensión en la habitación. Pero a mí todo esto me resultaba incómodo. Colin rompió el silencio, sus ojos verdes llenos de curiosidad.

"¿Alguna vez habéis pensado en cómo las corrientes oceánicas afectan los patrones climáticos?" preguntó.

Brooke saltó a la conversación con entusiasmo:

"¡Sí! He leído sobre cómo la corriente del Golfo influye en nuestro clima. ¡Es increíble!"

Era como si ambos tuvieran su propio ritmo, un intercambio natural que me causaba admiración por Brooke y un poco de molestia por lo rápido que conectaba con Colin. Miré a papá y noté que estaba claramente incómodo. "La biología marina es importante" interrumpió él, pero, ¿qué hay del impacto del cambio climático en los ecosistemas terrestres?

Colin, calmado, asintió:

"Tienes razón, todo está conectado. El océano absorbe mucho CO_2, lo que afecta también los hábitats en la tierra".

La conversación continuó, pero la tensión entre los hombres era evidente.

El ambiente se enrarecía cada vez más. Podía notar cómo papá estaba conteniéndose. Mientras tanto, Colin seguía hablando con Brooke, sin notar cómo eso lo incomodaba más.

"No se puede ignorar el papel de la agricultura. La deforestación y el uso de pesticidas empeoran la pérdida de biodiversidad, lo que acelera el cambio climático".

Papá, cada vez más molesto, intentó redirigir la conversación.

"¿Y qué hay de las soluciones tecnológicas?", preguntó con un tono algo desafiante, buscando recuperar el control de la conversación. ¿No crees que la ingeniería podría ser la clave?

Colin, muy tranquilo, respondió:

"Sin duda, la tecnología es crucial, pero no podemos olvidar la educación y la conciencia pública. Necesitamos un enfoque más integral".

La calma de Colin solo parecía irritar más a papá, y me preguntaba cuánto más podría aguantar antes de estallar. El tío Nohea fue el primero en romper el tenso silencio, con su cálida sonrisa habitual. "Este pastel de chocolate estaba buenísimo, Lorelei. Muchas gracias por invitarnos".

Estaba concentrada en mi plato, tratando de alejar la sensación de que la velada se estaba volviendo incómoda. Mi madre, siempre la pacificadora, notó el ambiente tenso y dijo con tono ligero: "Este pastel es una receta familiar ¡Perfecto para celebraciones!".

A medida que avanzaba la cena, observé a Brooke y Colin reír y hablar animadamente, mientras la actitud de mi padre se volvía más sombría. Sentía que estaba atrapada en medio de una rivalidad no expresada. Intenté ignorar la incomodidad y disfrutar del momento, pero era difícil. La recuperación temporal de mi madre se sentía frágil, y quería proteger esa breve felicidad que teníamos, aunque solo fuera por esa noche. Mi madre, siempre amable, cortó otro pedazo y se lo ofreció a Colin, quien parecía haber devorado el primer trozo en segundos.

"Ha pasado demasiado tiempo, Nohea. Te hemos extrañado mucho" dijo mamá, mientras todos en la mesa asentían, aunque la tensión persistía.

Fue papá quien dirigió la atención hacia Colin.

"¿Y qué estás investigando aquí?" preguntó, mirando con más intensidad de lo normal.

Colin, atrapado con un gran bocado de pastel en la boca, intentó tragar rápido para poder responder, aunque noté su incomodidad. En ese momento, escuché un susurro junto a mi oído, como si Morgan estuviera justo al lado de mí.

"*¿Te crees a este tipo? Esto que dice es muy raro, ¿no?*" dijo la voz, pero al girarme, vi que Morgan no se había movido de su lugar. La confusión me invadió y, antes de que pudiera procesarlo, papá desvió la mirada hacia mí.

"¿Estás bien, Muri?" preguntó, notando que algo no andaba del todo bien.

Intenté sonreír, pero mi mente seguía atrapada en aquel extraño susurro. ¿Había sido real?

"¿Eh?, sí, todo bien. Solo pensé que había escuchado algo". Eso fue lo que necesitó Colin para terminar de tragar y contestar la pregunta de mi padre.

"Arcoíris. Estudio los arcoíris que se forman por el rocío del mar". En ese momento, Brooke estaba ya a punto de desmayarse. Este chico la había conquistado hablando de arcoíris oceánicos.

"¡Vaya! Los he visto cuando surfeo. Son alucinantes", comentó Spencer, sumándose a la conversación. "¡Oh si! ¡me encantaría ver duendes sobre las tablas de surf!".

Noté que su atractivo había evolucionado con el tiempo, pero su sentido del humor seguía igual de malo. Me avergonzaba por él, y al mismo tiempo me encantaba esa forma de ser. Esa broma fue justo lo que mi padre y mi tío necesitaban para soltarse. Ambos rieron y sacudieron la cabeza. Papá intervino, salvando a Spencer.

"¿Y dónde está el famoso pote de oro? ¿El tesoro hundido?". A Colin no le hizo ninguna gracia este comentario. Frunció los labios y miró su plato. "Bueno. Esto no es folklore. Hasta que no miras la luz refractada en un arcoíris de rocío marino, no puedes entender la importancia de mi investigación". Pude escuchar la voz de Morgan en mi oído otra vez.

"Vaya, cálmate chico. Tan solo es una charla sobre arcoíris. Nada más". Me giré hacia Morgan, tratando de comunicarme solo con la mirada, mi mente le decía: *"¿Me estás hablando a mí, Morgan? ¿Le dijiste a él que se calme o era a mí?"*. Sus ojos se agrandaron, parecía desconcertado al mirarme. *¿Estábamos hablando sin palabras?* Me pregunté. Spencer se levantó e hizo un gesto a Morgan, para que lo acompañara.

"Gracias, Sra. Lutey. La cena estuvo genial, pero tenemos que avanzar en el proyecto de ciencias". Morgan se levantó en silencio y no volví a escuchar nada hasta que habló, pero esta vez en voz alta.

"Buena cena, gracias, fue genial conocerte, Colin. Nos vemos luego, tío". Nohea terminó su último bocado de pastel. "Chicas, estoy seguro de que vosotros también tienen que ponerse con su proyecto. ¿Puedo ayudarte a recoger la mesa, Lorelei?" Mi madre sostenía un plato y parecía un poco cansada.

"Sí, eso sería genial. Puede que hoy me haya pasado un poco". Tanto mi padre como mi tío se levantaron para ayudar antes de que alguien más se ofreciera. Cuando estaban recogiendo los últimos platos de postre, Colin se inclinó aún más cerca de Brooke y le dijo: "Me encantaría saber más sobre tu proyecto. Quizás algún día podríamos trabajar en algo juntos".

Mi corazón dio un vuelco. Podía ver como acabarían y eso me incomodaba. La expresión de mi padre se volvió seria, y sentí cómo el ambiente se cargaba de palabras no dichas. Esta cena, que había empezado como un momento de unión, parecía estar a punto de romperse bajo el peso de resentimientos ocultos y nuevas alianzas.

"¡Estupendo, gran idea!" respondió Brooke, con los ojos brillantes de emoción y sonriendo a Colin.

Papá se acercó a Nohea y le extendió la mano para estrecharla. Mi tío dejó un plato a un lado y ambos se envolvieron en un profundo y reconfortante abrazo. Al separarse, mi tío se secó los ojos y no dijeron nada. Luego, Brooke y mamá compartieron una mirada de alivio y entendimiento. Finalmente, podíamos avanzar en nuestras relaciones. Mamá y los hombres se retiraron a la cocina, mientras Colin aprovechó el momento en que éramos pocos para decirle en voz baja a Brooke:

"Sabes, yo he visto una".

Ella picó inmediatamente el anzuelo. "¿Una qué?"

"Una sirena".

¿Cómo? ¿Este tipo acaba de soltar eso y se queda tan tranquilo? Acabamos de llegar a un acuerdo de paz a través de un pastel de chocolate, y él va y dice *sirena*. Me estaba conteniendo para no perder la calma. Mi tío siempre decía "criatura marina". No es lo mismo que ballena o delfín. Tal vez mencionó "espíritu del mar" alguna vez, pero ¿en serio que Colin dijo sirena?! Afortunadamente, solo Brooke y yo lo escuchamos.

"No necesitamos más historias marinas, ya sabemos bastantes" Dije intentando mantener un tono neutro. Sin embargo, Brooke parecía muy interesada.

"¿Por qué dices eso? ¿Es eso lo que mi papá cree que vio?" Colin respondió con una confianza aplastante. "Sé que eso es lo que vio. Es un área de interés especial para mí".

Me levanté y agarré el cuaderno de Brooke. "Probar la acidez del océano para la feria de ciencias no se va a hacer sola. ¡Estoy ocupada! ¡muy ocupada! Encantada de conocerte, Colin". Tiré de Brooke hacia el comedor, y mi tío se unió a nosotras.

"¡Vámonos papá!". Brooke me arrancó su cuaderno de las manos.

"Sabes, me gusta mucho venir a visitar a los tíos, pero ahora deberíamos irnos". El tío Nohea se quedó desconcertado. "Colin me acaba de contar algo que me gustaría pensar en casa tranquilamente". Nohea se encogió de hombros. "Está bien, cariño".

Colin también se levantó, complacido consigo mismo. Me quedé atónita cuando me miró directamente y sonrió de forma pícara. Mis padres salieron de la cocina. Él se dirigió a ellos "Gracias por el postre. Espero volver a ver a esta encantadora familia pronto", dijo Colin, mientras mi padre pasaba su brazo alrededor de mamá. Ambos sonrieron. "Sí, por favor, ven cuando quieras".

Mamá dijo: "Servimos la cena todas las noches, los siete días de la semana. Recordamos nuestros días de la universidad. Siempre eres bienvenido, y déjame que te prepare un poco de pastel para llevar a casa".

No pude evitar añadir: "Estoy segura de que tiene cosas mejores que hacer, mamá". Mis padres me lanzaron esa mirada de ¡Pero qué grosera eres! Mamá sirvió un trozo de pastel en un plato y lo cubrió para Colin. Cuando él lo tomó, sus manos se rozaron. Papá estaba demasiado ocupado despidiéndose de Nohea. Colin le susurró algo al oído, pero yo lo escuché perfectamente "Me alegra verte tan bien, Lorelei". Mamá, imperturbable ante su familiaridad, le respondió con una sonrisa de interrogante. "Gracias. Que tengas una buena noche".

El trío se marchó, y yo no pude evitar preguntar: "Mamá, ¿Por qué ha dicho eso?".

Ella se encogió de hombros. "Puede ser que sea una costumbre escocesa para referirse a qué bueno verte o gracias por invitarme".

Colin me daba escalofríos y lo tenía bajo mi radar. Rara vez me equivocaba al detectar malas vibras.

Morgan y Spencer llevaban sus mochilas y patinetas, listos para irse.

"¿A dónde vais a estas horas?" preguntó papá.

"A la playa. Necesitamos arena para nuestro proyecto de ciencias".

"Bueno, yo necesito un poco de agua de mar para el mío. ¿Os puedo acompañar?" pregunté. Spencer sonrió. "¿Tienes patinete?"

"No, pero tengo a Mantequilla" dije, sonrojándome al darme cuenta de que era la primera vez que Spencer escuchaba el nombre de mi bicicleta.

Morgan respondió por mí. "Así es como ella llama a su bici".

Spencer sonrió. "¡Es un nombre genial!"

Mamá nos pasó unas cantimploras de agua (no creía en el plástico). "Regresad antes de que oscurezca".

Todo el pueblo y también en las noticias hablaban sobre las tormentas que se acercaban. El fenómeno de El Niño era lo que mi tío estudiaba, pero las esperadas tormentas nunca llegaron. En lugar de eso, tuvimos sequías, un poco de lluvia y más sequías.

Todos asentimos y salimos hacia la playa. La brisa olía a sal y mar. El sol estaba ya bajando, casi escondiéndose en el cielo despejado. Tardamos unos quince minutos en llegar. Estacionamos en la parte superior del acantilado y bajamos los tres juntos hacia las pozas de marea. No entramos por la zona de surf, sino por un acantilado rocoso con pozas de marea y una cala pequeña, donde las olas chocaban contra las rocas y se llevaban la poca arena que había. Cuando Morgan y yo éramos pequeños, este era nuestro lugar secreto. Recogíamos estrellas de mar y cangrejitos, y buscábamos vidrio marino. Las rocas resbaladizas y la bruma del mar no me molestaban para nada en esa época; lo único que realmente me molestaba era la arena. Papá siempre sospechó que tenía algún tipo de problema sensorial. Yo sentía que me veía solo a través de mis rarezas, como si me etiquetara con su propia frustración. Mamá, en cambio, lo convenció de que no hacía falta seguir buscando respuestas haciéndome más pruebas.

Nos quedamos en las rocas, explorando las pozas de marea y viendo todo tipo de criaturas marinas. Cada uno tenía sus propios dispositivos para recolectar. Yo llevé un frasco de vidrio para recoger un poco de agua, Morgan traía una bolsa de plástico y una pala. No parecíamos muy científicos, pero tomábamos en serio nuestros deberes. Spencer también compartía ese espíritu de seriedad; todos estábamos concentrados en nuestros proyectos, sin distracciones. Pero el océano tenía otros planes.

En el borde de las rocas había una repisa poco profunda. Y justo un poco más allá, el agua se convertía en muy profunda. Algunos buceadores elegían este lugar peculiar para entrar al mar, esperando encontrar algo increíble sin alejarse demasiado de la seguridad de la costa. Spencer lo vio primero: era una orca asomándose. Perdió un poco el equilibrio mientras se frotaba los ojos, asegurándose de que estaba viendo lo que creía. Se movió en silencio hacia Morgan y le tiró de la camisa, sin apartar la vista de la orca. Spencer susurró, intentando no asustarla (como si eso fuera posible).

"¡Mira ahí! En el borde ¡donde termina la repisa!". Morgan atrapó la mirada de la orca y contuvo la respiración, esforzándose por no gritar. La cabeza sobresalía apenas del agua, y si no fuera por sus marcas blancas, podría haber pasado desapercibida. Yo estaba más cerca de la orilla que ellos cuando Spencer notó por primera vez la presencia de la ballena. Lo vi quedarse quieto, tenso, con los ojos fijos en el animal, mientras extendía su brazo hacia Morgan en un gesto protector.

Por un momento, no reaccioné; me quedé hipnotizada, mirando el brillo del agua alrededor de la orca. Sentía que había algo más en la escena, y en cuestión de segundos, ese presentimiento se confirmó. Una segunda orca emergió suavemente, un poco detrás de la primera, sumergiéndose y luego reapareciendo al lado de su compañera, quieta y observadora, manteniendo su mirada fija en nosotros.

Spencer sacó su teléfono para tomar fotos mientras el viento aumentaba y las olas golpeaban con más fuerza. Las orcas seguían allí, inmóviles, como si esperaran algo. Las nubes se acumulaban sobre nosotros, y antes de que nos diéramos cuenta, la lluvia comenzó a caer con fuerza. Morgan, siempre el más precavido, me tomó de la mano. "Tenemos que irnos. Retrocede hacia la orilla antes de que las rocas se pongan demasiado resbaladizas". Mientras él tiraba de mí, una de las orcas emergió de golpe, golpeando el agua con la cola y enviando una ola enorme hacia nosotros. Morgan me empujó hasta un hueco entre dos rocas que ofrecían algo de refugio y me protegió. En el apuro, solté el frasco de vidrio que llevaba, y se estrelló contra las rocas. Un fragmento le cortó en la mano, y vi la sangre mezclarse con el agua de mar que nos empapaba. En ese momento, ambas orcas saltaron, y una ola aún más poderosa estalló, derribándome y arrojando a Spencer al agua. Vi como intentaba llegar a las rocas, pero no podía. Estaba atrapado en una corriente de resaca.

"¡Spencer, nada de lado hacia las rocas, estás en una resaca!" grité. Spencer, un excelente nadador, logró abrirse paso contra la corriente y rápidamente nadó hacia el acantilado. Morgan le extendió la mano para ayudarlo a salir, mientras yo me quedaba protegida detrás de una de las rocas grandes. Justo a mis pies, en una poza de marea poco profunda, vi algo que brillaba: un peine antiguo con un acabado perlado y un toque de verde envejecido. Me agaché para recogerlo y, en ese instante, el tiempo pareció detenerse. Las gotas de agua se congelaron en el aire, y Morgan y Spencer quedaron inmóviles, balanceándose al borde del océano.

Frente a mí, en una de las rocas estaba la sirena de la cueva, mitad ave, mitad humana. Me miró con desdén y me habló. No hice nada. Empecé a tararear y a cantar suavemente: "No, no…Tú no estás aquí… sí es verdad que estás aquí… vete". Cerré un ojo, luego el otro, y miré con uno abierto. Apreté la mandíbula, contuve la respiración y cerré los ojos de nuevo, esperando que desapareciera. Continué cantando en voz baja para mí misma y pensando.

"Mi cerebro está intentando dar sentido. No puede ser real. Tal vez necesito terapia. Encontrar un poco de orden en el caos". La sirena se acercó, con esos pies palmeados que recordaba como garras. Me miró directamente a los ojos.

"Tú no eres muy valiente, ¿verdad?" Luego, giró la mirada hacia mi hermano. "Me gusta él. Pensé que tú tendrías un poco más de coraje. Esto es entre tú y yo, Lutey".

"Genial, ahora mis locuras prefieren a mi hermano en vez de a mí. No es justo". Me pellizqué para volver a la realidad. De repente, me di cuenta de que estaba de pie en una poza de marea y algo más me estaba pellizcando. ¡Las ostras se estaban pegando a mis pies y piernas! Oh no, debe ser un mal sueño. Será que durante el oleaje me golpeé la cabeza o algo así. "Respira hondo Muri. Respira hondo".

"Esto no es un sueño. Te están llamando", dijo la sirena, con una suave y dulce melodía. De inmediato, no sé porque, pero me sentí mucho más tranquila.

"Toma el peine. Escóndelo. Desde ahora hasta que nos volvamos a ver. Escucha las historias que te cuenten, especialmente sobre los arcoíris". El lenguaje críptico de mi nueva amiga imaginaria con aspecto de pájaro me frustraba con todos sus misterios.

"Vamos, si eres mi subconsciente, ¡para ya! No tengo tiempo para estar sentada en un sillón de terapia". La sirena sacudió la cabeza y se marchó, las ostras se soltaron y volaron. El rocío se reactivó, y vi a Spencer a salvo en la roca. Las ballenas se sumergieron en las profundidades del océano, creando burbujas que brillaban como pequeñas joyas en la luz del sol. Aún tenía el peine en la mano, lo guardé rápidamente en mi bolsillo. La oscuridad comenzaba a envolvernos y pronto sería difícil encontrar el camino de regreso a casa así que en silencio aceleramos el paso, ayudándonos a encontrar el sendero.

Nos revisamos unos a otros en busca de heridas, solo Morgan estaba herido. El resto estábamos bien, aunque asustados. "Chicos, es muy tarde. Me voy a casa", dijo Spencer. Morgan asintió. "Sí, mejor regresamos a casa". Spencer desapareció a bordo de su patinete. Morgan, con su patinete bajo el brazo y un pequeño corte sangrante en la mano, me miró y dijo: "¿Por qué no me dejas manejar a Mantequilla? Tú te sientas en el manubrio". Colocó su patineta en la canasta y yo me acomodé entre la rueda y la cesta, encontrando un pequeño espacio para encajarme. Morgan comenzó a pedalear. "No le digamos a mamá y papá que tuvimos un susto, ¿de acuerdo?" Asentí, aunque aún me sentía muy confundida por todo lo que había sucedido.

"¿Qué crees que estaba pasando allá en el mar?" pregunté, rompiendo el silencio.

"No sé, pero dudo que a esas ballenas les caigamos simpáticos ni nosotros ni nuestra familia. Así que, voy a decir adiós a mi sueño de ser biólogo marino", respondió, con un tono de resignación.

"Sí, es muy raro", Estaba sintiendo el peine de perlas presionar contra mi pierna. "Oye, ya casi llegamos a casa. Creo que prefiero caminar el resto del sendero. Este manubrio es muy incómodo".

Nuestra casa parecía un faro brillante de seguridad y confort, y ya estaba a la vista. Dentro, mamá estaba acurrucada en el sofá, disfrutando de su programa de cocina favorito. Morgan y yo nos acomodamos a cada lado. Cuando pienso en un momento perfecto, este es el que me viene a la mente. Estas dos personas eran todo mi universo. Quería a papá, pero haría cualquier cosa por mamá. Ella ocupaba un lugar en mi corazón como nadie más en este mundo. Su enfermedad, su recuperación, tenerla cerca, era lo que más me importaba. Sabía que mi hermano se preocupaba porque yo no tenía muchas amistades aparte de nuestra prima Brooke, pero me sentía completa y feliz con este pequeño equipo. No quería que nada cambiara nunca.

CAPÍTULO 5

Aquella noche soñé con la extraña criatura pájaro y el peine de perlas, pero también con algo increíble: con las orcas nadando en lo más profundo del océano. En mi sueño, estaba de nuevo en las rocas resbaladizas, y las orcas nos observaban desde la distancia. Tenía el peine de perlas enredado en el cabello, y la sirena cantaba esa melodía suave que había escuchado antes en el acantilado. Al principio, no entendía lo que decía, pero luego las palabras empezaron a tener sentido. Sentí que ya eran parte de mí.

"¡Entra! ¡Zambúllete! ¡Ven!"

Me estaba repitiendo fragmentos de una de mis citas favoritas de Emerson. "Nada lejos, para que regreses con respeto por ti misma, con nuevo poder". Todo era muy confuso, pero sabía que hablaba directamente a mi interior, igual que la primera vez que leí esas palabras.

"No seas esclava de tu propio pasado; zambúllete en los mares profundos".

Era como si la sirena me estuviera invitando a algo más grande. Y aunque no entendía del todo su significado, sabía que ese sueño era mucho más que solo un sueño.

Así lo hice. Salté de las rocas y nadé hacia el mar, donde estaban las orcas. La más cercana se acercó y me empujó suavemente con su cuerpo, extendiendo su aleta hacia mí. La agarré y me subí a su espalda. Sin pensarlo, se sumergió, llevándome bajo el agua. Descendimos en la oscuridad, alejándonos de la cala y adentrándonos en el océano profundo. Emergimos en el interior de una gran ola que nos empujó con fuerza. Luego, volvimos a bajar, directo hacia el fondo, persiguiendo la luz.

Estábamos tan lejos de la superficie que la claridad venía del fondo del océano, no de arriba. La orca se detuvo y, con un movimiento suave, me lanzó de su espalda. Desconcertada, quedé flotando hasta que, de repente, una docena de tortugas marinas de todos los tamaños me rodearon. Sus caparazones brillaban, reflejando la luz. Decidí seguir el destello. Nadé acompañada por las tortugas, que giraban a mi alrededor, como si me guiaran. Finalmente, llegamos a un área de coral antiguo y denso, y todas disminuyeron su velocidad, indicándome que había llegado a algún lugar especial. El coral brillaba con colores vibrantes: tonos de azul, púrpura y naranja que resplandecían bajo el océano. Las tortugas se movían suavemente, como si me estuvieran compartiendo un secreto. Me detuve un momento para admirar la belleza del mundo submarino, donde todo parecía estar en pausa y cada movimiento formaba parte de una armonía natural. Una tortuga más grande, con un caparazón lleno de patrones intrincados, se acercó y me miró con ojos profundos, como si pudiera ver dentro de mí. La seguí mientras guiaba a las demás tortugas hacia un claro en el coral, donde un grupo de peces de colores brillantes nadaba alegremente.

Me sentí parte del ecosistema, conectada con cada criatura a mi alrededor. En ese instante, comprendí que este viaje no era solo un escape, sino una búsqueda de mi identidad y de una conexión más profunda con el mundo. Todo lo que había vivido hasta ahora las tormentas, las ballenas, los misterios del océano, me guiaba hacia algo más grande que yo misma.

Las tortugas, que habían permanecido inmóviles como si esperaran el momento justo, comenzaron a moverse, deslizándose suavemente. Sentí que me llevaban a lo más profundo del océano, más allá de lo conocido. Mi corazón empezó a latir al ritmo de las olas que resonaban en mi interior. No tenía miedo, porque entendía que estaba en el lugar donde debía estar. Era como si todo en mi vida me hubiera llevado a este punto. El peine perlado que ahora sostenía brillaba en mi mano, y las historias crípticas de la sirena, esos secretos que aún no comprendía, me invitaban a seguir adelante.

Cuando las tortugas abrieron su círculo, los caballitos de mar rosados y morados me guiaron hacia la luz azul verdosa que iluminaba el fondo del océano. Sus pequeños cuerpos se aferraron a mí, descansando suavemente en mi cabello mientras me guiaban a través de este mundo mágico. A medida que me acercaba a la luz, un extraordinario paisaje submarino se reveló ante mis ojos. Docenas de estatuas de sirenas, similares a las que había visto en Solvang, estaban esparcidas por todo el fondo, cada una irradiando su propio brillo. Adornadas con joyas resplandecientes, coronas relucientes y perlas que capturaban la luz de una forma hipnotizante, parecían cobrar vida en su hábitat acuático. Algunas monedas de oro reposaban en el fondo, sus superficies pulidas reflejaban la luz como pequeños destellos de esperanza. Guardaba la entrada de la cueva submarina, una concha gigante abierta y vacía, como si me invitara a pasar. La curiosidad y la emoción llenaron mi corazón.

Adentrándome, descubrí que el mar allí era poco profundo, apenas hasta mi cintura. El agua tibia me rodeaba, acariciando mis piernas y pies mientras yo caminaba hacia los lados rocosos de la cueva. Las paredes estaban cubiertas de algas danzantes y pequeñas criaturas destellantes, creando un ambiente de ensueño. A medida que avanzaba, me sentía cada vez más conectada con este mundo subacuático, como si las sirenas estuvieran esperándome para compartir sus secretos. Era un lugar mágico y misterioso, un refugio donde supe que podía descubrir quién era yo realmente.

Un cuerpo flotaba boca abajo, como yo cuando estuve bajo la cascada. De repente, cientos de cuerpos hinchados y flotantes entraron en la cueva, todos inmóviles, llevados por la suave corriente de agua. Una silueta me resultaba familiar, y me sentí atraída hacia ella. Me moví entre los cuerpos, sintiendo el frío de su piel azul tocando la mía mientras intentaba llegar hacia el cuerpo que había reconocido. Al acercarme, noté una pulsera fina en su muñeca. Con el corazón acelerado, tomé su mano y la giré suavemente. Su rostro estaba rasguñado y sus venas sobresalían, pero aún era reconocible. Era la tumba acuática de mi tía Mallory.

El pánico me invadió. Necesitaba llevarla a la superficie, aunque estuviera muy lejos. Agarré su mano y guie su cuerpo fuera de la cueva, mirando a mi alrededor en busca de caballitos de mar, tortugas o ballenas que me ayudaran. Pero ya no había criaturas marinas, solo las estatuas brillantes que se alzaban en el fondo. Empecé a nadar hacia la superficie, tirando de tía Mallory, pero parecía que no avanzábamos. Nos hundíamos juntas. Me aferré a su mano y a su pulsera, sintiendo la desesperación crecer en mi pecho. De repente, se soltó de mi agarre y giró, hundiéndose rápidamente mientras yo me aferraba a la pulsera. Justo en ese instante, una tortuga marina gigante nadó debajo de mí y, de manera milagrosa, me llevó a la superficie. Entonces, desperté de golpe.

Estaba aferrada al peine de perlas, y no a la pulsera que había querido rescatar. La bruma del sueño se disipó, y la realidad regresó. Morgan golpeó suavemente la puerta de mi cuarto mientras la abría.

"¿Estás despierta?" me preguntó. Aún un poco desorientada, asentí, sintiendo la mezcla de confusión y alivio.

"Necesito hablar de lo que ocurrió anoche". Se sentó al pie de mi cama, tocando mi brazo con cariño. "Estoy preocupado".

Captó toda mi atención.

"¿Por qué?".

Jugaba nerviosamente con uno de sus rizos oscuros. "Porque creo que tenemos ese *poder de gemelos*".

No pude evitar reírme, un poco confundida. "¿Qué quieres decir?"

Me miró fijamente, como si estuviera tratando de medir sus palabras. Luego, puso una mano cariñosa sobre mi pierna, que aún estaba bajo las mantas. De repente, lo sentí. ¿Era posible que realmente lo hubiera escuchado? Pero lo miré y su boca no se movía.

"¿Soñaste con la tía Mallory anoche?"

Asentí, aunque un poco desconcertada. "¿Me acabas de preguntar algo?"

"Sí, sí lo hice. Y por tu respuesta, veo que me escuchaste".

Salté de la cama, nerviosa y retorciéndome las manos. "Sabes que este es uno de mis mayores miedos, ¿verdad? No quiero que estés en mi cabeza".

"Lo sé. Creo que estoy algunas veces. No todo el tiempo. Pero… escucho cosas".

Me sentí un poco abrumada.

"¿Qué tipo de cosas?"

"Bueno, sé que te preocupas mucho por mamá y que no soy tu favorito. Ah, y que tienes sentimientos muy fuertes por Spencer".

"¿Es por eso que es tu nuevo mejor amigo?" le pregunté, con un tono juguetón.

Morgan pensó era el momento para abrazarme. "No es todo el tiempo, Muri. Son como destellos. Esta mañana cuando me desperté temprano todavía tenía una imagen de la tía Mallory en la cabeza".

Mientras hablaba, me di cuenta de que no era tan malo tener un gemelo que podía captar mis pensamientos. La conexión que teníamos era especial, y quizás, solo quizás, el *'poder de gemelos'* no era tan aterrador.

Me dejé llevar por su abrazo y sollocé. "Fue horrible. Soñé con ella, la vi. Estaba muerta hundida en fondo del océano".

Nos sentamos juntos al borde de la cama. Él secó mis lágrimas. "Sé que lo de anoche fue aterrador, pero no vamos a morir como Mallory. Hubo coincidencias sobre lo que le pasó a ella y al tío Nohea, pero lo investigué y creo es un comportamiento normal de las ballenas. En realidad, tuvimos suerte de verlo. Creo les gustamos y no querían hacernos daño".

Quería comprobar si nuestros canales de comunicación funcionaban en ambas direcciones. ¿Podía pensar en algo para que él lo escuchara? ¿O él solo podía captar fragmentos de lo que yo pensaba? ¿Sentiría su dolor también yo?

"¿Deberíamos decírselo a mamá y papá?"

Él sacudió la cabeza. "No, mejor no. Lo que necesitamos es saber si es permanente o solo una coincidencia. Ya sabes, como si estuviera relacionado con el eclipse de la próxima semana o algún otro evento raro".

Salté y grité. "¡Guau! ¡Esto es una locura! Me pregunto por qué no puedo ver ni escuchar nada en tu mente a menos que me hagas una pregunta".

"No lo sé. En realidad, son solo destellos. A menos que me incluyas en un pensamiento, yo no escucho todo. No sabía si era real hasta ayer en la cena. Es algo que compartimos".

"¿Y ahora qué?"

"Nada. Me gustaría tener mi espacio mental libre de tus pensamientos nerviosos".

"No me gusta que los etiquetes como nerviosos". Morgan no necesitaba leer mi mente para saber que me había herido y molestado.

Lo empujé fuera de mi habitación y lo detuve por un momento. "¿Has visto, quiero decir, en mi mente, una criatura mitad pájaro y mitad humana? Ha estado atormentando mis sueños desde que me pasó lo de las cascadas". Él me dio una sonrisa de alivio.

"Si. Es una sirena. No sabía si venía de tu mente o de la mía".

Mamá nos saludó con una cálida sonrisa matutina mientras entrábamos a la cocina. "¡Panqueques, niños! ¡Y también probé suerte con los aebleskivers!" Compartimos otro maravilloso desayuno en familia. Ahora que mamá se sentía mejor, podíamos disfrutar de esos momentos nostálgicos: comidas juntos, conversaciones divertidas, planes de futuro y suspiros de alivio. ¡Papá incluso propuso tener un cachorro! Morgan y yo habíamos estado presionándolo para conseguir un amigo peludo durante años, pero él siempre decía que sería demasiado trabajo (principalmente para él).

El tema de conversación fue la gran exposición de arte de papá que se inauguraría la próxima semana. Había mucho metal, mucho hierro y sobre todo mucho reconocimiento en juego. Este evento podría ser la clave para que su nombre fuera reconocido internacionalmente. Era su gran sueño (aunque nunca había viajado fuera del país): resultar atractivo a una universidad europea y llevar a toda la familia a vivir al extranjero. Esta mañana mencionaba a Colin y que, era sobrino de alguien de la Universidad de Edimburgo.

Mi gran preocupación era: ¿cómo encajaría un cachorro en ese escenario? Morgan, que no quería que nada arruinara su oportunidad de tener al mejor amigo del hombre, intervino.

"Para cuando papá haya decidido algo, ya no sería un cachorro". Mamá y papá miraron a Morgan, como si acabara de hacer la mayor metedura de pata. Se dio cuenta de que yo no había expresado verbalmente ese pensamiento y se levantó de repente, nervioso porque no sabía cómo controlar su mente. Aunque no escuché ni un solo pensamiento suyo, los sentí todos. Vaya. Sentía empatía por él. Odiaba saber cómo se sentía ahora que yo también lo sentía. Yo había tenido tantos problemas para lidiar con mi montaña rusa de emociones, y ahora encima, tenía que procesar las suyas también.

Monté a Mantequilla y me dirigí a la playa sola. Necesitaba despejar mi mente. Hasta ahora, solo podía conectar con las emociones de mi hermano cuando estábamos cerca; por esta razón, en esos días pasábamos la mayor parte de nuestro tiempo libre separados. La constante presencia del otro podía llegar a ser agotadora. Fui hacia la playa, más allá de donde habíamos estado la noche anterior. Esperaba encontrar a Brooke atrapando una ola temprano por la mañana con sus amigos surfistas. Estacioné mi bicicleta al borde del camino, junto a otros amantes de la mañana, y caminé por la arena hacia el lugar donde solía frecuentar Brooke. Pero no estaba allí. De repente, me di cuenta de que no tenía mi teléfono. Desde el viaje, mi padre nunca me lo había devuelto, y no lo había extrañado hasta ahora.

Pensé en visitar a Brooke, pero su casa estaba más lejos de lo que quería recorrer en bicicleta. Así que regresé a mi bici, a través de la arena incómoda, y pedaleé hacia casa. Recuperaría mi teléfono y luego la llamaría. Mientras pasaba junto a los acantilados la vi: Pero Brooke no estaba sola. Ella y Colin estaban de pie una roca. Él señalaba hacia el mar abierto, y ella movía la cabeza, escuchando atentamente. Creo que estaba mostrándole esos arcoíris de spray de mar. De cualquier forma, me alegró encontrarla. Finalmente podría ponerme al día con ella. Me detuve y la llamé, pero el sonido de las olas rompiendo en la orilla era ensordecedor. Dejé mi bicicleta cerca de la base del acantilado y subí, pero me quedé congelada cuando descubrí a Colin besando a Brooke. Mi estómago se hundió como un ascensor cayendo en picado. Sentí que mi cara se sonrojaba, y el calor subía desde el fondo de mi vientre. Aturdida, observé cómo sus labios se encontraban. Podría haberme dado la vuelta y dejarles privacidad, pero, en lugar de eso, grité su nombre con horror. Esta vez, ella me escuchó.

Brooke se quedó boquiabierta al verme y corrió hacia mí. Me agarró del brazo con fuerza y vi dibujada en su rostro una mirada muy extraña. Ya no sabía quién era ella.

"¿Qué haces aquí?" preguntó, manteniendo su agarre firme. Me sacudí para liberarme. "Tranquila. Vine a verte surfear esta mañana, como siempre. ¿Y tú qué haces aquí?" Brooke miró hacia arriba, al acantilado. Colin no parecía sorprendido y ni se acercó. Se mostraba indiferente a mi presencia y a lo que yo había presenciado. Ella me dio una palmadita en el hombro.

"Eh, lo siento. Colin me está ayudando a entender lo que pudo haberle pasado a mi mamá".

La miré con escepticismo.

"Ah, ¿sí? ¿Besándote? ¿Tu papá sabe que estás con él? ¿Por qué no me dijiste que te gustaba?"

Brooke se sonrojó. "Ha sido inesperado. Él me estaba compartiendo todo lo que sabe sobre este tipo de fenómenos y las causas".

"No te entiendo. ¿Fenómenos?"

Ella respiró hondo y trató de explicarse. "Sí, ya sabes, cosas raras que pasan en el océano. Como lo que le sucedió a mi mamá. Colin ha estado investigando y quería ayudarme a entender".

Fruncí el ceño. "¿Te ayuda a entender o es una excusa para pasar más tiempo juntos?"

Brooke soltó un suspiro frustrado. "No. Estoy preocupada por mi mamá, y Colin es un buen amigo".

"¿Un buen amigo? ¿Eso es así como le llamas?" La incredulidad se reflejaba en mi voz y sentí que la conversación se volvía más intensa.

"¡Sí! Eso es exactamente lo que estoy diciendo. Pero también… me gusta, ¿de acuerdo? Oye, no es ningún crimen".

Mordí mi labio, dudando. "¿Estás segura de que no te estás engañando?". Brooke me miró, y en su expresión vi tanto desafío como vulnerabilidad. "Solo porque no lo entiendas, no significa que no sea real. A veces las cosas son complicadas".

Había tenido un sueño extraño en el que conocí a una sirena (real o imaginada) y descubrí poderes telepáticos con mi hermano gemelo. Todo esto me aterraba, pero en ese momento, nada era más inquietante que el comportamiento de Brooke. Sus ojos estaban planos, sin expresión. Antes, siempre había un destello de encanto en su mirada, especialmente cuando yo estaba en crisis. Brooke solía querer explicar lo inexplicable, pero ahora todo era un rompecabezas. Todos sabemos que su madre sufrió un extraño accidente marino. ¿Por qué de repente se aferraba a la idea de que el mar la había llevado intencionalmente?

"Tu mamá…" vacilé. "Tu mamá tuvo mala suerte". Brooke me agarró de los hombros y me sacudió suavemente. "¡No fue mala suerte!"

Esto me enojó. Sentía pena por Brooke, pero tenía un mal presentimiento sobre Colin y la historia que él le estaba contando. Así que lo hice. Repetí algo que había oído decir a mi padre en privado. Mientras salía de mi boca, sabía que no debía decirlo y que no podría retractarme una vez que se me escapara.

"Sí que la tuvo. Incluso su nombre significa mala suerte".

Brooke me empujó al suelo y sacudió la cabeza. No nos dimos cuenta de que Colin había bajado del acantilado para intervenir; había escuchado todo lo que dije. Extendió una mano para ayudarme a levantarme. Me sacudí la tierra de los pantalones. Odiaba que cualquier tipo de tierra se quedara pegada a mi cuerpo -arena, barro- pero el barro húmedo era el más tolerable. Aunque sabía que no tenía mucho sentido, era más fácil lidiar si me podía manchar de una forma divertida. Mientras me levantaba, mi mente zumbaba tratando de clasificar las texturas. Brooke notó que había activado mi pequeño problema sensorial. Apenas podía escuchar lo que Colin decía, mientras la expresión de Brooke mostraba total desprecio.

"Lo que dijiste no está bien, pero tampoco es falso. Mallory significa desafortunada". Los ojos de Brooke se llenaron de lágrimas, y Colin la abrazó para consolarla.

"Lo siento. Es solo el significado literal de un nombre". Me enfoqué en Colin, sintiendo que la situación se volvía más incómoda.

"¿Cómo lo sabes?"

"Es otro de mis intereses. Al igual que tu nombre significa mar brillante".

"¿Qué eres? ¿un experto en todo? ¿Cuál es esta gran teoría que compartes con mi prima? Sabes que ella está pasando por malos momentos".

"Sí, lo sé. Recuerda, no soy yo quien le acaba de decir el significado del nombre de su madre. Yo solo estaba confirmando que es cierto". Extendió su mano hacia la de Brooke y la agarró suavemente.

"Entonces. ¿Qué pasa? Te vi intentar conquistarla. Eres demasiado mayor, ¿no crees?" Si hubiera podido leer el aura de Brooke, habría sido un rojo turbio. Me lanzó una mirada llena de odio.

"No es de tu incumbencia. Colin, vamos. Veamos qué ha descubierto mi padre". Colin me miró con cariño, y me erguí de inmediato.

"Se avecina una tormenta, Muriel. Por favor, mantente alejada del agua". Justo en ese momento, mi hermano y Spencer llegaron patinando y se detuvieron. Morgan podía sentir la tensión en el aire.

"¿Todo bien?"

Brooke se lanzó a la conversación, y la atmósfera se volvió un poco más ligera.

"Tu hermana me tiene al borde. Se ha vuelto agresiva". Al lado de Spencer y Morgan, el ligeramente mayor Colin parecía pequeño y delgado. No tendría ninguna oportunidad en una pelea. Yo esperaba que hubiera una pelea. Todo en este chico me decía que no debía confiar en él. Morgan observaba a Brooke y su mirada sospechosa delataba que estaba en alerta. Podía sentir las preguntas revoloteando en su mente, y el aire se volvió tenso a medida que la situación se desarrollaba.

¿Qué está pasando aquí?"

Colin dio un paso adelante para responder. "Brooke y yo estábamos discutiendo mi investigación y algunas similitudes con casos como el de su madre. Su padre y yo hemos descubierto información interesante". Esto intrigó a Spencer.

"¿Cómo encaja tu investigación del arcoíris en el accidente de bote de su mamá?".

Colin ajustó sus gafas y aclaró su garganta levemente. "Mi otra área de investigación: sirenas y clima". Spencer sacudió la cabeza.

"Sí, eh, muy bien, pero eso no es muy útil para arreglar este problema familiar".

Colin no se inmutó. "Solo estoy ayudándola a descubrir la verdad. O ver qué posibilidades existen".

Morgan me suplicó: "Vamos, Muri. Spencer y yo vamos a comer algo al nuevo puesto de tacos de pescado. Déjala ya".

Miré la cara enojada de Brooke, la extraña expresión tranquila de Colin y la mirada insistente de Morgan, y decidí decir una cosa más, ya que tengo la reputación de no dejar las cosas en paz. Caí en la trampa de tener momentos de El Mago de Oz. Morgan una vez le dijo a mi madre: "Muri no solo quema un puente, ¡prende fuego al lago!". Traté de contenerme, pero no podía. No siempre usaba el mejor juicio.

"No me voy a ir hasta que tenga respuestas mejores. Se estaban besando. Eso está muy mal en todos los sentidos. Él le está llenando la cabeza con ideas de que su madre fue 'llevada' o algo así. Este tipo está bien loco".

Spencer me rodeó con su brazo, empujándome suavemente hacia donde estaba mi bicicleta. "Vamos, Muri".

Lo empujé. "¡No soy yo la que está loca! Ella está desesperada por encontrar una razón que justifique la muerte de la tía Mallory. Y no hay ninguna razón. Está muerta y ya está. Fue horrible. Seguramente se la comieron hace mucho tiempo los mismos peces que sirven en el puesto de tacos. Mira, pues ya que lo digo, creo que es mejor que nos comamos uno de esos tacos de pescado en lugar de perder nuestro tiempo hablando con este tipo".

Está bien, reconozco que ese no fue mi mejor momento. Quizás el peor. Ni tampoco fueron mis mejores palabras. Estaba tratando de hacerle ver la realidad, este chico era un problema. En el fondo, sabía que lo que dije fue demasiado cruel, pero es que estaba convencida de que tenía razón. Estaba tan concentrada en justificarme que no vi a Brooke venir hacia mí. Lo siguiente fue que estaba en el suelo, con Brooke encima, arrancándome mechones del cabello y propinándome puñetazos en la cara. Un golpe bien merecido, debo admitir. Pero esa no era la Brooke que yo conocía. No era su ira... era más como la mía. Por suerte, era la primera vez que mis palabras me metían en una pelea, pero la verdad, era cuestión de tiempo. Me lo habían advertido varias veces.

Colin fue el primero en acudir a mi rescate. Logró apartar a Brooke de encima de mí y trató de calmarla. Mientras tanto, yo me concentraba más en la tierra que manchaba mi ropa que en las personas a mi alrededor.

"Ella no lo entiende. No ha revisado la investigación ni los relatos de cosas similares que han sucedido", dijo Colin, hablando en mi defensa. Brooke respiró hondo, enfrascada en su propio mundo, y se alejó de todos nosotros. Colin continuó con un tono suave y tranquilo, pero sentí que sus palabras iban dirigidas principalmente a mí.

"Danos la oportunidad de compartir lo que sabemos. Id a buscar los tacos de pescado y después nos vemos. Nos encontramos con vuestro padre en la biblioteca de la universidad en una hora. Allí os esperamos".

Me costaba respirar; estaba claro que no me había calmado en absoluto. Morgan y Spencer lo notaron enseguida. Morgan tocó mi mano, y luego sentí su voz en mi mente, llenando cada rincón de mis propios pensamientos. Sentí su miedo, su cautela, y un escalofrío recorrió mis brazos y mi espalda. Escuché con atención.

"Muriel. Déjalo ya. Ya nos arreglaremos".

Colin me miró, como si intentara captar lo que Morgan me estaba diciendo, pero sabía que no era posible. Respiré hondo, tratando de despejarme.

"Si, de acuerdo", dije.

Los chicos y yo nos dirigimos al puesto de tacos de pescado. Mientras caminábamos, charlábamos sobre nuestro inmediato encuentro en la biblioteca, y cómo reaccionaría papá al respecto. Solo por escucharlos, ¿estaríamos conspirando contra él y su sistema de creencias? (Que también era el nuestro). Spencer parecía el más abierto a todo. Aún estaba procesando los eventos de la noche anterior y pensaba que tal vez, solo tal vez, había algo de verdad en lo que decían.

"El clima afecta a los humanos y también a los animales. Podría ser que todo estuviera relacionado con el clima". Eso fue lo más lógico que había oído en un buen rato. Pero luego Spencer miró a Morgan y añadió: "Incluso después de lo que pasó anoche y de lo que Morgan me contó que estaba pasando.

Lancé a Morgan una mirada fulminante. "¿Qué le has contado?"

Morgan se encogió de hombros, como si no fuera gran cosa. "Necesitaba contárselo a alguien más. Ya sabes, una persona neutral Alguien objetivo". Morgan asintió. "Sí, ahora lo sabemos. ¿Podemos dejarlo en el pasado?"

"Sí". En el fondo yo quería contárselo a mama; pensaba que, si otra persona creía lo que comenzaba a parecer una especie de histeria colectiva, nos ayudaría a poner orden. Pero antes de que pudiera decir algo, Spencer intervino.

"No se lo diré a nadie. Puedes confiar en mi", dijo con calma y mirándome fijamente.

Respiré hondo, intentando dejar a un lado las dudas. "Lo sé. Incluso cuando me lanzaste una piedra a la cabeza".

Spencer se río. "Nunca vas a olvidarlo, ¿verdad?"

"¿Fue un accidente?" pregunté, con una mezcla de curiosidad y una pizca de rencor.

"No, estaba enojado contigo. Abandonaste nuestra amistad. Me dolió".

Sonreí, saboreando lo que sentía como una pequeña victoria. "Ya te dije que lo hizo a propósito, Morgan".

Morgan asintió, levantando las manos en señal de tregua. "Sí, ahora que lo hemos aclarado ¿Podemos superarlo ya?"

"Sí", respondí. Creo que, Spencer también se había sentido abandonado, y aunque ya formaba parte del pasado, estuvo bien comentarlo.

Antes de reunirnos en la biblioteca para ver qué nos tenían que decir, necesitaba ir a casa. No quería arriesgarme a perder la confianza que mis padres habían depositado en mí. La había ganado con mucho esfuerzo y sabía que se podía quebrar con facilidad. Solo quería ser una buena chica de la que pudieran estar orgullosos. Quería ser una niña tranquila y predecible, poder soportar olores extraños, luces brillantes, tierra en mi ropa y arena entre mis dedos, pero es que esa no era yo.

Al entrar, vi a mamá sentada al piano, tocando una hermosa pieza que ella misma había compuesto. Cuando conoció a mi padre en la universidad, era una estudiante de música con el raro talento de crear en lugar de interpretar. Él siempre le decía que dejara la música si no le gustaba, y yo sospechaba que en el fondo lo hacía porque quería toda la atención para él. Ahora, solo tocaba el piano o el violín cuando se sentía bien, pero siempre para ella misma, nunca para una audiencia. Y nunca cantaba, ni siquiera canciones de cuna cuando éramos pequeños. Creía tanto en el método Suzuki que evitaba cualquier nota que sonara desafinada, pues podría afectarnos. Así que en nuestra casa nadie cantaba, pero siempre sonaba música hermosa: mucho de Chopin y Mozart. Sin embargo, también compartían un gusto raro por Miles Davis y música surf clásica, como "Green Onions". Era una mezcla extraña, pero es que ellos también lo eran.

Aparte del amor por las artes (y por nosotros), mis padres tenían muy poco en común. Me sorprendía escuchar los planes para sus "noches de cita". Mi madre, que siempre le había gustado viajar y ya había recorrido bastante antes de conocer a papá, disfrutaba de probar restaurantes exóticos y escuchar música en vivo. En cambio, mi padre solo disfrutaba la comida americana, en especial la californiana denominada "de la granja a la mesa". Si un plato tenía demasiados ingredientes, ya no le gustaba. Así que, por ejemplo, el chai estaba fuera de sus preferencias.

Su actividad favorita era visitar galerías de arte silenciosas y museos, donde evitaba comentar sobre las obras. Prefería el silencio. A mí también me gustaba así, pero no podía dejar de notar las grandes diferencias entre ellos y cómo mi madre rara vez conseguía lo que deseaba - a menos que eso fuera también lo que él quería-. De niños, íbamos al océano y a la playa con frecuencia, pero mamá pese a que le encantaba nadar, nunca se metía al agua porque era mi compañera constante, y yo siempre estaba protestando por todo.

Yo la adoraba, aunque ella no era exactamente un modelo de empoderamiento femenino. Siempre estaba dispuesta a seguir la voluntad de mi padre, y lo más extraño era que le gustaba ser así. Las ideas de papá eran siempre superiores, y en las raras ocasiones en que ella se salía con la suya, ni siquiera se daba cuenta de que era una concesión. Pero yo sí lo notaba. Y cada vez que él decidía por ella, sentía un creciente resentimiento. A veces, me preguntaba si su enfermedad autoinmune era una manifestación física de toda esa voluntad tan reprimida por tanto tiempo, yo había leído lo suficiente sobre la conexión entre la mente y el cuerpo como para pensarlo. Ella sentía devoción por él. Su destino estaba en sus manos, aunque papá era un gobernante indulgente.

Me senté junto a ella en el banco del piano, y ella dejó de tocar por un momento, rodeándome con su brazo.

"Mi niña, ¿por qué estás tan triste? ¿No encontraste a Brooke?"

Apoyé mi cabeza en su hombro, y ella acarició mi cabello, besando mi coronilla. Este era mi refugio. El mundo a menudo lo sentía tan duro y solitario, con mis pensamientos y sentimientos siempre burbujeando debajo de la superficie. Mis grandes ideas no encajaban con las de mis compañeros. Mi mente nunca dejaba de zumbar, y mis sentidos estaban siempre en alerta máxima. Pero aquí, en los brazos de mi madre, era el único lugar donde encontraba un verdadero descanso.

Morgan podría haberse sentido resentido por ser la más quejosa de los dos, pero él sabía que yo necesitaba más -más de ella, más de su consuelo- y siempre me dejaba hacer. Su forma de ser era más parecida a la de mi padre. Parecíamos dos polos opuestos pese a ser gemelos.

"Estaba con ese chico, Colin", le dije. Mi madre respiró hondo. "¡Oh!"

Me senté frente a ella y me miro con suavidad mientras acariciaba mi cara. "¿Quieres contármelo?" me preguntó suavemente, su tono lleno de la paciencia de siempre.

Suspiré, frotándome las manos en los jeans para eliminar la tensión acumulada. "No lo sé, mamá. Brooke está... diferente. Y este chico, Colin... No me gusta lo que le está metiendo en la cabeza".

Ella me escuchó en silencio, sin interrumpir, dejándome desahogar. Sabía que no iba a juzgarme, pero tampoco me iba a decir exactamente lo que quería oír.

"Tal vez solo esté celosa de la atención que le está prestando" pensé yo.

"Sabíamos que esto iba a pasar en cualquier momento, cariño. Ella es mayor que tú, y salir con alguien no romperá ese vínculo especial que tenéis. Dale una oportunidad, ¿sí?"

Hice una mueca. "Que salga con alguien no me molesta. Es *ese* chico. No me gusta nada".

Papá entró en la habitación cargado de herramientas y piezas de hierro, inmerso en su obra de arte. Estaba en uno de esos momentos intensos de trabajo, donde parecía olvidar las pequeñas cosas como sacudirse los zapatos antes de pasar de su estudio al resto de la casa. Sabía que mi madre le había pedido muchas veces que se quitara el calzado antes de entrar, pero cuando estaba tan concentrado, no solía recordar. Todos en la casa habíamos aprendido a cuidarnos de no pisar las pequeñas virutas de metal que, sin querer, constantemente esparcía por todas partes.

"¿Qué chico?" preguntó, mirándonos a ambas.

Mamá le lanzó una mirada seria. "Es solamente una charla de madre e hija, no estamos hablando de nada relacionado con Muri".

Papá asintió, respetando el código. "Está bien, siempre y cuando ella no esté quejándose de Spencer. Me parece es un chico bueno".

Después de que papá salió de la habitación, me quedé un momento mirando el suelo, aun procesando la conversación. Mamá, a pesar de su cansancio, siempre encontraba la manera de ser la mediadora entre nosotros. Lanzó un suspiro y se acomodó en el banco del piano. A veces parecía que su enfermedad la estaba ganando, pero no quería admitirlo. Me senté a su lado otra vez, sintiendo la pesada carga de las palabras no dichas. Sabía que ella se preocupaba, pero no quería cargarme con esa angustia.

Tras nuestra conversación ella luchó por levantarse del banco del piano, así que la ayudé. Vi el andador cerca y dije: "Deja que te lo acerque".

Soltó una risita. "Necesito un poquito de ayuda". A veces, necesitaba asistencia para lo más básico debido a su movilidad limitada, y eso me rompía el corazón. Aunque siempre manejaba su enfermedad con una mezcla de gracia y valentía, no podía evitar sentirme impotente. Yo estaba dispuesta a cualquier cosa para ayudarla. Le llevé el andador y decidí que necesitaba una distracción. "Voy a reunirme con Morgan en la biblioteca para avanzar en nuestro proyecto de ciencias. ¿Necesitas que haga algo antes de irme?".

"¿Puedes sacar lo que tengo en el horno?"

Me di cuenta de que incluso la cocina era otra cosa que le era muy difícil. Fui al horno y saqué la lasaña con el aspecto más delicioso que había visto jamás. Sabía que estaba empeorando cuando horneaba grandes comidas fáciles de congelar, cuando pensaba que iba a decepcionarnos. Ojalá supiera que su valor no dependía de la cena. La quería sin importar cómo se sintiera, pero no podía decírselo. En esos momentos solo quería escapar de todas esas emociones que me atrapaban, alejarme de la tristeza y la preocupación.

Al entrar en la biblioteca la universidad, mis ojos recorrían las estanterías de madera en busca del grupo de Brooke. En el fondo, más allá de un par de estudiantes absortos en sus notas, vi una gran mesa redonda llena de libros y cuadernos desordenados. Colin apareció de entre los estantes, seguido de Brooke y mi tío Nohea con un libro grueso que depositó en la mesa con un golpe sordo. Se inclinaron sobre el nuevo libro mientras Colin pasaba las páginas, hablando con entusiasmo. Me acerqué caminando despacio para no interrumpir. Pero cuando Colin levantó la vista, se encontró con mi mirada y me observó fijamente, como si supiera que algo estaba en el aire.

"Me alegra que vinieras", dijo Colin, su voz amigable pero un poco distante. En ese momento, con la luz tenue de la biblioteca, me preguntaba si realmente tenía veinte años. Parecía mucho más mayor. Ajustó sus gafas, sumido en sus pensamientos. Brooke me vio y frunció el ceño, pero antes de que hablara, su papá me abrazó, lo que hizo que su expresión se suavizara un poco. El abrazo era reconfortante, un pequeño recordatorio de que, a pesar de la tensión, aún había espacio para la calidez familiar.

"Mira esto Muriel. ¡Estoy segura que cambiará nuestras vidas!" dijo Colin con entusiasmo, pero yo hice una mueca "Lo dudo".

Aún estaba molesta por lo que había pasado con mamá; su situación me parecía tan injusta. Tenía que recordarme que ella estaba viva y que podría volver a verla después de esta reunión. Intenté suavizar mis palabras. "Pero estoy interesada en escuchar a dónde nos lleva este asunto".

Mi tío no pareció notar mi actitud desafiante. "Entiendo tu escepticismo. Por eso te pido que lo que compartamos hoy lo mantengas en secreto por ahora. Tu padre será nuestro peor crítico en cuanto sepa nuestro descubrimiento".

Asentí en señal de acuerdo mientras Morgan y Spencer nos localizaban en el fondo de la biblioteca. Mi tío Nohea abrazó a Morgan y luego extendió la mano para estrechar la de Spencer. Brooke solo miraba a todos, con el rostro inseguro por nuestra presencia. Podía sentir que Morgan se ponía tenso. Tenía una fe profunda, igual que mi padre, y el ambiente estaba cargado con un aire extraño. No podía señalar exactamente por qué se sentía incómodo, pero lo sentía. Él tampoco confiaba en Colin.

"Bueno, ¿qué es esta información que querías compartir?" Pregunté, acercándome más al otro lado de la mesa redonda junto a Spencer y Morgan.

Colin deslizó hacia nosotros el libro que estaba consultando. Mi tío tomó otro que estaba sobre la mesa y lo puso al lado. El primer libro era sobre arte bíblico a lo largo de la Historia. El segundo trataba sobre diferentes tipos de leyendas y la base histórica de cada mito. El libro de arte bíblico era una reimpresión de la escena de Noé de la biblia de Nuremberg, mientras que el libro de leyendas estaba abierto en una página en la que vimos claramente escrito nuestro nombre en la parte superior de la página.

Mi tío sonrió emocionado.

"Brooke, tú y Morgan sois unos Lutey".

Colin sacudió la cabeza.

"Estamos investigando si Brooke es Lutey, o si solo lo son aquellos que tienen el apellido".

Morgan parecía muy molesto.

"¿Y eso qué significa?"

Levanté el libro y leí la historia. Spencer se inclinó hacia el libro de arte, curioso.

"¿Qué es esto? ¿Es el Arca de Noé?"

Brooke finalmente habló, señalando la ilustración.

"Sí, eso es el Arca de Noé. Y ahí está una sirena, un triton y, bueno, lo que parece un perro marino o en todo caso, es un animal acuático".

Spencer miró más de cerca "Increíble. Un animal marino. Nunca lo había oído ¿Es uno de los que subieron al arca con Noé?"

Brooke lo miró con desdén, casi como si lo considerara una pérdida de tiempo. En ese momento, parecía más una versión amarga de mí que la dulce campeona que yo solía admirar. Algo había cambiado en ella y no sabía que era.

Mi tío se acercó por detrás y, con un toque incómodo en mi hombro, señaló lo que según él era la parte más importante de la historia.

"Mirad esto -dijo, sus ojos brillando de emoción-. Este fragmento sugiere que la familia Lutey tiene una conexión especial con el mar. Es fascinante, ¿verdad?"

"Mira aquí, Muriel. Esta historia habla sobre cómo desde tiempos ancestrales los Lutey han tenido una conexión con el mar y eran protectores de las aguas. Se decía que tenían habilidades especiales, como entender el lenguaje de los animales y calmar tormentas". Su entusiasmo era palpable, pero sentí que mi escepticismo crecía. La idea de que un apellido pudiera conferir habilidades mágicas sonaba más a una leyenda que a la realidad.

"Es genial" dije, tratando de sonar menos escéptica, pero ¿qué evidencia tienes de que esto sea cierto? ¿Existe alguna prueba real de que los Lutey tengamos alguna conexión con el mar?

Colin se enderezó, listo para intervenir.

"Estamos en el proceso de la investigación". Pero sabemos que estas leyendas a menudo contienen un núcleo de verdad.

"¿Y eso es importante porque...?" pregunté, tratando de mantener mi tono neutral.

"¡Porque podría explicar por qué las cosas han estado tan raras últimamente! Las tormentas, la vida salvaje actuando de manera extraña y hasta la tensión entre los grupos en la ciudad", respondió Colin, sus ojos brillaban con gran emoción.

Mi mente comenzó a girar. Así que, ¿todo esto estaba conectado? La idea era muy atractiva, pero también muy desconcertante.

"Es interesante" admití, pero ¿qué tiene que ver con nosotros? No somos unos héroes de leyenda.

Brooke se cruzó de brazos, su expresión aún incómoda, mientras mi tío parecía pensar en cómo responder.

"Quizás no lo sepas todavía -sonriendo con complicidad-. Pero a veces, las historias eligen a las personas".

Crucé los brazos, tratando de controlar mi creciente frustración.

"¿Y qué? ¿Se supone que ahora debemos creer que somos unos guardianes míticos?"

Colin intervino con una intensidad que me sorprendió:

"No se trata solo de ser guardianes. Se trata de entender nuestra herencia, nuestra identidad. ¡Hay una razón por la que están pasando estas cosas! Necesitamos averiguarlo".

Su pasión era contagiosa, pero me costaba aceptar la idea. Era como si hubieran lanzado una bomba de información en medio de nuestra pequeña reunión, y ahora estábamos todos intentando recoger los pedazos.

"Claro, pero eso no cambia el hecho de que estamos lidiando con problemas muy reales. En este momento mamá está muy enferma, y no puedo andar por la vida pensando que soy parte de algún cuento de hadas" repliqué, sintiendo que mis palabras salían más duras de lo que pretendía.

Brooke suspiró y miró hacia el suelo.

"Yo también tengo problemas, Muri. Pero tal vez esto nos ayude a entender lo que está sucediendo. No voy a rendirme".

Su tono de voz era firme, pero había un rayo de vulnerabilidad en sus ojos. Tal vez esto era más grande de lo que todos creíamos.

Podía ver que Morgan se sentía cada vez más incómodo.

¿Y si esto lleva a más preguntas que respuestas? ¿Y si nos pone en peligro? dijo, frunciendo el ceño.

Brooke habló con una voz más aguda que antes:

"¿Sabes qué? Si no estás interesada en averiguar qué está pasando, entonces no hace ninguna falta que estés aquí".

Sus palabras me dolieron. Sabía que estaba siendo terca, pero no podía quitarme de la cabeza la sensación de que sumergirme en este tema podría desatar aún más caos. La enfermedad de mi madre, la dinámica entre nuestras familias y ahora esto; todo se sentía abrumador.

"Está bien, escucharé. Pero no prometo nada" respondí, sintiendo que mi resistencia empezaba a desmoronarse.

Morgan asintió, aliviado de que al menos estaba dispuesta a dar un paso atrás y escuchar. Colin y mi tío intercambiaron miradas, como si supieran que esto era solo el comienzo. Mientras nos reuníamos alrededor de la mesa, no pude evitar sentir que estábamos al borde de algo grande. Tal vez había más en nuestra historia de lo que nunca habíamos imaginado. El grupo compartió miradas nerviosas y sentí un torbellino de incertidumbre. Ellos estaban tan entusiasmados, mientras yo intentaba frenar sus ganas con mis miedos. Colin reanudó su presentación, pasando las páginas del libro, pero apenas podía concentrarme. Mis pensamientos seguían volviendo a la lasaña, a mamá y a esa sensación pesada de que, por más que lo intentara, no podía escapar del caos emocional que me rodeaba.

Finalmente, levanté la vista y me atreví a interrumpir con un tono un poco nervioso:

"¿Y si esto es solo una coincidencia? Las tormentas, las leyendas... tal vez no signifiquen nada".

Brooke me miró con una mezcla de desafío y preocupación.
"No podemos seguir ignorando lo que está pasando, Muriel. ¡Tenemos que entenderlo!".

Sentí que todos los ojos estaban fijos en mí. Sabía que tenía razón, pero la idea de enfrentar lo desconocido me ponía un poco de los nervios.
"Está bien" dije, tratando de parecer más segura de lo que me sentía. Tal vez, al unirme a ellos, podría descubrir algo que me diera respuestas y ayudara a despejar las dudas.

Mientras Colin hablaba, miré a Brooke. Se veía tan segura de sí misma, tan decidida en su camino. La envidiaba, incluso si no la comprendía del todo. Era como ver a alguien lanzarse a aguas profundas mientras yo permanecía inmóvil en la orilla, aterrorizada por las olas.

"Entonces, ¿cómo empezamos?" pregunté finalmente, rompiendo el silencio que se había asentado entre nosotros. La expresión de Brooke cambió y, por primera vez, sonrió. "¡Nos sumergimos juntas!

"Vuestro antepasado, y estamos seguro que lo es pues lo hemos confirmado a través de los registros de ADN de tu padre, conoció a una sirena que le concedió poderes que pasaron a las generaciones posteriores, pero venían acompañados de una maldición para la familia Lutey. La sirena le entregó un peine decorado con perlas, y él pudo pedir tres deseos, todos nobles. Sin embargo, cada nueve años, un descendiente de los Lutey se pierde en el agua y su cuerpo nunca más se encuentra".

Morgan estaba escéptico. "Pero si es así, ¿no habríamos oído hablar de nuestros familiares desaparecidos?"

Nohea soltó una carcajada. "¿Y cómo saberlo? ¿Qué parientes conoces además de Brooke y tu tía? Tu familia está esparcida por todas partes, y este antepasado vivió hace cientos de años. Esta es la primera vez que te afecta tan de cerca". Apenas podía escuchar lo que decían. Solo podía pensar en el peine de perlas guardado en mi casa. Sentía la mirada de Brooke. Cuando miré hacia arriba, vi un destello de desprecio en su rostro. Había algo que no nos estaban contando.

"Y ¿Cuáles son esos poderes que dices que tiene nuestra familia?"

Colin respondió a la incredulidad. "El viejo pescador Lutey deseó tener el poder de hacer el bien. Quería romper hechizos para sanar y controlar la voluntad de todo tipo de criaturas sobrenaturales, especialmente de las sirenas malignas. Su deseo era que cada generación en la familia tuviera esos poderes".

Morgan se veía frustrado. "¿Entonces, para qué nos sirve toda esta información? ¿Nos estáis advirtiendo que no nos acerquemos al agua? ¿Cuál es el motivo?"

Brooke, visiblemente irritada, agarró otro libro y lo golpeó contra la mesa. Luego señaló una ilustración en sus páginas. "Vamos a traer de vuelta a mi mamá" dijo con una firmeza que nos dejó a todos helados.

Spencer, incrédulo, rompió el silencio. "¿Estás hablando en serio?"

Colin cerró el libro rápidamente antes de que pudiera verlo con claridad, pero alcancé a notar una ilustración de dos niños gemelos. Parecía de origen mexicano o maya, algo antiguo y misterioso.

"Estamos explorando y aprendiendo más sobre lo que ya tenemos. El primer paso es encontrar una sirena. Con tres descendientes Lutey, deberíamos encontrarla, dijo mi tío Nohea, poniendo énfasis en las palabras "tres descendientes Lutey". Todos sabíamos que había cuatro. Esto nos dejaba claro que nunca tuvieron la intención de incluir a papá.

Tomé una respiración profunda. "Yo no voy a participar en esto. Esta es la conversación más absurda que he tenido jamás. Aprecio que investiguen nuestra historia familiar, pero yo tengo una vida aquí, en el presente. Si están tan interesados en encontrar respuestas, introduzcan nuestra información en algún sitio de ADN, seguro encontrarán a otros que se unan a su proyecto". Brooke se acercó como si estuviera lista para pelear de nuevo. "Somos los últimos de la línea. ¿Y qué pasa con mi mamá? ¿Es que no te importa?"

No iba a dejar que me intimidara más. "Claro que me importa. Quería a tu mamá, y te quiero a ti. Pero ella ya no está. Tienes que superarlo".

Morgan bajó la cabeza y luego asintió en señal de acuerdo. "La tía Mallory está en el cielo. Rezaré por todos vosotros en la iglesia". Tomó mi mano y me llevó fuera de la biblioteca, con Spencer siguiéndonos de cerca. La sensación de unidad entre nosotros me reconfortó un poco en medio de toda la confusión.

"Muri, ¿Dónde está ese peine?" Morgan me sacó de mis pensamientos. Olvidé que él estaba en mi cabeza. "En mi habitación", respondí.

Spencer se veía confundido. "¿Qué es lo que hay en tu habitación?"

Morgan se detuvo y habló en voz baja con Spencer. "Tenemos que regresar a casa, te veré mañana".

Podía ver que había mucha confianza entre estos chicos; la misma que antes yo tenía con Brooke. Ahora tendría que confiar en mi hermano, el único con el que podía contar, aunque estuviéramos en desacuerdo. De regreso a casa, mi madre se había ido a la cama temprano y se distraía del dolor viendo su programa británico de repostería favorito. Mi padre todavía estaba encerrado en su estudio de metales, inmerso en su trabajo. Morgan y yo corrimos a mi habitación y agarramos el peine. Lo extendí; y nuestras manos se encontraron sobre él por un instante, entonces brilló intensamente. Quería soltarlo, pero Morgan lo sostuvo firmemente, con mi mano atrapada en la suya. Podía sentir el calor que emanaba del peine recorriendo nuestros cuerpos.

"Suelta el peine", dijo una voz suave y melódica. Sorprendidos, del mismo susto lo dejamos caer, y el peine se estrelló contra el suelo. Miramos alrededor de la habitación en busca del origen de aquella voz. Mi amiga sirena había regresado, y esta vez no estaba atrapada en un momento congelado ni en un sueño. Ella estaba aquí, y no me había golpeado la cabeza. Oh, y además ahora tenía un testigo: mi hermano.

Le susurré suavemente, "¿Ves lo que yo veo?"

Él asintió. "Sí".

La sirena dijo con un suave canto en tono ominoso. "Ahora, niños. Relajaros. Ambos habéis tenido en vuestras manos el peine. Me habéis invocado y la suerte ya está echada. Sigamos pues adelante". No estábamos acostumbrados a escuchar cantos en casa, así que su melodía nos resultó muy inquietante.

"¿Puedes hablar en lugar de cantar, por favor?" pidió Morgan, lo que ofendió a la sirena.

"¿Es que no te gusta? ¿No te hace querer escuchar más o hacer lo que te digo?"

Nos reímos. "No, al contrario. Lo siento". Me sentí apenada; la sirena estaba herida por nuestros comentarios.

Ella dijo: "Bueno. Vosotros sois inmunes, así que, ¿por qué debería molestarme? Mi nombre es Calíope".

Me quedé en silencio, procesando lo que acababa de decir. La revelación de que éramos inmunes a su influencia me dejó sorprendida, pero a la vez, un poco aliviada. Eso significaba que teníamos algo de control sobre esta situación. Morgan, aún un poco escéptico, frunció el ceño. "¿Inmunes? ¿A qué exactamente?"

Calíope sonrió, con mirada divertida. "A la melodía de las sirenas, a lo que intentan hacer sentir. Pero no os engañéis, eso no significa que no pueda ayudaros... o causarles problemas".

La tensión en la habitación se podía cortar con un cuchillo. Morgan y yo nos miramos, tratando de descifrar el siguiente paso en esta extraña conversación. La atmósfera estaba cargada de incertidumbre, y no sabía si podíamos confiar en ella.

"Entonces, ¿qué es lo que realmente quieres de nosotros?" pregunté, sintiendo que era el momento de aclarar las cosas.

Calíope inclinó la cabeza, como si estuviera sopesando mis palabras. "Lo que quiero es simple: vosotros tienen una conexión especial con el mar y necesitan entenderlo. Pero también hay peligros en el camino, y eso es lo que deseo evitarles".

Morgan frunció el ceño. "¿Peligros? ¿Qué tipo de peligros?"

Calíope se acercó un poco más, y su expresión se tornó seria. "Riesgos que han estado ocultos durante mucho tiempo. Aquellos que acechan en las profundidades y que no quieren que vosotros descubran la verdad sobre su linaje. Si no actúan con cuidado, pueden atraer su atención". Sentí un escalofrío recorrer mi espalda. ¿Qué había en el fondo del océano que era tan temido? Y, más importante, ¿qué papel teníamos nosotros en todo este asunto?

Morgan la observó detenidamente por primera vez. Tenía un cuerpo pequeño como el de un pájaro, y sus plumas brillantes y pies escamosos parecían diferentes cada vez que la veía. Su rostro era más suave que en mi sueño. Era una mujer, con una cara muy juvenil. Era tan joven como yo o tal vez cien años mayor; su edad era en verdad indetectable. Era intemporal, mágica y hermosa. Esta vez ya no la miraba con miedo y podía imaginar que pensó de mi la primera vez que nos conocimos en la cueva debajo de la cascada. Eso me recordó... la cascada. ¿Qué pasó?

"Calíope," dije, intentando romper el hechizo de la incertidumbre. "¿Qué es lo que pasó en aquella cascada?". La última vez que estuvimos allí, había algo extraño, oscuro. ¿Está relacionado con los peligros de los que hablas?" Ella asintió, como si las palabras pesaran en su lengua dijo: "La cascada es un punto de conexión entre tu mundo y el mío. Es un lugar donde los límites son difusos y donde las energías de ambos reinos se entrelazan. Lo que está sucediendo allí no es natural. Algo, o alguien, está intentando perturbar ese equilibrio. Y cuando eso sucede, todo lo conocido está amenazado".

Ella continuó. "En la cascada yo no te hice nada. Te pedí ayuda, y tú no me ayudaste. Quería ponerte a prueba". Mostró un pequeño parche de plumas brillantes que parecían regenerarse. "Tú hiciste todo lo contrario y me atacaste". Luego se volvió hacia Morgan. "Y tú. Los peces estaban intentando despertar a tu hermana, y empezaste a patearlos y gritarles".

Morgan cruzó los brazos, su desconfianza crecía por momentos. "Entonces, ¿qué se supone que debemos hacer? ¿Cómo nos involucramos en esto sin acabar metidos en problemas?"

Calíope sonrió de nuevo, pero esta vez su expresión era más seria. "No podéis ignorarlo. Estais conectados a esta corriente acuática más de lo que crisis. Para entender su legado, debéis enfrentarse a lo que hay bajo la superficie. Si no lo hacéis, el peligro aumentará".

Las palabras de Calíope resonaron en mí. Sabía que no podríamos huir. Aun así, la idea de enfrentarnos a lo desconocido me llenó de una mezcla de emoción y miedo. "¿Y si fallamos?" pregunté. "¿Y si no somos lo suficientemente fuertes?"

"Fortaleza no solo se mide por el poder", respondió Calíope con firmeza. "A veces, el valor verdadero se encuentra en la voluntad de enfrentar lo desconocido. Y, sobre todo, en el apoyo que os brindáis mutuamente. Juntos sois invencibles".

"Está bien, ya lo entendimos. Nos asustamos. ¿Qué quieres de nosotros ahora?" insistí.

Morgan se adelantó, su voz cargada de desconfianza. "¿Por qué nos estabas probando? ¿Qué es lo que realmente quieres?"

Calíope inclinó la cabeza, una sonrisa juguetona en su rostro, pero sus ojos brillaban con seriedad. "Oh, mis queridos Luteys, vosotros sois los que deberían decirme lo que queréis. Ahora yo estoy bajo vuestro poder".

"¿Qué? ¿Así que esa tontería de los poderes tiene algo de verdad? ¿Y qué crees que queremos nosotros?" Morgan frunció el ceño, incrédulo.

"Hay muchas cosas que podríais hacer con un este poder". Sus plumas brillaron suavemente con el movimiento de su cuerpo. "Pero en cien años, ningún Lutey ha usado su poder de manera consciente. El conocimiento ya se perdió para el clan".

Nos miramos, confusos y cautelosos. El silencio en la habitación era casi insoportable. Yo sabía que Morgan estaba tan perdido como yo. La tensión aumentaba en el aire. Estábamos atrapados en algo mucho más grande de lo que habíamos imaginado, y aún no entendíamos la magnitud de las palabras de Calíope.

"Debéis saber que este poder no se extingue solo porque no queráis usarlo. Vivirá siempre con vosotros y en los Lutey que vengan después. No lo podéis evitar".

"Así que… ¿quieres decir que tenemos poderes, pero no sabemos cómo usarlos?" pregunté, intentando descifrar lo que todo esto significaba.

Calíope asintió, sus ojos brillantes y expectantes. "Exactamente. Vosotros, descendientes de Lutey, habéis heredado un don poderoso, que puede cambiar el destino de muchos. El problema es que no lo conocéis, y ese desconocimiento es un peligro en sí mismo".

"Mi prima piensa que podríamos ayudarla a encontrar una sirena y de esta forma ella podría recuperar a su madre que se ahogó en el mar", dije sin apenas pensarlo.

Calíope sacudió la cabeza. "Oh no, no. Eso no se puede hacer".

Morgan se encogió de hombros, claramente frustrado. "Bueno, pues eso es todo, entonces. No puedo pensar en nada más".

Me senté en una silla junto a mi escritorio y saqué mi bloc de notas. Quizás ya lo he mencionado antes: no solo soy artista, sino también soy una auténtica friki. Tomé notas con entusiasmo. Tener un bolígrafo y papel en mis manos siempre ha elevado mi creatividad. Tal vez forma parte de mi necesidad de una experiencia táctil positiva y disfruto la suavidad de los bolígrafos deslizándose entre mis dedos. Me sentía centrada al plasmar en el papel todo lo que en aquellos momentos flotaba en mi mente, dándole forma y sentido a las palabras. Escribí sobre los sueños que me atormentaban y los sentimientos que no podía contener. Desde siempre soy una persona de esas que llevan diario y eso me reconforta.

"Entonces, ¿no es posible que tía Mallory...? ¿Por qué? ¿Es porque las sirenas no son reales? ¿O porque no tenemos ese tipo de poder?". Estaba lista para anotar todo o que nuestra amiga emplumada tenía que compartir.

"Las sirenas son reales. Así es como tú y tu hermano tenéis poderes. Sin embargo, estos poderes solo se pueden usar para el bien. Esa es la negociación que hizo su abuelo Lutey hace mucho tiempo". Aunque Morgan estaba charlando con una mitad pájaro, mitad mujer, en el fondo parecía pensar que las sirenas eran absurdas. Podía sentir su escepticismo impregnando toda la habitación.

"Entonces, ¿cómo es que existen?"

"Preguntar sobre su existencia es una cuestión esotérica. ¿Te refieres a como se crearon o preguntas por qué no crees que existen?" Calíope subió a mi cama y comenzó a jugar con las almohadas y los peluches que estaban alrededor del cabecero (Sí. Todavía tengo algunos peluches que son muy preciados). Tiró un poco del edredón y deslizó sus garras membranosas por debajo de las sábanas. No me gustaba tener un pájaro metido en mi cama. Suspiró como si estuviera disfrutando de un lujo extremo. Quería pedirle que se bajara, pero no podía; deseaba escuchar lo que iba a decirle a Morgan. No quería incomodarla. Morgan la observaba mientras se deslizaba entre las sábanas y yo sabía lo que estaba pensando. Él tampoco quería enfadarla.

"Me refiero a una historia sobre su origen".

Ella continuó acomodándose. "¿Tienes té o algo caliente para beber? Hace bastante frío en esta habitación. Una vez que resolvamos eso, te contaré todo lo que quieras saber".

En ese momento, papá llamó a la puerta con un rápido doble golpe antes de abrirla. Se sorprendió al vernos en mi habitación, y nuestros ojos se dirigieron a la cama. No había ni rastro de Calíope.

"Oh, bien. Iba a preguntarle a Muri si te había visto. Necesito ayuda para mover un par de cosas a mi camioneta. ¡Estamos cada vez más cerca, chicos! ¿Pueden imaginarlo? Podríamos mudarnos a París o Milán. Vi dos ofertas de trabajo en universidades de allí".

Morgan se levantó, y pude sentir su decepción y sus pensamientos.

"Sí, eso es genial, papá. Estaría feliz por ti, pero ¿qué pasa con mamá? ¿Qué dice su doctor? ¿Lo has preguntado siquiera?". Era la primera vez en mucho tiempo que Morgan le plantaba cara. Podía sentir su decepción porque nuestro pájaro había volado. Papá frunció el ceño. "¿Es que no podemos tener una conversación familiar enfocada en las posibilidades y no en las limitaciones?"

"Espero que no estés llamando a mamá una limitación". Junté los labios y giré mi silla. "Por cierto, tu cuñado y tu sobrina siguen convencidos de que algo sobrenatural estuvo detrás de la desaparición de tía Mallory en el mar. ¿Podrías, por favor, poner fin a estas opiniones? Me está estresando mucho este tema".

Papá se veía enfadado por ambos comentarios. No podía determinar cuál lo enfurecía más: si la acusación de despreciar a mamá o el hecho de que mi tío estuviera nuevamente profanando la memoria de su hermana. Me sentía culpable por lo que había dicho. Sabía que lo que se había mencionado en la biblioteca contenía algo de verdad, pero deseaba que todo se olvidara. No quería que Calíope regresara y esperaba no tener nada que escribir nada más en mi cuaderno. Morgan se sorprendió al ver que hablaba de la conversación en la biblioteca. Sabía que esa confrontación solo nos traería más problemas. Me miró con desaprobación y me envió un pensamiento a la mente.

"Error. ¿Por qué involucraste a papá? Podríamos haberlo resuelto por nuestra cuenta". Me encogí de hombros y ya no dije nada más.

Tan pronto como papá cargó la camioneta, fue a confrontar a Nohea. Quería desmantelar la conspiración de raíz. Sentía que tenía la responsabilidad de asegurarse de que su sobrina y los demás estuvieran en contacto con la realidad, alejados de tantas fantasías. Mientras mi padre se enfrentaba a mi tío, Brooke vino a buscarme. Mi madre estaba buscando algo para tomar con sus pastillas y logró detener a Brooke antes de que llegara a mi habitación. Podía escuchar su conversación desde la distancia. Salí de mi habitación y me quedé al final del pasillo, mientras decidía si debía esconderme, escapar o encararla.

"Me alegra que estés aquí, Brooke". Mi madre se interpuso entre Brooke y yo. Ella intentó pasar, pero mamá mantuvo su posición con autoridad. "¿Está Muriel en su habitación?"

"No lo sé. Estaba descansando; creo que ha salido con su padre".

"No, él está con mi papá". Brooke intentó nuevamente pasar hacia la habitación. Para entonces yo ya tenía decidido que correría si ella lograba adentrarse en el pasillo. "Me alegra que estés aquí porque quiero hablar contigo sobre Colin. Creo que es un poco mayor para ti". Esto detuvo a Brooke en seco, y su rostro se volvió frío y feroz.

"¿Qué te ha contado Muriel?"

Mi madre colocó su mano frágil en el hombro de Brooke. "Pensamos que vosotros dos estais desarrollando una amistad que tal vez no sea apropiada". Brooke miró las pastillas en las manos de mi madre y reaccionó, apartando su otra mano.

"Toma tus pastillas, Lorelei. Preocúpate por ti misma. Mi madre volverá pronto. No necesito que juegues a ser una mamá conmigo. Casi siento pena por Muriel y Morgan. No sé qué es peor: tener una madre desaparecida o una justo frente a ti que va desapareciendo".

Se quedó herida y temblorosa. Yo quería salir de las sombras y enfrentar a mi prima, hacerla sufrir por ser tan cruel con mi madre. Se detuvo un instante, atrapada entre el deseo de decirle algo a Brooke y la necesidad de procesar sus palabras. Permaneció inmóvil un momento y luego tomó sus pastillas.

"Tienes razón. No soy tu madre. Buenas noches, Brooke. Necesito descansar". Se dio la vuelta y caminó hacia su habitación. No salté; la observé alejarse. La vi entrar en su habitación y luego salí de las sombras.

"¡Sal de mi casa!".

"¿Por qué se lo contaste a tu papá? Sabías que intentaría detenernos".

"¿Detenerte de qué? ¿De desear una estrella? ¿De soñar con una sirena mítica? ¡Oye, tú estás loca!"

"Colin ya sabe dónde hay una".

"Todos lo sabemos: en el océano y su imaginación".

"No, este pez maligno está en la tierra. La devolveremos al océano y yo recuperaré a mi madre".

"Estás loca y no eres nada agradable. "Estoy segura de que Colin besa bien, pero ¿tanto como para hacerte renunciar a tu sentido común? ¡No sabía que estabas tan desesperada!"

Estábamos a punto de llegar a las manos cuando Morgan y papá entraron por la puerta. Brooke me agarró la camiseta, preparándose para golpearme, pero se detuvo al ver a los chicos. Me sacudí, intentando parecer indiferente, aunque estaba aterrorizada por otra golpiza.

"¿Lograste aclarar las cosas con su papá? Esta loca ha cruzado una línea más y es capaz de cualquier cosa".

Noté que la mano de mi padre estaba ensangrentada y su rostro tenía un moretón.

Brooke también lo notó. "¿Le pegaste a mi papá? ¿Te contó la verdad?". Morgan negó con la cabeza. "No hubo apenas conversación y sí muchos golpes. Después de lo de hoy, estoy seguro de que esta familia está rota".

Brooke salió corriendo de la casa. "¡Sois todos unos tontos!".

"Estoy contenta se haya ido. Deberías haber oído cómo le habló a mamá".

Fui a buscar hielo para la mano de papá. Él sonrió. "Necesitamos un nuevo comienzo como familia".

CAPÍTULO 6

A la mañana siguiente, mi padre consiguió que muy temprano toda la familia estuviera lista para ir a la iglesia. Sentía que nos había fallado, a nosotros y a Brooke. Él era el encargado de nuestra educación espiritual, el responsable de guiarnos, como su propio padre lo había guiado a él. ¿Cómo era posible que estuviéramos expuestos a esas ideas del ocultismo? Nohea se había convertido cuando se casó con la tía Mallory, pero ¿qué supuso realmente esa conversión? Toda esa rama de la familia se había rebelado contra la idea de ir a la iglesia de forma regular. Siempre todos teníamos cosas más interesantes que hacer. Papá, en cambio, era un creyente firme. Pensaba que con eso bastaba, que sus hijos absorberían la fe por ósmosis, simplemente viendo el ejemplo de los padres siendo buenas personas y llevando una vida correcta. Sin embargo, él sentía que había fracasado, y ahora estábamos aquí, sentados en el tercer banco a la izquierda, enfrentando ese vacío que estaba intentaba llenar.

Éramos los típicos cristianos de Navidad y Pascua, y siempre nos pareció bien esa costumbre. Pero ahora, Morgan y yo podíamos sentir las miradas. Estábamos sentados en los bancos habituales de devotos feligreses y nos sentimos incómodos. Mi padre se levantó para encender una vela, mientras mi madre estudiaba los himnarios como si estuviera fascinada por la música. Morgan y yo intercambiamos pensamientos telepáticos sobre lo patético que nos parecía todo el esfuerzo de papá, aunque también comentamos lo hermoso que era el vitral. Mi mente, seguía vagando hacia otros temas. Pensé en las imágenes de la Biblia que vimos con la sirena y en las palabras de Brooke sobre un pez maligno en la tierra. Algo en mi estómago se revolvió. Mi mejor amiga, la persona a la que había admirado tanto, ahora me parecía... siniestra. Tal vez debía rezar, creo que no me iría mal en este momento, ¿verdad? Rezar y, sobre todo, investigar más, pero para eso necesitábamos que Calíope regresara. Ese último pensamiento hizo que mi estómago se revolviera aún más. Morgan hojeaba su Biblia mientras, con discreción, buscaba algo en su teléfono. Finalmente, sacó una imagen de Noé y el Arca con las sirenas, pero no encontró ninguna referencia bíblica que las mencionara. Justo antes de que mi padre regresara al banco, Morgan guardó su teléfono rápidamente. Sin embargo, una palabra quedó resonando en mi mente: *nefilim*. Había surgido en su búsqueda y ahora la proyectaba en mi cabeza como si yo la hubiera buscado también. ¿Qué significaba eso? Nunca la había escuchado antes. ¿Tenía algo que ver con las sirenas o con Calíope?

El servicio se nos hizo largo, y claramente estábamos fuera de práctica. A mi madre le encantaban las canciones, y para su mayor deleite, esta iglesia en particular tenía campaneros con guantes blancos. Yo, en cambio, me removía incómoda en el duro banco de madera, deseando que tuviera cojines como los que se usan en los juegos de estadio. Una niña joven, con una voz asombrosa, era la invitada musical de ese día. Cuando comenzó a cantar el "Ave María", su voz llenó cada rincón de la iglesia y de mi ser, disipando todas las preocupaciones y dudas internas. Incluso Morgan, con su conexión gemela, no logró irrumpir en mis pensamientos. Cerré los ojos, respiré profundamente y dejé que las palabras y la música me envolvieran por completo. En ese instante de meditación privada y oración contemplativa, mi madre se inclinó hacia mí y susurró suavemente: "Cuando muera, por favor, pon en mi funeral esta canción para mí. Me conmueve de la misma manera que a ti".

Abrí los ojos. La idea de que mi madre muriera envió ondas de choque a través de mi cuerpo. Luego, el siguiente sentimiento me sorprendió. Me invadió una compasión abrumadora por Brooke. Sabía en mi corazón que ella estaba sufriendo. Si había algo que pudiera hacer, debería ayudarla. Tal vez si nos juntamos los tres Lutey podríamos ayudar. Sin embargo, mi instinto anuló mi momento de hacer el bien. Algo o alguien dijo: "¡No!". La canción terminó, y noté que Morgan estaba espiando mis pensamientos. Lo ignoré cuando dijo: "¡No podemos ayudar a Brooke!" Decidí que tomaría mis propias decisiones. Sabía que podía ayudar a mi prima. Si nuestros poderes, fueran los que fueran, estaban aquí para hacer el bien, entonces era nuestra obligación actuar. Calíope me puso a prueba junto a las cascadas, y le había fallado. Tal vez este era otro intento. Sabía que mi madre no iba a morir. Puede que no estuviera sana, pero no iba a morir pronto. Brooke ya había perdido a su madre, mi padre había perdido a su hermana, y el tío Nohea nunca volvería a ser el mismo. Todos buscaban respuestas. Al llegar a casa, me senté en la cama con el peine en la mano. Inmóvil. Morgan apareció de inmediato, porque podía sentir lo que estaba ocurriendo en mi mente.

"Quiero preguntar a Calíope sobre lo que le sucedió a la tía Mallory. Si lo averiguamos, ayudaremos a Brooke. Y ya todos podremos volver a la normalidad".

"Muri, incluso si es cierto que tenemos algún tipo de poderes, lo escuchaste tan bien como yo, estamos tan malditos como bendecidos. Es mejor no nos involucremos en este asunto más".

"Ya no siento a la vieja Brooke, ha cambiado y no la reconozco. No sé si es por Colin o por las etapas del duelo, pero esa chica no está bien".

Morgan finalmente accedió a invocar a Calíope. Colocamos ambas manos sobre el peine, sintiendo la energía fluir entre nosotros mientras comenzaba a brillar. De repente, Calíope apareció, cantando el "Ave María". Esto me perturbó de inmediato.

"¿Por qué cantas esa canción?" pregunté.

"Porque creo que es hermosa".

Su canto también incomodó a Morgan.

"¿Estuvisteis en la iglesia hoy?" inquirió.

Sin esperar nuestra respuesta Calíope continuó su canto:

"Maria Gratia plena, Maria Gratia plena"

"Ave, Ave Dominus"

"Estaré con vosotros hasta que esto termine".

¿Pero qué nos quieres decir con eso? ¿Estuviste también en la iglesia? pregunté.

"Significa que cuando piensas en mí, estoy contigo. No puedes verme, pero estoy. Desde la primera vez que me llamaste a través del peine, estoy contigo hasta que este viaje termine".

A Morgan no le gustaba nada esta conversación. Él pensaba que podíamos dominar nuestros poderes. Si no la invocábamos con el peine podríamos poner fin, pero no era así, ahora resultaba que ella siempre estaba presente. Ahora le quedó claro que no teníamos el control, y eso le daba miedo. Pude sentir cómo su ansiedad crecía, aunque la reprimía porque, en el fondo, era un valiente -la persona más valiente que jamás conocería-. Hizo lo único que se le ocurrió para expulsar a un espíritu maligno o a cualquier cosa horrible que intentara apoderarse de nuestras vidas y voluntades. Había escuchado esa frase antes, pero nunca pensó que tuviera que usarla hasta ahora.

"¡Apártate de mí, Satanás!" Morgan había regresado a la Biblia antigua, recuperando esa frase de los recovecos de su mente.

Calíope cayó al suelo riendo. "Ha pasado mucho tiempo desde que tuve una buena risa. ¡Gracias!" No me gustó que se riera de mi hermano. "¡¡Oye, si no quieres que te arranque tus lindas plumas será mejor que te expliques que demonios pasa!!" Morgan se veía abatido, y Calíope dejó de reírse.

"No soy el diablo, ni represento ninguna forma de maldad. Soy hija de un ángel caído. Y dado que Dios es bueno, no nos castiga a nosotros, los niños, por haber nacido. Soy lo que se llama un *nefilim* y nací como sirena. Mis otros primos nefilim son sirenas, selkies, ondinas, y otras criaturas marinas como los naga y los delfines".

"Eso es una locura, ya veo claramente que no eres humana. Pero ve al grano: ¿por qué nos molestas?" Mi tono era muy hostil.

"Me ofende que digas que te estoy molestando. Los humanos siempre intentan culparnos o negar nuestra existencia".
Empecé a anotar todo lo que había estado diciendo y volví a una de sus afirmaciones. "No negamos que los delfines existan".

Calíope frunció los labios con decepción. "Sí, los delfines se niegan a ser ignorados. Tienen una relación de amor-odio con la humanidad. En realidad, toda la familia cetácea no sabe cómo interactuar con los humanos".
Nuestras recientes investigaciones para la feria de ciencias estaban dando sus frutos: los cetáceos son las ballenas y los delfines. Sin embargo, a pesar de que ahora entendíamos mejor la comunidad de tritones, seguíamos sin tener respuestas.

¿Y qué pasa con la maldición en nuestra familia? Si no eres malvada, ¿por qué alguien de nuestra línea es llevado al otro mundo cada nueve años?"

Calíope habló en voz baja y con sinceridad. "No dije que no haya maldad en este mundo; solo dije que yo no soy malvada".
"¿Y la maldición de los Lutey?" Preguntamos de nuevo.

"Pues…no lo sé. Los tritones tienen su propia sociedad y reglas. Desde que Dios les confió la tarea de proteger el Arca de Noé durante el diluvio, han asumido el papel de líderes de los nefilim y ya no nos consultan nada".

Morgan sacó una foto de la Biblia de Núremberg en su teléfono y miró la imagen de cerca. "No puede ser en serio que existan perros sirena". Me sorprendió que, después de toda la información impactante e increíble que Calíope nos había contado, mi hermano se enfocara en si había perros sirena o no. Calíope asintió con la cabeza.

"Sí, existen los perros sirena".

"¿Y gatos sirena?" preguntó.

El rostro de Calíope reflejó una expresión de duda. "No, no hay gatos sirena".

"¡Qué decepción!" suspiró. Yo trataba de no sentirme abrumada o molesta por las preguntas de mi hermano. Necesitaba tiempo para asimilar todo. Quería ayudar a Brooke, pero no estaba segura de qué significaba todo ese bombardeo de información.

"¿Has hablado con Brooke? Es una Lutey. Hazle saber que nosotros no podemos hacer nada".

Calíope estaba muy seria. "No estoy aquí porque vosotros seáis unos Lutey".

Miró al cielo y escuchó el viento. "Ahora debo irme". Y así, volvió a desaparecer. Entonces, Morgan gritó: "¡Pero no te has ido del todo, ¿verdad?!" Me miró. "¡Esto me está dando muy mal rollo!"

"Mira Morgan, mejor nos olvidamos del tema por el momento. Vamos a concentrarnos en la feria de ciencias y esperamos hasta después de la inauguración de la exposición de papá. Ahora, no tengo tiempo para pensar. He estado toda mi vida sin saber nada y por ahora prefiero dejarlo aparte".

Y eso hicimos: lo dejamos guardado. Tuve que hacer mi proyecto de ciencias sola porque Brooke no estaba disponible ni tampoco con ganas. Papá pasaba días y noches terminando sus piezas, y Morgan lo ayudaba con las cosas más pesadas. La salud de mamá seguía empeorando. Así pasaron las dos semanas siguientes. No pensamos más en Calíope ni tampoco la llamamos. Fingíamos que, si lo intentábamos con fuerza, podíamos controlar todo. Ya lo enfrentaríamos cuando estuviéramos listos. Nos prometimos no pensar más en las criaturas marinas, y hasta ahora estaba funcionando. La negación se volvió nuestra mejor aliada.

CAPÍTULO 7

Durante las últimas semanas Morgan y yo habíamos estado concentrados en mantener a flote la dinámica familiar. Pero nos estábamos engañando al pensar que podíamos controlar lo que estaba por llegar. Estábamos a punto de vivir unos días que cambiarían nuestras vidas para siempre.

El primer día fue cuando tuvo lugar la feria de ciencias. El gimnasio estaba repleto de puestos con los proyectos individuales, cada uno montado con su propio toque especial. Algunos eran tan sofisticados que requerían iluminación particular o acceso a múltiples tomas de corriente. Muchos estudiantes habían centrado sus proyectos en torno al eclipse solar que ocurriría la tarde siguiente. Toda la comunidad científica estaba emocionada por el evento, y no era para menos. Incluso mi tío Nohea llevaba meses preparándose, entusiasmado por cómo se podrían rastrear los cambios climáticos durante los días posteriores. Habían pasado casi cuarenta años desde el último eclipse solar visible en América del Norte, y ahora, gracias a la tecnología moderna, los científicos podrían capturar detalles que antes eran imposibles de observar. Con toda la preparación y emoción en torno al eclipse, los estudiantes tuvieron acceso a gráficos, tablas y otras ilustraciones que elevaron la calidad de sus proyectos. Estaba convencida de que uno de ellos se llevaría el primer premio.

Nuestro proyecto era muy simple. La hipótesis original se basaba en la investigación de la tía Mallory: el clima estaba cambiando, los océanos se calentaban y eso alteraba el comportamiento de algunas especies. Para no agravar las tensiones con mi prima, ajusté mi enfoque, centrándome en las algas en lugar del coral. Para la parte práctica, tenía lista agua de mar, dos tipos de algas y varios gráficos y tablas. No buscaba ganar; simplemente quería tener algo que mostrar y obtener una buena calificación. Esto no se parece para nada a mi estilo habitual de investigación intensa que busca la validación externa a través de unas buenas notas. Esta vez, mi único objetivo era no fracasar.

Spencer y mi hermano, por su parte, se centraron en ciclo de vida de las medusas. Su hipótesis era que estas criaturas eran inmortales, pero que nadie lo sabía porque siempre eran devoradas antes de poder demostrar su longevidad. Explicaron sus planes para probar esta teoría y cómo llevaría generaciones de investigadores y varios especímenes aislados de medusas para comprobarla. Era un concepto interesante, pero no contaban con datos sólidos que lo respaldaran. No parecían estar encaminados hacia la obtención de una "A". Spencer pensaba que si parecía un erudito en el tema les ayudaría a conseguir una mejor nota, así que se puso unas gafas de lectura para la presentación. Su suave cabello rubio parecía particularmente sedoso hoy, y todos los fines de semana que pasaba en el agua le estaban dando un bronceado veraniego envidiable. Me encontré admirando todo sobre él, incluso la forma en que respiraba. Desde que el negocio familiar de Spencer despegó, sus padres compraron un barco, y cuando no estaba surfeando, se dedicaba a navegar. Tenía varias insignias de los Boy Scouts que probaban su habilidad como marinero. No podía evitar imaginarme navegando con él por la bahía de San Diego. Me encantaba pescar, así que podríamos formar un buen equipo.

De pronto, un pensamiento repentino me interrumpió, como una punzada aguda en la cabeza. No era mío, era de Morgan. "*¿Té gusta Spencer?*" estaba hablándome telepáticamente. No lo había hecho desde que Calíope se marchó aquella tarde. Se acercó a mi puesto que estaba justo frente al suyo. Me froté las sienes, esta vez me dolía más de lo normal.

"¿Qué estás haciendo? ¡Me dijiste que no lo harías más!" le dije, muy molesta.

Morgan frunció el ceño. "No lo he podido evitar. Ya sabes que cuando piensas en algo con muchas emociones ligadas, me llega de golpe. ¿Por qué estás de repente tan obsesionada con Spencer?"

"No sé de qué hablas". Respondí tratando de disimular mi vergüenza. "Oh, está bien. Es igual, déjalo ya".

Spencer dejó su puesto y se unió a nosotros. Sentí una extraña cosquilla nerviosa en el estómago, y Morgan levantó una ceja con una sonrisa disimulada.

"¡Hey! ¿Habéis notado que Brooke no ha venido?" preguntó Spencer, mirando a su alrededor.

Asentí. "Estoy sorprendida. Sé que casi había terminado toda la investigación, antes de todo el asunto con Colin".

"¿La has visto por el campus?" preguntó Morgan, dándose cuenta de que mientras nos cerrábamos y aislábamos del exterior, también habíamos apartado a ella de nuestras vidas. No teníamos idea de lo que Brooke y su padre estaban haciendo. Compartimos un momento de culpa y tristeza. La queríamos, ¿cómo pudimos ignorarla por completo? Toda la situación nos hacía sentir incómodos, nos dimos cuenta de que habíamos sido egoístas. Sabíamos que, aunque Brooke se dejó llevar por todo lo que Colin le decía, parte era cierto, lo que solo nos hacía sentirnos peor. Morgan sacó su celular y la llamó. Mientras marcaba, entró otra llamada. Era papá. Morgan dejó que pasara al buzón de voz y Brooke finalmente contestó.

"Hey, prima. ¿Estás bien? ¿Vas a venir o qué?" preguntó Morgan sin esperar respuesta. Asintió varias veces mientras escuchaba. "¿Por qué no está tu puesto en la feria de ciencias? ¿No necesitas participar para graduarte? ... Lo entiendo. Está bien. Nos vemos allí".

Esperé con impaciencia, ansiosa por saber que había dicho Brooke. "¿Y...?".

"Está dolida porque no le creímos ni la ayudamos. Dijo que ahora lo entiende y que nos extraña. Quiere que nos encontremos en Paradise Point después de la feria de ciencias". Morgan miró su teléfono y vio el mensaje de papá. Lo leyó en voz alta:
"Mamá está en el hospital".

Spencer reaccionó rápido y dijo con determinación: "Chicos, debéis iros. Yo me encargaré de explicar todo a los jueces". Salimos corriendo del gimnasio y Morgan llamó a papá, pero no hubo respuesta. Afortunadamente, no estábamos lejos del hospital. En esta ciudad, nada queda muy lejos; si vives cerca de la costa, puedes tomar cualquier autopista y llegar a cualquier parte en minutos. En otras circunstancias habríamos llamado a Brooke, pero en su lugar optamos por un servicio de coches. Durante todo el camino enviamos varios mensajes a papá sin éxito. Podía sentir la preocupación de Morgan, y eso era agotador. Los sentidos que solía controlar estaban a punto de desbordarse. Me sentía abrumada, pero luchaba por no dejarme llevar por los nervios. Intentaba manejar mis emociones y las de él al mismo tiempo. Cuando llegamos vimos a papá esperando en la puerta del hospital, caminando de un lado a otro mientras nuestro coche se detenía. Se paró al vernos y, cuando salimos, nos envolvió en un gran abrazo de oso. "Ella ya está bien" nos aseguró.

"Y ¿qué pasó?" me atreví a preguntar.

"Hoy la llevé a ver mi exposición. Quería saber su opinión antes de la apertura de mañana. Está recibiendo mucha atención en las noticias y quería asegurarme de que todo estuviera perfecto. Al principio, ella parecía estar bien, pero de pronto se desmayó. Es una pena, porque solo alcanzó a ver un tercio de la muestra. Creo que habrá bastante prensa mañana. Aunque hay cierta preocupación sobre el eclipse y eso mantendrá a la gente ocupada en otras actividades".

"¿Y qué dicen los médicos de mamá? ¿Dónde está? ¿Podemos verla?" pregunté, sintiendo la ansiedad apoderarse de mí.

"Ahora no está en su habitación. La han llevado a hacer más pruebas. Dicen que tiene una gran acumulación de metales pesados en su sistema y su hígado no está procesándolos bien, así que tendrán que hacerle terapia de quelación para eliminarlos".

Morgan y yo nos miramos, compartiendo el mismo pensamiento sin necesidad de decirlo en voz alta. "¿Y qué material usas tú que deja pedazos de metal por todas partes?".

En lugar de eso, pregunté: "¿Es esta la razón por la que ha estado enferma todo este tiempo?". Papá bajó la cabeza, claramente preocupado. "No es tan fácil… Esto es solo otra complicación en el camino, chicos. Apenas estamos comenzando con los problemas de mamá". Nos abrazó y rompió a llorar. Nosotros también lloramos, cuando de pronto, Morgan se apartó y, por un momento, dudó de la sinceridad de papá. "¿Estás triste por ella, o es por algo más?"

Papá lo miró con seriedad. "Estoy triste por todos nosotros. La enfermedad de mamá ha afectado a toda la familia. Esta nueva complicación podría cambiar todo lo que habíamos imaginado para nuestro futuro".

Lo empujé, alejándolo de nosotros. "¿Pero ¿cómo puedes decir que ha afectado? ¡No más que tu obsesión con tu arte y tu falta de atención hacia nosotros y hacia mamá!"

Él se dio la vuelta y se alejó unos pasos, sorprendido por mi actitud desafiante.

"Todos merecemos perseguir nuestros sueños, Muri". Lo seguimos en silencio hasta la habitación, con esa incómoda sensación de esperar algo, sin saber exactamente qué. El teléfono de Morgan vibró, y al mirar el mensaje, vio que era de Spencer. Le avisó que Brooke no estaría en Paradise Point.

Mamá se veía pálida y débil. La enfermera que la acompañaba tenía una cara amable y no parecía mucho mayor que nosotras. Mientras la ayudaba levantarse de la silla y pasar a la cama, Morgan y yo nos apresuramos a ayudar. Ella agradeció tener un par de manos extra, porque apenas podía sostenerse en pie. La enfermera le sonrió a Morgan antes de salir. Las chicas siempre le sonreían. Me incliné y le di un beso mientras Morgan la arropaba con la sábana. "Mamá, ¿qué está pasando?" pregunté, sintiendo que necesitábamos respuestas.

Otra enfermera entró y nos interrumpió. "El doctor estará aquí en un momento para revisar sus últimas pruebas. Dijeron que posiblemente ya podría irse a casa hoy mismo".

Morgan no pudo evitarlo y le suplicó: "¡Pero ella no está lista para irse a ningún lado!". La enfermera sonrió. "El doctor llegará pronto" dijo antes de lanzarnos una sonrisa a papá y a mí y salir apresuradamente al pasillo.

Mamá extendió la mano hacia Morgan. "No te preocupes, solo fue un pequeño susto. Si no ven nada raro en estas últimas pruebas, podré recuperarme en casa y seguir el tratamiento con mi doctor de siempre".

"¡Pero papá dijo que te desmayaste!"

"Sí. Estaba mirando las obras tan bonitas de tu padre. Me quedé tocando su última pieza, esa inspirada en la estatua de la sirena de Solvang, y de repente no recuerdo nada más. Solo sé que desperté aquí, en el hospital".

Una mujer mayor, de unos cincuenta y tantos años, entró en la habitación. Le tendió la mano a mi padre. "Hola, soy la doctora Lee. Sé que ya hablaron con el doctor Purcell cuando su esposa llegó. Lo llamaron para una emergencia y lo estoy sustituyendo yo". Dirigiéndose a nosotros, con tono decidido: "Ya revisé el historial de vuestra mamá. Aunque el caso es inusual, podemos tratarlo; su vida no corre ningún peligro. Está lista para irse a casa hoy".

Morgan resopló. "No creo que deba irse. Ella está muy débil".

La doctora Lee se acercó a Morgan y le puso una mano en el hombro. "Estará bien. Te lo prometo". Cerró la carpeta. "Solo asegúrense de que siga el tratamiento con su médico de siempre".

Mamá nos hizo señas para que nos acercáramos. Estaba llorando. "Lo siento, mis corazones. Lamento haberos causado tanta preocupación y problemas. Sé que deberíais estar ahora en la feria de ciencias, y su padre preparándose para su gran evento de mañana. De verdad, lo siento mucho".

Nos acercamos y la abrazamos con fuerza. Le limpié las lágrimas que caían por su rostro. "¡No tienes nada de qué disculparte!" Morgan repitió lo mismo. "¡Lo importante es que estés bien! ¡Te queremos mucho, mamá!"

Nos giramos para ver a papá, esperando que se uniera a nosotros y dijera algo para apoyarla. Pero no se movió. No dijo ni una palabra. Su rencor era palpable, y eso nos dolía, llenándonos de rabia.

"Papá, ¿en serio no vas a decir nada?"

Él tomó aire lentamente, respirando muy hondo. "Sí, claro. No ha sido tu culpa". Pude sentir la rabia contenida de Morgan. Como yo, él quería que papá cambiara, que abriera los ojos y se convirtiera en alguien diferente. Alguien que se preocupara por los demás y que quisiera a mamá como ella se merecía. ¿Por qué era tan egoísta? ¿Por qué le importaban tanto sus propios sueños? ¿Quién era él en realidad, además de ser el hombre que nos había dejado una carga en sus genes? En ese momento solo queríamos que él se fuera de nuestras vidas; ya no queríamos verlo más. Morgan y yo guardamos silencio, pensando lo mismo. Los minutos pasaron lentos, como si el tiempo se hubiera detenido, mientras esperábamos los documentos del alta médica. De repente, todo se congeló. Nohea y Brooke entraron a la habitación con un gran ramo de flores, fue entonces cuando mi padre rápidamente se puso en pie.

"¿Qué hacéis aquí?"

Mi madre alzó la voz. "¡Mitchell! Yo los llamé".

Nohea se sorprendió por ese comentario. Por la cara de Brooke también pudimos notar que era mentira. Así era nuestra madre, siempre intentando mantener la paz.

"Me alegra mucho que hayáis venido".

Mi tío se acercó a la cama. Brooke dejó las flores sobre una mesita y se sentó al otro lado. Las lágrimas le bajaban por la cara, pero no parecía estar llorando. El resto de su cuerpo estaba inmóvil. Solo lágrimas. Brooke respiró profundo por la nariz.

"¿Estás bien tía?"

Mamá le dio unas palmaditas en la mano. "Lo estaré".

Mi tío le acomodó la almohada. Mi padre se mantuvo cerca, incómodo por sentir invadido su territorio.

"¿Y cuándo te podrás ir a casa?"

Papá respondió por ella. "Esta misma noche".

Justo entonces, una enfermera muy joven entró con los documentos del alta y el plan de cuidados médicos.

"¿Habrá alguien acompañándola en casa?" "No debería estar sola durante las próximas 24 horas por si cambia su estado. Si eso ocurre, llévenla inmediatamente a urgencias".

Morgan y yo escuchamos con mucha atención. "Sí, claro, nos quedaremos con ella".

Mi padre se rascó la cabeza, incómodo y habló como para sí mismo, como si nadie le estuviera oyendo.

"Tengo un importante evento de trabajo mañana, es la inauguración de mi exposición. Estaré fuera casi todo el día y también la noche".

Fruncí el ceño. "¡Claro! ¡cómo no!"

Morgan miró a la enfermera. "No hay problema".

Mi tío intervino. "Sí, nos quedaremos con ella. Mientras vosotros estáis en la escuela, yo la acompañaré. No os preocupéis. Somos familia y nos tenemos que ayudar".

Mi padre intervino. "¡Oh no! No es necesario. Entre nosotros ya nos las arreglaremos".

Brooke permanecía extrañamente callada, como agobiada por algo más que nuestra charla. Podía percibir sus emociones y notaba que se sentía culpable por algo. ¿Tal vez por haberse peleado con nosotros? También la notaba ilusionada. ¿Es que yo ahora podía leer los sentimientos de todos? Morgan respondió en silencio a esta pregunta.

"Yo también lo noto. Seguro que está tramando algo".

Antes del beso con Colin, Brooke y yo éramos como hermanas. Habíamos encontrado el equilibrio perfecto. Como primas podíamos compartir las cosas típicas: historias familiares y creer eso de que "la sangre tira más que el agua". Primero estábamos nosotras y luego los demás. Pero la ventaja era que no teníamos que compartir lo importante, como los padres, baño, habitación o nuestras cosas. No peleábamos por recursos, así que era fácil estar aún más unidas. Nada de competencia, solo apoyo y cariño. Pero en solo unos instantes extraños, nuestro vínculo, antes sólido como una roca, se había roto. Me preguntaba si alguna vez volveríamos a tenerlo. Esperaba que sí. Yo no solo la quería, también la admiraba muchísimo. Brooke era fuerte y valiente, incluso después de haber perdido a su madre. Vivía en el presente, algo que yo era incapaz de hacer. Me pasaba la mayor parte del tiempo pensando en el pasado o preocupada por lo que vendría después. El presente es suyo, el futuro era mío, y eso me asustaba.

Recogimos las cosas de mamá y salimos del hospital empujando su silla. Mi padre, se apresuró a buscar el coche, dejándonos con Nohea y Brooke. Brooke me abrazó de repente. Al principio me quedé rígida, algo incómoda, pero luego sentí su disculpa en aquel abrazo y me dejé llevar. Su energía era intensa y cálida, llena de cariño, pero cuando se apartó, noté su culpa como si fuera la picadura de una abeja. Incluso cuando ya me había soltado, mi piel seguía vibrando con ella. El estómago me dio un vuelco y corrí a vomitar a una esquina. Brooke se quedó muy confundida. Morgan lo notó, y salió en mi defensa.

"Así de mal lleva lo de mostrar sus emociones. ¡La abrazas y vomita!".

A mi madre no le gustó que Morgan se metiera conmigo y le hizo señas a Nohea para que la acercara en su silla. Me acarició la espalda con ternura, siempre cariñosa y protectora. Sentí cómo la tensión se apoderaba del ambiente, y la culpa de Brooke se transformaba en rabia.

"Muri, espero que no te estés poniendo enferma".

Me incorporé y me encontré con la intensa mirada de Brooke.

"No. Creo que solo fue el estrés y la comida tan pesada".

Por fin llegó mi padre y cada uno se marchó por su lado. En el asiento de atrás, Morgan me preguntó bajito (pero no con telepatía) por Brooke.

"¿Qué le pasa? Algo raro está pasando…".

Compartimos un momento de preocupación y mal presentimiento.

"No lo sé, pero ya no confío en ella. Ha cambiado".

"Tenemos que averiguar qué le pasa y por qué se siente tan culpable".

Morgan leyó mis pensamientos y negó con la cabeza.

"No. Nunca más".

"Pues creo que tendremos que hacerlo".

Al llegar a casa, ayudamos a mamá a acostarse. Papá salió discretamente para hablarnos sobre los planes del día siguiente.

"Ya lo sabemos... No estarás aquí".

"Lo mejor sería que mañana no fuerais a clase y os quedarais con vuestra madre".

"¿Y el tío Nohea?"

"Si yo no puedo estar aquí con ella, quiero que estéis vosotros".

"¿Seguro que no puedes o es que no quieres?"

"Vamos chicos ya sabéis lo importante que es para mí este evento. Después de mañana ya podré estar más presente y ocuparme de todo. Sé que pensáis que no me preocupo lo suficiente por vuestra madre, pero os equivocáis. La quiero muchísimo".

Solté una pequeña sonrisa burlona y me encogí de hombros.

"Vale, no me importa quedarme en casa mañana".

Morgan negó con la cabeza.

"Yo estaré aquí después del instituto. Tengo que ir porque mañana tengo un examen. Vendré justo después".

Mi padre estuvo de acuerdo con el plan y volvió a la habitación con mi madre. Ya podíamos oír el programa de cocina en la tele.

"Oye, voy a llamar a Calíope".

"Creo que no deberíamos".

"Lo haré sola si hace falta. Además, como estamos hablando de ella, ya sabes, seguro está aquí…"

Entramos en silencio en mi habitación, y saqué el peine de perlas del cajón. Juntamos las manos agarrando el peine y apareció Calíope.

"¡Hola, Luteys!".

"Calíope, ¿qué está pasando con nuestra prima Brooke?"

"Vuestra prima está llena de rabia por haber perdido a su madre. Está planeando recuperarla del mar".

"¡Pero tu dijiste que eso no era posible!".

"No lo es".

" Y ¿Cuál es su plan? ¿Crees que, si ella te viera, cambiaría de opinión?"

"Ella ya me ha visto".

Morgan se dejó caer al suelo y se sentó.

"¿Por qué juegas con nosotros? ¿Brooke lo sabía todo desde el principio? ¡Con razón está tan enfadada con nosotros!"

Saqué mi cuaderno y revisé mis apuntes.

"¿Por qué nunca nos dijiste que ella también podía llamarte?"

Calíope se acercó mucho y susurró:

"Ella no puede. Es Colin quien me llama todos los días. La única cosa que evita que acuda a su llamada es que vosotros me llaméis antes. Por cierto, gracias por eso".

Volví a pasar las páginas de mi cuaderno cada vez más abultado. Había añadido mucha información los últimos días.

"No lo entiendo. ¿Colin también es un Lutey o un Pellar?" Había descubierto el nombre de otra rama familiar que compartía nuestro linaje y nuestra maldición.

"No, él es un nefilim".

"¿Qué? ¿Entonces por qué parece normal? ¿Qué quiere?

"Estoy atada por un juramento y no puedo explicar nada. Pero os aseguro que lo siento mucho y os ayudaré en todo lo que pueda".

Morgan sacó el móvil y le mandó un mensaje a Brooke:

«*Sabemos lo que planeas. Tenemos que hablar*».

Ella respondió enseguida:

«*Nos vemos en Paradise Point. Traed el peine*».

Comprobamos rápidamente cómo y dónde estaban mis padres. Morgan llamó a Spencer, que acababa de sacarse el carnet de conducir, para que nos llevara. Nos subimos a su furgoneta, una vieja Volkswagen de su padre. Íbamos hacia una parte pequeña y tranquila de la bahía llamada Paradise Point Resort. Mi hermano dejó que yo me sentara delante. Al subir, Morgan me tocó ligeramente la mano para tranquilizarme. Me sorprendió, pero lo agradecí mucho.

"¿Cómo está vuestra madre?" preguntó Spencer.

"Creo que está bien".

" Y dime ¿Por qué vamos a ver a Brooke?"

Morgan señaló una curva del camino.

Es por aquí, vamos a nuestro lugar de reunión. Brooke tiene unas ideas muy raras últimamente y tenemos que aclararlas.

Aunque habíamos vivido en San Diego toda nuestra vida, todavía había lugares capaces de sorprendernos y de llenar nuestros corazones con pura magia. Cada verano e invierno preparábamos un picnic, elegíamos nuestro rincón favorito y disfrutábamos de aquel paraíso. Este paraje era muy querido por turistas y gente local. Podías alquilar una casita, disfrutar a bordo de motos de agua, veleros, tablas de paddle surf, o darte un baño. Las playas alrededor de la bahía eran públicas, pero pocos lo sabían, así que nunca estaban llenas. Algunos preferían sentarse en las cafeterías para observar a la gente, aunque nuestra familia prefería hacerlo desde la playa. A veces votábamos qué grupo universitario remaba mejor o qué turista en su lancha estaba más borracho. Cuando éramos más pequeños, inventamos un juego llamado "¿turista o local?". Yo hacía mis apuestas según lo quemados que estuvieran por el sol. Si estaba libre, nos instalábamos justo delante de la "residencia presidencial"(aunque seguramente ningún presidente se había alojado allí jamás). Era la casita más grande y lujosa del lugar, con la mejor vista y mayor privacidad. A los huéspedes no les hacía mucha gracia que nos instaláramos justo en lo que ellos consideraban su playa exclusiva. Por suerte para nosotros, el precio era tan alto que pocos podían permitírselo, así que al final casi parecía nuestro propio rincón privado. Brooke y su familia se habían unido muchas veces a nosotros. Pero esta noche no me hacía ninguna ilusión verla en nuestro rincón familiar.

Spencer aparcó su furgoneta más allá del grupo de cabañas. No quería que se la llevaran por aparcar en el espacio de algún huésped. Le dijimos que eso nunca pasaba, pero él no estaba dispuesto a arriesgar el coche que llevaba años esperando conducir. Vi a Brooke junto a las dos palmeras gemelas donde solíamos sacarnos la foto de Navidad cada año. Estaba sola. Eso era buena señal. Me dio un poco de esperanza. Pero sentía que Morgan no compartía esa esperanza. Saltó del coche y se fue directo hacia ella. Spencer y yo intentamos bajarnos y alcanzarlo. Ya estaba a centímetros de la cara de Brooke.

"No nos dejes fuera, Brooke. Todos estamos lidiando con esta nueva y rara realidad".

Ella dio un paso atrás, creando espacio físico y emocional entre ambos. La intensidad de Morgan se sentía como olas de calor.

"¿Trajiste el peine?"

Se lo mostré. Sus hombros se relajaron. Aliviada, eligió un lugar en la arena y se sentó.

"¿Para qué lo necesitas?"

"Necesitaba saber que de verdad lo tenías… y que podía confiar en ti".

"Puedes confiar en nosotros, Brooke. Siempre hemos estado contigo. ¡Te queremos!"

Spencer no estaba entendiendo nada de esta improvisada reunión familiar.

"No entiendo qué está pasando. ¿Por qué estamos aquí?"

"¿Puedo sostener el peine?"

Fui a ponérselo en la mano, pero Spencer me lo arrebató. Señaló hacia una figura a lo lejos.

"¿Es ese Colin?"

Brooke estiró la mano para agarrar el peine. Spencer la bloqueó, pero Brooke, rápida y acostumbrada a moverse entre olas y rocas, lo esquivó con facilidad. Lo agarró. Colin ya estaba a su lado, y de pronto no pudimos movernos. Calíope se puso al otro lado de Brooke. Brooke se acercó a mí.

"Mañana recuperaré a mi madre".

"¿Y cómo se supone que va a funcionar eso? No es posible. Ella ya no está".

Colin sacó el libro que habíamos visto en la biblioteca de criaturas mitológicas.

"Va a hacer un intercambio. Va a devolver a alguien al mar para recuperar a su madre".

Morgan forcejeaba intentando liberarse de lo que fuera que lo tenía inmovilizado. Miró a Calíope. Ella intentaba comunicarse con él, pero no podía oírla.

"¿A quién vas a devolver al mar?"

Brooke me miró, mezclando culpa y desprecio.

"A tu madre".

Morgan me mandó un mensaje telepático:

"Centrémonos en Spencer, hay que liberarlo para que nos pida ayuda".

Justo cuando pensé en eso, Colin movió la mano y Spencer cayó al suelo.

"Conozco tus pensamientos, chico".

"¿Por qué mi madre? Ella está enferma. ¿Queréis matarla?"

"Queremos liberarla".

Entonces pasó algo que ni un nefilim ni un humano podrían haber previsto: el poder de una chica adolescente con una doble maldición… o doble virtud. Calíope había sentido un poco de mi miedo, pero nadie había presenciado una explosión completa de rabia, miedo, pánico y colapso como la que había estado reprimiendo toda mi vida. Fue un primer grito desgarrador. Lo sentí crecer dentro de mí, alimentado por la amenaza que se cernía sobre mi madre. La persona más pura y maravillosa, que me había criado con compasión y paciencia, sin importarle mis rarezas. Me pasaba los días controlando ese extraño cosquilleo constante bajo la piel, por miedo a que acabara en un tic extraño o en un momento demasiado intenso. Todo ese agobio contenido durante años salió de golpe. Y solo entonces, fui capaz de moverme. Colin cayó de rodillas al suelo, tapándose los oídos. Brooke se desmayó. Morgan me miraba alucinado por mi estallido sónico, pero también había quedado libre. La única que no se inmutó fue Calíope que sonreía mientras yo seguía gritando. Miré a mi alrededor, pero sin darme cuenta del elevado tono de mis gritos. Las ventanas de la suite presidencial temblaban. Ningún humano cerca seguía consciente. En la bahía, varios leones marinos se acercaron a la orilla y empezaron a hacer sus propios ruidos. No sabía si se unían a mí o me pedían que me callara.

Calíope me tocó el brazo y me trajo de vuelta al presente.

"Tú y tu hermano tenéis que esconder a vuestra madre hasta después del eclipse solar de mañana".

Morgan tiró del cuerpo inmóvil de Spencer y logró levantarlo. Entre los dos lo sostuvimos y comenzamos a avanzar hacia la furgoneta. Yo ya estaba más calmada y había dejado de gritar, y en ese instante, Colin se puso de pie rápidamente y se plantó frente a nosotros, bloqueándonos el paso. Ya no me quedaban fuerzas para gritar y no me moví. Me mantuve firme. Los leones marinos se dispersaron y desaparecieron en la bahía. Morgan intentó arrastrar a Spencer solo, pero no pudo. Lo dejó en el suelo y se puso a mi lado.

"Buen intento. Podéis iros. Que sepáis que esto va a pasar más veces. No hay nada que lo detenga" dijo Colin con una sonrisa arrogante.

"Deja en paz a nuestra madre. Da igual lo que estés planeando, te aseguro que no va a ocurrir. Calíope nos dijo que la madre de Brooke no puede volver. Y aunque pudiera… no vamos a entregar a nuestra madre a cambio de la suya".

"Qué egoístas, Lutey. Siempre vais por ahí diciendo que ayudáis a los demás, pero al final solo os ayudáis a vosotros mismos".

"¿Qué tienes en contra de nosotros, nefilim?"

"Nada personal. Solo tengo una misión. Llevo esperando el eclipse de mañana desde hace años y no voy a esperar hasta el siguiente".

Colin nos hizo un gesto de desprecio.

"Iros ya. No podéis hacer nada. Disfrutad de la última noche con vuestra madre".

Ojalá me hubiera quedado algo de poder que pudiera borrar esa sonrisa engreída de su cara. Pero estaba vacía. Tenían el peine, y sentía como si hasta mi voz me había abandonado. Intenté llamar a Morgan, pero no pude emitir ni un sonido.

Fue Calíope quien habló por mí.

"¡Corre, niña. Corre!"

Colin se dio la vuelta, fue hacia Brooke y la ayudó a levantarse. Morgan, Spencer y yo llegamos a la furgoneta y volvimos a casa muy callados, como si estuviéramos en trance. Nadie dijo nada… hasta que Spencer rompió el silencio.

"¿Así que esos locos van a intentar lanzar a vuestra madre al océano mañana durante el eclipse?".

"No estaba seguro si habías entendido la situación… pero sí, eso parece. Así que tenemos que pensar en algo. Muri, ¿tienes alguna idea?"

Intenté hablar, pero no me salía la voz. Me señalé la garganta y rompí a llorar.

Por suerte, mi hermano podía leer mis pensamientos.

"¿La caravana?"

"¿Qué pasa con la caravana?"

"Podríamos secuestrar a mamá por un día".

Spencer negó con la cabeza.

"No puede ser. Mi padre ya se la prestó a mi prima. Se la llevó ayer a

Idaho para ver el eclipse con sus amigas. Creo que estarán justo en la zona de totalidad".

"¿Zona de qué?"

"Esa parte se va a oscurecer por completo cuando la luna pase delante del sol".

"¿Y aquí qué?" pensé yo, pero Morgan lo preguntó por mí.

"Aquí parecerá como si a alguien le hubiera dado un mordisco al sol".

Spencer nos dejó en casa sin un plan claro, nos prometió volver por la mañana antes del eclipse para ayudarnos a llevar a mamá a otro lugar. No tendríamos mucho tiempo: el eclipse empezaba sobre las nueve.

Morgan y yo preparamos todo en silencio, sin saber muy bien que hacer. Tal vez podríamos llevarla de vuelta a Solvang… o incluso hasta los Redwoods. Empaqué en la bolsa sus comidas favoritas, las medicinas para el dolor y todos sus programas de cocina descargados en mi tablet. Si teníamos que desaparecer para siempre, yo estaría lista. Podía sentir la inseguridad y la culpa de Morgan

"*¿En qué piensas?*" preguntó telepáticamente Morgan. Yo ya no tenía voz.

"*¿Y papá? Creo que deberíamos contárselo todo. Necesitamos su ayuda. Además, no podemos llevarnos a mamá justo el día de la inauguración*".

Estuve de acuerdo, así que fuimos en silencio a la habitación de mis padres y le pedimos a papá que saliera a hablar con nosotros. Vio nuestras mochilas.

"¿No sois ya un poco mayores para huir de casa?" bromeó.

"Necesito que nos escuches con la mente abierta. Está pasando algo muy loco con Colin, Brooke y su padre. Creen que, si se llevan a mamá y la tiran al mar, van a recuperar a la tía Mallory".

Papá se sentó en el sofá.

"Nohea me mencionó algo sobre una idea que tenía con vuestra madre, pero no me imaginaba que fuera tan descabellada".

"¿Tú ya lo sabías?"

"Yo sabía que ellos pensaban que tu madre podía servirles de alguna forma. Así que lo amenacé y le dije que llamaría a la policía. Ese va a ser mi siguiente paso. Es por eso que yo no quería que se metiera en nada, ni se nos acercara".

"No creo que la policía nos tome en serio. No van a hacer nada".

"Dejadme terminar el evento de mañana, y luego lo resolvemos".

Empecé a mover las manos con desesperación. Apenas logré susurrar:

"¡Será demasiado tarde!"

Papá parecía agotado y frustrado.

"¿Cuál era el plan con las mochilas?"

"Queremos llevarnos a mamá por un tiempo".

"Id a la cama, chicos. Tenéis clase mañana. Yo tengo mis cosas también. Pronto podré contactar con la policía. Hablaré con ellos otra vez y creo entrarán en razón. Sé lo que puede hacer el dolor por la pérdida de una persona, pero ahora mismo no puedo lidiar con esto. Id a dormir".

Así que Morgan y yo fingimos irnos a la cama, pero teníamos la idea clara de que seguiríamos adelante con nuestro plan. Cuando saliera el sol, antes de que la luna pudiera cruzarse y eclipsarlo, nos llevaríamos a mamá lejos de allí. Teníamos nuestras gafas protectoras que nos habían dado en el cole, y ni siquiera la luna nos lo iba a impedir. Hacíamos planes en silencio, esperando a que papá se durmiera… pero entonces, me quedé dormida. Cuando desperté, Morgan estaba de pie junto a mí, muy alterado.

"¡Nos quedamos dormidos!"

"¿Cómo es posible?" Mi voz había vuelto. Morgan abrió las cortinas y entró la luz extraña, naranja y tenue del amanecer.

Salté de la cama y corrí a la habitación de mis padres. Morgan venía justo detrás. Ni se le había ocurrido comprobar antes si mamá estaba bien. Su cama estaba vacía.

Corrí por toda la casa, llamándola.

"¡Mamá! ¡Mamá! ¿Papá, estás en casa?"

Miré por la ventana y no estaba el coche. En la encimera de la cocina, Morgan encontró una nota. Solo decía:

"Me fui a trabajar. Cuidad de vuestra madre. Lo demás lo resolvemos luego. Os quiero. Papá".

"¡Llama a Spencer! ¿Por qué no nos despertó?"

Alguien golpeó fuerte la puerta. Era Spencer.

"¡Me quedé dormido! Pero estamos a tiempo de sacar a tu madre de aquí. Creo que puedo conducir si no miro directamente al sol. Ah, y tengo las gafas del eclipse".

Me puse las zapatillas y me lancé una sudadera encima del pijama.

"¡Ya se la llevaron!"

Morgan agarró nuestras mochilas de emergencia.

"Paradise Point. Sé que están ahí. Lo siento".

Llamé a mi padre y le dejé un mensaje frenético en el contestador. Salimos disparados rumbo a la bahía de San Diego, evitando mirar al sol. Ninguno llevaba las gafas puestas, íbamos con tanta prisa que ni nos acordamos de que las teníamos.

Llegamos al resort. Los turistas estaban alineados mirando al cielo… nadie prestaba atención al agua, excepto nosotros. Brooke y Colin estaban a bordo de una lancha tipo pontón en el centro de la bahía. Nohea iba en una barca a motor con mamá, acercándose lentamente al pontón.

"¿Cómo vamos a alcanzarlos?"

Morgan vio una moto de agua en la orilla. El dueño se había bajado para contemplar el eclipse. Por lo visto, no conocía bien las reglas, porque estaba mirando directamente al sol. Me acordé de nuestras gafas y se lo recordé a los chicos. La moto solo daba para dos. Morgan y yo nos subimos. Spencer se quedó para distraer al dueño si se daba cuenta de que la habíamos "tomado prestada". Llegamos justo cuando Nohea estaba subiendo a mamá al pontón. Por un segundo creímos que iba a tirarla al agua, pero la estaba acomodando con mucho cuidado. Nos vieron venir, pero no cambiaron nada de su plan. No sabíamos bien qué hacer al llegar. ¿Podíamos saltar? Morgan estabilizó la moto de agua y trató de acercarla un poco más. Apagó el motor y dejamos que la corriente nos llevara. Saltamos al agua y nadamos hasta el borde del pontón.

Cuando llegamos, Nohea y Brooke tenían las manos extendidas hacia el agua, listas para ayudarnos a subir.

"¡Dadnos la mano!"

"¿Por qué?"

Morgan subió al barco sin su ayuda, pero yo seguía luchando por mantenerme a flote. Brooke se inclinó más hacia el agua y agarró un trozo de mi sudadera. Ella y su padre me subieron. Morgan se quedó detrás de ellos, listo para empujarlos si hacía falta. Pero entonces apareció Colin... con mi madre dormida en brazos. Parecía en trance.

"No" dije, temblando por el agua helada. "Basta de esta locura. ¡No podéis traer de vuelta a la tía Mallory! ¡La he visto, está muerta! No va a volver".

Brooke apretó los puños, furiosa.

"Te lo dije, papá. Tenemos que hacer esto sin ellos. No vale la pena contarles la verdad sobre su madre. Nunca nos ayudaran".

"¿¿Qué verdad??" La agarré del brazo y la zarandeé. Brooke no se movió ni un centímetro. Estaba firme, como una roca.

Morgan estaba junto a mamá, sin separarse de ella, intentando protegerla. Colin alzó la mano y, de pronto, yo perdí el equilibrio. Caí al suelo del barco. Nohea intentó razonar con todos.

"Desde el principio quise que todo fuera con honestidad y la mayor transparencia. Seamos sinceros. Vuestra madre está muy enferma. No debería estar tanto tiempo en tierra firme ni tan cerca de elementos metálicos. La estamos devolviendo a su hogar... y trayendo de vuelta a vuestra tía Mallory. Estoy seguro de que estamos haciendo lo correcto".

Morgan y yo no podíamos negar que mamá estaba enferma. También sabíamos que en su diagnóstico reciente se mencionaba una acumulación de metales en la sangre, algo que habíamos atribuido al arte de papá o al agua contaminada de la ciudad. Pero lo otro... era una locura. Ella no era una Lutey. No era una "persona del agua". Solo era una mujer enferma con parientes completamente fuera de sí. Nohea se volvió hacia Colin, suplicando:

"Déjales despedirse de su madre. Mi hija no tuvo esa oportunidad. Por favor".

Colin pasó una mano por el rostro de mamá, y fue como si la despertara. Volvió. Nos vio. Nos reconoció. Colin permitió que la abrazáramos. Ella miró alrededor, confundida.

"¿Dónde estamos?"

Nohea respondió rápidamente:

"Estamos viendo el eclipse desde un pontón. ¿Recuerdas?"

Ella asintió, como si algo lejano le hiciera sentido.

"Ah sí,... lo recuerdo".

La abracé con fuerza.

"Te quiero, mamá. Gracias por todo lo que has hecho por mí. Gracias por creer en mí".

Me acarició el pelo como siempre hacía. Mientras mis lágrimas caían sobre su piel, de repente su expresión se iluminó con una claridad que no había visto en días. Morgan nos abrazó a las dos, y sus lágrimas también tocaron su rostro. Sentí cómo el calor de nuestro amor nos envolvía por completo. Ella le limpió las lágrimas con los dedos. Susurró con voz suave:

"Puede que pronto ya no os recuerde, pero siempre os querré".

Colin le pasó a Brooke una hoja de pergamino viejo y volvió a sujetar a mamá. Brooke colocó el peine de perlas en su cabello. Colin nos apartó con solo un dedo. Estaba más fuerte, y la luna ya casi cubría por completo el sol.

"¡Es la hora!".

Brooke leyó en voz alta:

Je vous commande de retourner à la mer!. Mwen kòmande ou pou retounen nan lanmè. I command you to return to the sea!

Mi madre se separó de Colin. Morgan y yo intentamos alcanzarla, pero algo invisible nos mantenía quietos. Se dirigió a la proa del barco. El cielo estaba completamente negro. Se soltó el cabello, y sus rizos oscuros y sedosos se agitaron con el viento. Solo el peine de perlas los mantenía apartados de su cara. Se paró en el borde del pontón y se lanzó al agua. Fue tan suave, tan fácil, que apenas hizo una onda al caer. Morgan y yo nos avanzamos, pero no pudimos llegar hasta donde ella había saltado. Grité, pero no pude reunir suficiente fuerza para invocar mi grito poderoso. Brooke y Nohea se abrazaron, mirando con ansiedad al agua.

"¿Cuándo aparecerá mi madre?"

Colin soltó una carcajada.

"Tu madre no va a volver jamás".

Mi prima y mi tío palidecieron. Nohea se lanzó contra Colin, pero él soltó una carcajada esta vez mucho más fuerte.

"Teníamos un trato".

"Sí" respondió Colin, aún con esa sonrisa cruel. "Lo tuvimos. Devolveríamos a Lorelei al mar y romperíamos la maldición de los Lutey. No llevaremos a ningún Lutey más al mar, y ningún Lutey volverá a tener poder sobre una sirena ni ninguna otra criatura, para bien o para mal. Se acabó".

Brooke estaba fuera de sí. Morgan y yo lo mirábamos todo como si no estuviéramos ahí, en shock total después de ver a nuestra madre lanzarse a la bahía. Pensé en Calíope. ¿Dónde estaba? Morgan me lanzó un pensamiento a mi cabeza.

"¡Sigo oyéndote! ¿Dónde está Calíope?"

Nos concentramos con todas nuestras fuerzas en ella… y, de repente, apareció. Pero no venía sola. Dos sirenas más la acompañaban. Colin se notó visiblemente nervioso al verlas.

"Yo no os llamé".

"No" dijo Calíope, mirando hacia nosotros con una sonrisa. "Ellos lo hicieron".

En ese instante, nuestras energías parecieron crecer. No se debilitaban, al contrario, se hacían más fuertes. El pontón empezó a moverse. El agua giraba como un remolino. Se alzaban paredes líquidas a nuestro alrededor. Leones marinos, delfines, focas y peces de todo tipo nadaban en círculos.

Y entonces la vimos…

A mamá.

Mi madre, la sirena.

CAPÍTULO 8

En esos momentos el eclipse alcanzó su punto más intenso. El cielo estaba completamente oscuro, y el agua reflejaba los colores extraños y difusos del sol y la luna. Mi madre emergía medio cuerpo del agua. Su largo cabello negro brillaba bajo esa luz extraña. Sus ojos eran completamente negros, como los de una foca—sin blanco visible—y su piel, pálida como el mármol, brillaba y cambiaba de color muy sutilmente mientras el resto de su cuerpo de sirena aparecía ante nosotros. Sus caderas estaban cubiertas de escamas tornasoladas en tonos púrpura, rosa y aguamarina. Salió aún más del agua, con el pelo alborotado por el viento. Nos miró, y nosotros corrimos a la proa gritando su nombre.

"¡Mamá, mamá, mamá!"

Ella nos miró… pero como si no nos viera. Luego saltó alto en el aire y se sumergió en las profundidades. Su aleta tenía destellos amarillos y naranjas entremezclados con tonos púrpura, contrastando con las escamas rosa y aguamarina de la base de su cola. La aleta golpeó el agua y creó una ola que entró bruscamente al barco. Después… todo quedó en silencio. Brooke estaba a nuestro lado, observando cómo mamá se alejaba nadando. Una de las sirenas amigas de Calíope habló. Tenía rizos dorados que enmarcaban su cara angelical. Incluso sus alas eran más de hada o ángel que de ave.

"Niña. Ahora ya no os reconoce. Es salvaje. El Mar la tiene".

Me giré y empecé a zarandear a Brooke.

"¿Estás feliz ahora? ¡Ninguna de las dos tiene madre!".

Colin se volvió hacia las sirenas.

"¡Marchaos! Nuestro trato ha terminado".

Pero ellas no se movieron.

"No ha terminado. No hay razón para que ellos sufran".

Brooke suplicó:

"¿Podéis devolvernos a nuestra madre? O sea… ¿a nuestras madres?"

Calíope negó con la cabeza.

"Muriel os dijo la verdad. Tu madre ha muerto. Ya no forma parte de este mundo. Colin te necesitaba a ti, alguien con sangre Lutey, para liberar a Lorelei de esta antigua y malinterpretada maldición".

La luna se apartó del sol, que volvió a brillar con fuerza. El agua reflejó su luz intensa. Entonces apareció una enorme tortuga marina, como la de mi sueño. Normalmente no entraban en la bahía. Vivían lejos, seguras, alejadas de los barcos de la marina y los turistas en kayak. La calma de la bahía empezaba a romperse. Los motores de los barcos se prendieron, y el agua volvió a moverse.

"No lo entiendo" dijo Morgan, mirando a la sirena de rostro angelical y hablándole con suavidad. "¿Esto fue lo que pasó? ¿Esta maldición convirtió a mi madre en una sirena?"

"Hace mucho tiempo, cuando era un bebé, tu madre, que siempre fue una sirena, quedó atrapada en una red cerca de un lugar llamado Victoria. Su madre la buscó por todas partes y fue vista varias veces por los humanos de la zona, hasta que la obligaron a dejar de buscar. Nadie sabe quién ni como la sacaron de la red. Colin es uno de los muchos que buscan a los nuestros perdidos… y los traen de vuelta a casa".

"¿Cómo es posible que nunca notamos que era una sirena? ¿Y qué tienen que ver los Lutey en todo esto?".

"De alguna forma, quedó atrapada bajo la voluntad de los Lutey y su maldición" murmuró Calíope. "O tal vez descubrió quién era por su propia cuenta. Ya está escrito: una sirena de gran poder romperá el último lazo o maldición que la humanidad tenía sobre los nefilim".

Colin sonrió, como si todo le saliera perfecto.

"Es el comienzo de nuestra era otra vez. No defraudaremos a nuestro creador".

"¿Cómo puedo encontrar a mi madre?

Mi tío Nohea se puso en pie. Las sirenas y Colin desaparecieron al instante, como si se desvanecieran en el aire.

"¿Dónde estamos?" Se frotó la cabeza, como si acabara de despertar.

"¡No me hables! ¡Por tu culpa mi madre ya no está aquí!" lo empujé con todas mis fuerzas, intentando tirarlo por la borda. Pero no se movió ni un centímetro. Miró alrededor, confundido, y gritó:

"¿Mallory? ¡¿Mallory?!"

Brooke extendió la mano hacia su padre.

"Ella no está aquí, papá. Todo fue una mentira".

De repente, una fina niebla marina nos envolvió por completo. Y entonces, algo cambió en sus rostros. Sus expresiones se volvieron vacías, y empezaron a hablar lento, como zombis. Mi tío fue el primero.

"No es culpa de nadie. Las dos perdieron a sus madres en el mar. Es una gran tragedia… pero no es culpa de nadie".

Brooke respondió como un canto aprendido:
"No es culpa de nadie".

"¿De qué estás hablando? ¡Tú sí que tienes la culpa!" le solté, sin poder contenerme. Morgan se plantó cara a cara con nuestro tío, que era mucho más grande que él. Nohea empezó a ubicarse, se dio cuenta de dónde estábamos. Vio las gafas del eclipse tiradas por ahí, pero seguía aturdido. Tomó el control del pontón y empezó a llevarnos de vuelta a la orilla. La moto de agua hacía rato que estaba flotando mar adentro.

"Ojalá hubiera podido evitar que Mallory y tu madre salieran ese día, pero ninguno de nosotros podía saber que iba a terminar en tragedia. Todos estamos sanando" dijo Nohea, mientras Brooke se acercaba a él y él le pasaba un brazo por los hombros. Morgan me miró, con cara de no entender nada, intentando descifrar qué estaba pasando. Se volvió hacia Brooke:

"Brooke, ¿cuándo fue la última vez que viste a nuestra madre?"

"Pues cuando todos la vimos. Antes de que ella y mi madre salieran en el barco".

"¿Entonces no viste a mi madre hoy?" preguntó Morgan, con la mirada afilada, llena de sospecha.

Brooke y su padre se miraron, confusos.

"¡Claro que no!"

Llegamos a la orilla. Spencer nos esperaba, muy nervioso. Al ver que solo volvíamos con Brooke y Nohea, se puso tenso. Miró a Morgan buscando una señal para saber si debía decir algo… o esperar.

"¡Hey!, ¿qué pasa?" preguntó Spencer, mirándonos con cierta cautela.

Morgan y yo saltamos del barco rápidamente. Nos comunicábamos mentalmente sin esfuerzo, como si nuestras mentes fueran una sola.

"¡No digas nada importante!" le envié el pensamiento a toda velocidad. Ya no solo podía sentir sus emociones, ahora estaba dentro de sus pensamientos. Estábamos conectados más profundamente que nunca.

Morgan se dirigió a Spencer, actuando con normalidad:
"Ya contemplamos el eclipse, y ahora debemos ir a la exposición de nuestro padre".

"Pero tenemos que ir tras mamá. ¡Tenemos que encontrarla!" insistí en su mente, como si ocupase un rincón fijo desde siempre.

"¡No! Primero hay que hablar solos con Spencer. Ver si continúa apoyándonos". Me respondió sin palabras. Spencer dudó un momento, pero asintió.

"Vale, sí. ¡Vamos!".

Nohea intervino:

"Chicos, no sé qué está pasando, pero podemos llevaros a la exposición y allí hablar de todo con calma".

"No. Estamos bien". "Nos vemos allí" dijo Morgan, forzando una sonrisa.

"Tenemos que devolver el barco, pero no tardaremos", aseguró Nohea.

Brooke seguía con ese aire de zombi, como si estuviera dentro de su cuerpo, pero a la vez muy lejos. Ambos parecían estar a medias, como si alguien más estuviera manejando sus pensamientos. Otra tortuga marina salió a la superficie. La vi de reojo. Cuando estuvimos lejos de Brooke y Nohea, Morgan fue directo a Spencer:

"¿Sabes por qué estamos aquí?"

"Para salvar a vuestra madre de las garras del malvado científico Colin y de vuestra prima".

Morgan soltó un suspiro de alivio y le dio una palmada en la espalda.

"¡Bien! Por un momento no estaba seguro de lo que recordabas. Brooke y Nohea actúan como si no tuvieran ni idea de lo que ocurrió en el barco".

"¿Y dónde está vuestra madre?"

"Esa… es una pregunta complicada… Se tiró al agua" dijo Morgan.

Yo empecé a hiperventilar y a llorar mientras intentaba explicar a Spencer.

"Sus ojos… se pusieron oscuros. Su cara era distinta. Ya no nos reconocía".

Caí al suelo y, llena de rabia, empecé a lanzar arena y piedras al agua mientras gritaba con toda la fuerza que me quedaba:

"¡Mamá!"

Vi a la gran tortuga descansando en un rincón de la bahía.

"¡Voy tras ella!".

Morgan me rodeó con el brazo, intentando calmarme. Estaba perdido, confuso. Su mente estaba llena de dolor y miedo.

"¿Dónde vas a buscarla siquiera?"

Señalé hacia la tortuga.

"¡Voy con ella!"

"¿Cómo?"

"Confía en mí. Sé que me llevará con mamá".

"¿Tú? ¿Vas a irte en una tortuga? Si ni siquiera haces surf… ¡y nunca te ha gustado la naturaleza!"

Spencer me miraba con preocupación. Morgan sabía que yo estaba determinada. Estaba tan desesperado como yo, así que no intentó detenerme.

"Iré y le contaré todo a papá antes que Nohea. Así podrá ayudarnos".

Los chicos me observaron en silencio mientras me acercaba poco a poco a la tortuga marina. Ella hizo un gesto, como si me estuviera diciendo que subiera. Entró con suavidad al agua, más allá de la orilla, donde empezaba la zona profunda. Yo me puse detrás, y apoyé las manos en el borde de su caparazón, como si fuera una tabla de surf. Se deslizó hacia el interior de la bahía, cuidando que mi cabeza se mantuviera fuera del agua salada. Nadaba rumbo al norte, hacia la profundidad. El agua estaba helada, y mis nervios muy alterados. Su caparazón tenía una textura extraña, algo resbaladiza y cálida al mismo tiempo. Cada cierto tiempo, giraba la cabeza para mirarme, como asegurándose de que estaba bien. Sentía que a veces algo rozaba mis pies, y las algas enredándose en mis tobillos. No me sentía en absoluto cómoda en el agua. La imagen de mi madre, con esos ojos oscuros que parecían brillar, me aterrorizaba. ¿Seguía siendo mi madre? ¿Era yo realmente su hija? ¿Cómo podía ser toda esta historia real? El agua me escocía los ojos con cada pequeña salpicadura que subía por los lados del caparazón. Otra tortuga apareció a mi lado, nadando del otro costado, creando una corriente más suave para que pudiera seguir el ritmo. Las olas rompían sobre nosotras. Entramos en una especie de tubo de agua, deslizándonos dentro, rodeadas y protegidas por el oleaje. A salvo, al menos por ahora, de las profundidades del mar.

Reconocí la costa, entrábamos en una zona que había conocido toda mi vida: La Jolla Cove. Normalmente llena de gente haciendo esnórquel, buceando, nadando en mar abierto o remando en kayak, pero hoy, por el eclipse, lo único que se veía eran los garibaldis, esos peces naranja brillantes. Los acantilados protegían la zona del fuerte oleaje. Las tortugas me guiaron por aguas más tranquilas hacia el este, en dirección a las cuevas marinas de

La Jolla. Las cuevas… tenía que ser ahí donde nos dirigíamos. Noté que los garibaldis ya no eran nuestros únicos acompañantes. Había lobos marinos por todas partes. Estaban tirados sobre las rocas, algunos tomando el sol, otros zambulléndose y saliendo del agua, salpicando como si jugaran. Había cientos, ocupando hasta el último rincón libre de roca. Cuando me vieron, se fijaron en mí. Algunos nadaron hacia donde estaba, enseñando los dientes y gruñendo o ladrando. Sentí cómo el pánico me subía por el cuerpo. La ropa mojada pesaba un montón y me tiraba hacia abajo. Algo se me había pegado por el camino. Tenía demasiado miedo para mirar qué era lo que se aferraba a mis ropas.

Mis pensamientos se atropellaban: *Estoy nadando hacia las cuevas marinas, rodeada de lobos marinos de 200 kilos marcando territorio a centímetros de mi cara.*

Las tortugas, sin embargo, seguían nadando como si nada. Impasibles. Como si supieran que yo debía continuar. ¿Cuál era mi plan? Bueno, para empezar, no ahogarme. Rezar un Padrenuestro y pedirles amablemente a los lobos marinos que me dejaran en paz.

"Padre nuestro que estás en el cielo, santificado sea tu Nombre, venga a nosotros tu reino, hágase tu voluntad… en la tierra como en el cielo… *por favor, lobos marinos, ignoradme*".

En ese instante, se calmaron. Dejaron de nadar y regresaron a sus rocas. Las tortugas me miraron como si estuvieran sonriendo. *Me escucharon.* Pero más lobos marinos comenzaron a entrar al agua. Gruñían y resoplaban, y docenas se deslizaron desde las rocas hasta el mar. Con cada uno que se unía, sentía cómo flotaba más, como si todos fuéramos cubitos de hielo en un vaso de agua. Me acercaba más a la superficie, ligera. Estaban formando una barrera detrás de mí. De pronto, la tortuga giró bruscamente y me soltó. Me quedé flotando sola, sin ayuda. Pero no me hundía. Ni siquiera si lo intentaba. Sentía los ojos de todas esas criaturas sobre mí. ¿Y ahora qué? Gritar era una opción, claro… pero no parecía tener sentido. Nadie se movía. Solo miraban.

Tal vez… estaban esperando que yo les hablara. Entonces entendí que no me estaban esperando a mí.

Vi un destello: una aleta mágica, con un tono naranja brillante. Los garibaldis la camuflaban, ocultando el final de las escamas púrpura y rosa. Nadaba junto a mí, luego pasó por delante… y emergió del agua, tan cerca que podía tocarla. La reconocí como mi madre, pero al mismo tiempo… era una desconocida. El agua se volvió muy fría, como mi sangre. Apenas sentía las manos. Y entonces, mi mente empezó a vibrar, como si ella estuviera tocando a la puerta de mis pensamientos. Sus ojos brillaron por un segundo con algo parecido al reconocimiento. Y entonces la oí en el fondo de mi pecho, como si su voz hablara desde mi corazón:

"¿Quién eres? ¿Te conozco?"

Abrió la boca e hizo sonidos que solo podía identificar como llamados de delfín, chirridos y clics. Se frustró al no poder decir palabras y lo intentó de nuevo… pero esta vez la escuché con claridad, dentro de mi mente:

"¿Quién eres? ¿Te conozco?"

Se alzó sobre su cola con una mezcla de fuerza y confusión.

"¡Eres mi madre! ¡Yo soy tu hija! ¡Sí me conoces!"

Se quedó quieta un momento. Había logrado llegar a su mente -me reconocía-. Pero entonces vi el miedo en su rostro. Me miró a mí, luego a todo lo que nos rodeaba. Tuvo un destello de su vida anterior… y se asustó al darse cuenta de en lo que se había convertido.

Pude oír sus pensamientos:

"¿Me llamo Lorelei? ¿Soy tu madre?"

Una ola violenta rompió la línea de lobos marinos. Un estruendo ensordecedor de clics y chillidos invadió el momento. Los ojos se le volvieron completamente negros, salvajes. Respondió con sus propios sonidos llenos de dolor, y nos cubrieron como una marea.

Delfines.

Una manada de delfines saltó por encima de los lobos marinos. La cala no estaba preparada para semejante agitación de vida marina. Las olas golpeaban fuerte contra los acantilados. El agua salada me entró en los ojos, la nariz. Cerré la boca con fuerza para no tragar agua. Los lobos intentaban rodearnos, formar una barrera de protección, pero nada podía detener el movimiento de los delfines. Era como si algo mucho más grande que todos nosotros acabara de empezar. Los delfines juguetones golpeaban el agua con sus colas, chillaban, y desplazaban sin miramientos a los habitantes habituales del lugar. Mamá se sumergió y se alejó de mí. Estiré los brazos y nadé tan rápido como pude tras ella. Mis manos apenas lograron rozar los extremos de su aleta. El potente impulso de su cola la lanzó lejos, y me dejó girando en el torbellino de su estela.

Necesitaba aire. Salí a la superficie jadeando. Mis amigas las tortugas nadaron hacia mí mientras me esforzaba por mantenerme a flote. Tenía los ojos nublados y me ardían por el agua salada, pero aun así vi a un hombre nadando entre los delfines. Su cabello era largo, ondulado, quemado por el sol. No llevaba camiseta ni traje de neopreno. Se sujetaba del lomo de un delfín cercano y ataba con un largo trozo de alga una especie de arnés. Se sumergió, y entonces vi el resto de su cuerpo: cubierto de escamas brillantes verde-azules y una cola casi negra. Cuando emergió otra vez, llevaba a mi madre entre sus brazos. Ella se revolvía, luchando mientras él le envolvía la cintura y la mano con parte del alga. Ahora ella también llevaba un arnés suave. Dos criaturas marinas unidas. Otro delfín llegó, y el tritón ató el extremo del alga a su aleta dorsal, atrapándola entre los dos cetáceos. Las tortugas se deslizaron bajo mis brazos, acomodándome entre ellas, igual que mi madre, yo estaba entre los delfines. El tritón se alzó fuera del agua y sopló en una pequeña caracola. Y antes de que pudiera parpadear, todos los delfines se sumergieron en silencio. Solo quedaron las ondas en el agua marcando su partida, alejándose de la cala. Mi madre, también se había ido. Me solté de las tortugas y nadé hacia la corriente. El tritón me miró por un instante… y luego se sumergió. El agua quedó en silencio y calmada. Todo… se había desvanecido.

Con la última mirada del tritón, toda mi fuerza me abandonó. Noté un sonido raro… un *clac-clac* constante. Tardé un momento en darme cuenta de que era el castañeteo de mis propios dientes. Me estaba congelando. Sentía cómo mi cuerpo empezaba a rendirse. Ya no podía moverme bien. Los lobos marinos nadaron de regreso a sus rocas. Las tortugas se reubicaron y, con suavidad, empujaron mi cuerpo hacia las cuevas marinas. Me aferré como pude a las rocas y me arrastré hasta una zona que, claramente, era territorio de los lobos: todo estaba manchado de orina y excrementos. Pero no tenía otra opción. Ese lugar asqueroso era mi refugio. Mi cuerpo y mi mente estaban colapsando. Las tortugas se alejaron y me quedé sola e inmóvil. Un ave marina me observaba desde lo alto, como si supiera que yo ya no podía más. Cerré los ojos, deseando que al despertar... todo estuviera bien. Entonces vino el sueño. El de siempre. Aquel donde ostras se me pegaban a los pies. Sentí un pellizco y abrí los ojos. Una chica preciosa, de piel oscura y cabello ondulado, rojizo con reflejos rubios, estaba quitándome algas y cangrejitos de los pies y los dedos. Tenía unas plumas preciosas, marrones y doradas, que cubrían su torso inferior. Noté que sus alas, a juego con las plumas, estaban cerradas y pegadas a su espalda. Sus piernas eran como las de Calíope—como las de un ave, con garras—pero sus manos eran completamente humanas.

Tarareaba una melodía suave que me calmaba, que me arropaba. Se inclinó sobre mí y, al notar que yo abría los ojos, me sonrió. Y esa sonrisa me llenó de paz. Inspiré profundamente por la nariz y le devolví la sonrisa. Parte de mi mente seguía en el sueño... la otra parte sabía que seguía en las cuevas de La Jolla. Y que mi madre...No sabía nada de ella.

"¡Hola!" dijo muy suavemente.

Mis ojos me ardían por el agua salada y de tanto llorar. Me los froté con cuidado para poder verla mejor. Ella me ayudó a incorporarme. Mi cuerpo pesaba una tonelada, la ropa mojada pegada a mi piel. Volvió a tararear suavemente, y cuando me tocó, sentí que mi cuerpo se aligeraba, que el calor volvía poco a poco. Me apoyé contra la roca de la cueva para sostenerme mejor. Por fin tenía voz:

"¡Hola!".

Se sentó a mi lado, y no sentí ningún temor. Me hizo un gesto y abrió una de sus alas, como si quisiera envolverme con ella y protegerme del frío de la piedra detrás de mí.

"¿Puedo?"

Asentí. Sus plumas cálidas y suaves me rodearon y entré en calor.

"¿Quién eres?"

Sabía que era una sirena, pero no recordaba haberla visto antes.

"Soy Melpómene".

"Yo soy Muriel".

Pude notar que ya lo sabía, pero igual fue amable y siguió con la conversación.

"Encantada. ¿Te sientes un poco mejor?"

"Eh… sí. Supongo que sí".

"¿Podrías llamar a tu hermano para que venga a por ti?"

Miré alrededor de la cueva, aún algo aturdida. Sabía que ella era una criatura sobrenatural, pero hasta ella tendría que entender lo obvio.

"No tengo el móvil. Creo que lo perdí".

Ella sonrió dulcemente. No había burla en su voz, solo amabilidad.

"No hace falta. Podrías intentarlo con tu corazón y tus pensamientos. Él ya sabe que tiene que encontrarte… solo que no sabe dónde buscar".

"Vale, pero creo que eso de la conexión mental solo funciona cuando estamos juntos. En el mismo lugar".

"Inténtalo".

Respiré hondo, miré a mi alrededor, y recordé cómo había llegado hasta allí. Solo pensarlo me hizo estremecer y me soltó otro nudo de llanto. Melpómene empezó a tararear bajito para calmarme. Me dejé llevar por el sonido, y sentí, con total certeza, que Morgan venía en camino.

"Mel… Meloponem… lo siento, no recuerdo bien cómo se dice tu nombre".

Ella me interrumpió con suavidad.

"Puedes llamarme Mel, si te resulta más fácil".

Asentí, agradecida, y empecé de nuevo.

"Mel, creo que funcionó. Siento que ya viene".

Me acarició la mano con cuidado.

"¡Eso está bien!"

Y en ese momento me di cuenta: no me parecía raro estar sentada al lado de una criatura emplumada y mitad humana. Mi realidad ya había cambiado para siempre.

"No entiendo lo que está pasando. ¿Sabes que unos delfines y un ser del mar se llevaron a mi madre?"

Ella recogió su ala y se movió un poco para poder mirarme bien a la cara. Me acarició la mejilla un instante, notando cómo la ansiedad volvía a subir en mí. Tarareó otra melodía suave para tranquilizarme antes de responder.

"Sí, lo sé ", dijo Mel con calma. Tu madre ahora es una sirena salvaje. La están llevando de vuelta a su hogar, con su tribu. Ellos la cuidarán y le enseñarán. Ahora mismo debe de estar muy asustada… pero pronto estará mejor".

"¿Cómo es posible que sea una sirena?"

Melpómene puso la mano entre las plumas de su cintura. Me fijé mejor. Tenía plumas, sí, pero también llevaba una especie de vestido hecho de plumas de pavo real azul entrelazadas. Sacó un espejo ovalado, fino, cubierto de esmeraldas, perlas y conchas marinas incrustadas.

"¡Muéstrame a Lorelei!"

En el espejo apareció una sirena hermosa, con el pelo largo, dorado y rizado, sentada al sol sobre una roca. Su piel tenía ese tono suave de melocotón con crema, y su cola brillaba con escamas verdes y amarillas, perfecta para camuflarse entre algas o pastos marinos. Su cabello estaba adornado con una corona de coral rojo y perlas que brillaban entre los rizos. En sus brazos sostenía un manto de algas verdes brillantes, y dentro, envuelto con cuidado, un bebé de pelo oscuro. La imagen se desvaneció.

"¿Esto es todo? ¿Y cómo me ayuda? Necesito saberlo *todo*".

Mel pasó la mano por delante del espejo, pero ya no mostró nada más.

"Lo siento, Muriel. No somos seres omniscientes. Solo sabemos lo que sabemos… y lo que se nos permite ver".

"Entonces dime lo que sí sabes".

"Mucho de lo que sé me lo dijo Colin cuando nos pidió ayuda. Sabíamos que algo era extraño, pero nuestro deber es ayudar a los tuyos. Tomaron a tu madre siendo un bebé, antes de que supiera quién era realmente. La criaron en el mundo humano, y de algún modo cayó bajo el poder del clan Lutey… y se perdió por completo. Habría muerto si no la devolvían al mar. Ahora es una criatura salvaje, que debe aprender los caminos del océano y de su gente.

"¿Y nosotros? ¿Sus hijos? … ¡Tenemos que encontrarla!"

"Primero, debes ser encontrada tú".

Con esas últimas palabras, Mel—como la llamaría para siempre—desapareció. La llamé, luego grité el nombre de Calíope, pero nadie apareció… salvo un lobo marino curioso que me gruñó y ladró, como diciéndome que me moviera y saliera de *su* roca.

Todavía estaba ubicándome cuando el lobo marino se acercó más y más. Y entonces, de pronto, supe con total claridad que estaba en una de las *Siete Cuevas Hermanas* de La Jolla. Conocía este lugar desde siempre, aunque nunca había entrado en ninguna de ellas. Había ido muchas veces con Morgan y papá hasta el borde de la más famosa, la llamada en honor al pirata *Sunny Jim*. Para llegar allí desde la cima del acantilado, había que bajar 145 escalones. Cada una de las siete cuevas tenía su propio nombre y su historia única. Algunas las usaban piratas; una, llamada *Sorpesa Marina*, estaba llena de restos fosilizados de criaturas antiguas. Yo apostaba a que estaba en *la Cueva del Arco*, la segunda más grande, justo a la izquierda de *Sunny Jim* y podría allí subir sus escalones que llevaban de regreso a la superficie. Tenía que llegar a esa cueva… pero para hacerlo, debía nadar fuera de donde yo estaba ahora, enfrentando la marea alta. Con esa corriente, ni siquiera los kayakistas se atreverían a salir. Lo más probable era que me arrastrara contra las rocas afiladas… y me ahogara.

Pero había otra opción para alcanzar la superficie: *llegar hasta la Dama Blanca*. Era la última cueva. Tenía una pequeña playa con unas cuerdas que llevaban de vuelta al sendero costero. Si lograba llegar hasta ahí, podría escalar por la Pendiente del Diablo. Y sí... sonaba tan difícil como el nombre lo decía. Esta cueva había recibido su nombre por una tragedia ocurrida en el siglo XIX: cuando una gran ola arrastró a una joven recién casada que recogía conchas en la orilla y la llevó hasta esa cueva. Algunos decían que aún llevaba puesto su vestido de novia, y que la entrada tenía la forma de su silueta. Siempre me pareció curioso que los relatos se enfocaran tanto en lo hermosa que era, en sus impactantes ojos azules... como si fuera más trágico que hubiera muerto por ser bonita. En esas cuevas habían ocurrido muchos rescates. Y yo estaba decidida a ser uno de ellos. No pensaba terminar como la joven novia. No, si podía evitarlo. La marea subía, y el lobo marino seguía ladrándome, mientras los de su grupo nadaban hacia dentro. A pesar de que nunca fui fanática de estar en la playa, nunca tuve problema con las piscinas. Sabía nadar bien. El agua, fría y clara, empezó a calmar mis sentidos. El mar, ese viejo amigo al que nunca le presté suficiente atención, ahora era mi única compañía. Me deslicé suavemente en el agua, nadando despacio, intentando mantener el control frente a la fuerza de la corriente. Mamás leonas marinas y sus crías nadaban hacia la cueva justo cuando yo intentaba salir. Al rozarme, me di cuenta de que su piel resbaladiza era mucho más áspera de lo que había imaginado.

Una vez fuera, tendría que nadar hacia la derecha y evitar los costados del acantilado. La distancia entre las entradas de las cuevas no era mucha pero lo difícil era sortear las rocas ocultas a lo largo del borde, la variedad de vida marina que recorría las calas... y las olas traicioneras que no daban tregua. Sentía a Morgan en mi mente. *Sabía* que estaba en la cala. Sentía su energía, su preocupación. ¡*Puedo hacerlo!*, pensé. Y entonces, como un mantra, me vino a la mente las palabras de Emerson, resonando fuerte en mis oídos:

"Sumérgete en el océano, explora las profundidades y nada sin límites. Al emerger, lo harás con un renovado respeto por ti mismo y un poder desconocido. Es una experiencia transformadora que marca el comienzo de un nuevo camino".

¡Lo estaba logrando! Rodeaba el acantilado de arenisca de 75 millones de años. Cerca del borde, las algas se aferraban a todo lo que había. Traté de no concentrarme en esa sensación viscosa y abrumadora que, poco tiempo atrás me habría paralizado. Estaba tiritando otra vez, y mi energía se estaba agotando. Al acercarme a la siguiente cueva *Sorpresa Marina*, el color del agua cambió. Se volvió más oscura, gris, era profunda. No había ni un solo garibaldi. Antes de entrar me aferré a la roca de arenisca, jadeando, tratando de recuperar el aliento. Necesitaba una pausa. Frente a mí, las aguas formaban pequeños rizos y un patrón de ida y vuelta constante. Me concentré, tratando de enfocar ese movimiento… y entonces vi lo que era la "sorpresa gris".

Tiburones.

Muchos tiburones pequeños.

En el fondo, siempre supe que me los podría encontrar en cualquier lugar, pero especialmente ahí. Conocía cada historia que había salido en las noticias sobre ataques en esta zona. Leones marinos, kayakistas, acceso al mar abierto, y el aumento de temperatura en las aguas de México hacían de este un lugar perfecto para toda la vida marina. Una vez vi un vídeo de un tiburón martillo empujando un kayak cerca de la entrada de estas cuevas. Sabía que los tiburones tenían que sobrevivir, que estaban siguiendo su instinto natural, pero mi empatía era para las crías de foca nacidas en estas cuevas, inocentes, sin saber qué podía ocurrirles si se sumergían en el agua. En ese momento, yo me sentía igual. Como una foca bebé. Totalmente desprotegida.

El corazón me latía con fuerza, pero no me daba para impulsarme. Estaba atascada en una roca afilada. Las olas eran despiadadas, y mi cuerpo chocó contra el filo de una concha o piedra que no llegué a ver. El agua a mi alrededor se tiñó de rojo. *Sangre.*

Me sentí como si estuviera viendo una peli de terror, gritándole a la pantalla: *"¡Sal del agua! Métete en la cueva. ¡Eso es sangre! Tiburones. Sangre. ¡Todos sabemos lo que va a pasar!"*.

Pero esta vez, la chica en la pantalla—yo—*escuchó*. Me moví rápido hacia *la cueva* y subí a un borde rocoso, fuera ya del agua. Miré el corte. Era pequeño, pero sangraba mucho. Presioné con fuerza. El dolor me sacudió, me despertó. Me hizo más consciente. Más viva. Y, aunque el miedo seguía ahí, mi instinto de supervivencia era aún más fuerte. Afortunadamente no había oscurecido. Ahora que la luna había terminado su danza con el sol y el eclipse había pasado, el sol brillaba con más fuerza, como si reclamara su lugar en lo alto o nos asegurara que tras la tempestad siempre viene la calma. Nada volvería a ser normal para mí, pero agradecía los rayos de luz que se colaban por cada grieta de la cueva marina, iluminando incluso los rincones más oscuros. Mientras me bañaba en esa luz, recé. Una oración pequeña, en voz baja. En la iglesia siempre hablaban de fe, y en los artículos de revistas, la ciencia intentaba medir lo que la fe y la oración hacían en el cerebro y el cuerpo. Aunque fuera solo efecto placebo, había estudios, resonancias, investigaciones… algo *pasaba* en la mente y el cuerpo de los creyentes, sin importar en qué creyeran. En ese momento, la calma me envolvió por completo. La gente da por hecho que podemos enviar imágenes desde señales invisibles hasta nuestras teles, móviles o portátiles. ¿Realmente es así? ¿Por qué ocurre? ¿Por qué necesitamos que esto suceda? Mi oración fue muy sencilla, y la envié directo al cielo:

"Por favor, ayúdame".

Miré alrededor de la cueva. Decían que tenía unos 25 metros de pasadizo caminable desde la entrada. Tenía que moverme, mantenerme en calor. Me adentré y no vi ni rastro de vida marina. El agua era clara y poco profunda, con piedras redondas y densas cubriendo el suelo. Las paredes y el techo tenían un tono anaranjado, y la erosión había dejado capas suaves, con formas fósiles incrustadas en lo profundo de la roca arenisca. Estaba empezando a temblar de frío… y estornudé. El eco de mi estornudo retumbó por toda la cueva.

Ni siquiera se me había ocurrido gritar buscando ayuda.
¿Y si alguien me escuchaba? Un kayakista, un buzo, o un senderista de los de allá arriba…

"¡Morgan! ¡Morgan!" grité con todas mis fuerzas, usando mi voz y mi mente al mismo tiempo.

Mi grito rebotó en las paredes de la cueva, devolviéndome el eco desde algún lugar lejano. Seguí llamando. Mi voz se estaba quedando ronca, pero estaba dispuesta a seguir hasta que anocheciera… y más allá, si hacía falta.

Había renunciado a nadar hacia *la otra cueva, la Dama Blanca* hasta que al menos bajara la marea. Pero eso no iba a ocurrir hasta unas horas antes de la salida de la luna, pasada la medianoche. Eso me daría una ventana entre la bajamar y el amanecer con un nivel de agua aceptable. Pero no pensaba volver a meterme en el mar en plena oscuridad. Saldría al amanecer… o haría un último intento justo antes de la puesta de sol. Mientras tanto, caminaba de un lado a otro dentro de la cueva para mantener el calor. Miraba las paredes. Rezaba. Gritaba. Llamaba. De vez en cuando oía un leve chapoteo en el agua, pero al mirar, nunca había nada. Así que seguía en mi ciclo. Estaba a punto de volver a gritar cuando oí una risita. Me giré rápido y los vi. *Me estaban observando.*

Un pez grande, como una mezcla entre un koi y un garibaldi, nadaba de un lado al otro mirándome fijamente. Me quedé quieta y me senté al borde del agua para observarlo mientras él me observaba a mí. Subió a la superficie y se quedó quieto, justo ahí, mirándome… y luego soltó otra risita, acompañada de burbujas que flotaron hasta el techo de la cueva.

"¡Hola, pececito!" le dije en voz baja.

Algo dentro de mí me dijo que debía tocarlo. Extendí la mano y lo acaricié como si fuera un perro o un gato. El pez brilló con una luz suave… y se transformó en un niño pequeño, asiático, que salió del agua con una túnica muy sencilla de color beige.

"¡Hola!".

Me sobresalté, claro. Pero después del día que había tenido, me alegraba de no estar sola. El niño me abrazó con fuerza, feliz, como si él también hubiera estado esperando ese contacto desde hacía mucho.

"¡Estoy tan contento de que puedas verme! ¡Llevo atrapado aquí muchísimo tiempo!"

Fruncí el ceño.

"Empiezo a sentir que ese también será mi destino. Estoy intentando volver a la superficie y salir de estas cuevas. ¿Por qué no nadas hacia la salida?"

"Los tiburones —respondió Bo con seriedad—. Están esperándome. Generaciones enteras de tiburones. Tienen una deuda pendiente conmigo".

Tiburones con cuentas pendientes. Aquello iba contra todo lo que los ambientalistas amantes de los tiburones defienden. La idea de que los tiburones pudieran guardar rencor, y pasarlo de generación en generación… parecía improbable. Por no decir imposible.

Decidí presentarme antes de meterme más en su historia.

"Soy Muriel".

Él hizo una reverencia.

"Yo soy Bo".

Me puse de pie y le devolví la reverencia. Estaba tiesa y con frío, así que me estiré un poco y empecé a dar saltitos.

"¿Qué estás haciendo?"

"Intento mantener la sangre en movimiento. Estoy helada".

"¿Puedo?" preguntó, extendiéndome la mano.

Asentí. Al tocarme, una oleada de calor recorrió todo mi cuerpo. *Justo lo que necesitaba.* El calor me despejó la mente… y ahí lo sentí: *Morgan.* Estaba arriba del acantilado, esperando, buscando cómo llegar hasta mí. Iba a intentar bajar por *Sunny Jim*, pero la entrada ahora estaba bloqueada por la marea alta.

"Cuéntame ¿por qué no podemos nadar hacia la salida? Creo que juntos podríamos".

"Los tiburones".

"Sí, los tiburones. Pero además de buscar comida, ¿por qué tienen un problema contigo?"

Bo se volvió hacia la pared de la cueva y comenzó a dibujar mientras hablaba. Trazó una escena con figuras vestidas con ropas tradicionales chinas, subiendo a un barco antiguo, apretados como ganado. Luego dibujó el océano, en un viaje agitado por mar. El barco echaba el ancla, y los pasajeros saltaban al agua con sus pertenencias atadas a la espalda, nadando hacia la cueva marina. A medida que se acercaban a la entrada, los tiburones, que la custodiaban, los atacaban. En el siguiente dibujo, Bo se mostraba a sí mismo transformándose en pez y alejando a los tiburones para proteger a los viajeros. Los humanos lograron entrar a la cueva, y el barco se alejó. Bo volvía a tomar forma humana y se unió a ellos dentro. Pero su último dibujo fue el más impresionante: mostraba a los viajeros cazando y comiéndose cientos de crías de tiburón. Yo sabía que las costas de La Jolla eran conocidas por los tiburones leopardo —pequeños, inofensivos, de boca diminuta— que llegaban en junio para dar a luz en aguas poco profundas. Nunca había oído hablar de tiburones más grandes usando este lugar como criadero, pero también sabía que venían cuando les daba la gana. El océano no tenía reglas para ellos.

"Este era su vivero" dijo Bo con tristeza. Un lugar sagrado para todas las especies de tiburones. Los inmigrantes se quedaron aquí escondidos, y con el tiempo, los contrabandistas empezaron a usar la cueva como punto habitual, hasta que dejó de ser sagrada y segura para el pueblo tiburón.

Me miró con ojos brillantes.

"Y como yo soy una criatura de agua… sintieron que los traicioné al ayudar a los humanos".

"¿Entonces has estado escondido aquí todo este tiempo? pregunté, intentando procesar toda esa información".

Él no se está escondiendo. Está cautivo.

Reconocí la voz de Calíope al instante. ¡Mi corazón dio un salto de alegría! Bo se sobresaltó y rápidamente saltó al agua, transformándose otra vez en pez.

"¿Dónde está Morgan? ¿Y qué quieres decir con *cautivo*?" pregunté.

Bo le escupió agua, empapándole las plumas.

"¡No lo sabía! Si he pagado ya mi deuda. Debería estar libre".

"Morgan está aquí" respondió Calíope, sin perder la calma.

Volví mi atención a Bo.

"Entonces, ¿por qué estabas allí con ellos? ¿Por qué estabas en el barco?"

"Muchos de nosotros viajamos con nuestra gente durante la fiebre del oro. Tengo familiares humanos… igual que tú".

"*Soy* humana" dije, muy segura.

Bo soltó una risita, como cuando me vio por primera vez.

"En parte humana. Como yo. Como ella".

"*Yo no soy humana*" corrigió Calíope enseguida. Solo *parezco* humana.

Intenté procesar todo. Si mi madre era una sirena… entonces, ¿yo era parte sirena también? ¿Y Morgan?

Nunca me había detenido a pensar en el significado de esta idea que me estaba comenzando a martirizar. Ni una sola vez me había preguntado si éramos medio humanos. ¿Podríamos terminar como mamá? ¿Convertirnos también en criaturas salvajes del mar?

¡*No*! No podía permitir que eso pasara. Tenía que mantenerme enfocada. No me importaba lo que Calíope opinara sobre cosas que pasaron hace más de cien años.

Yo iba a salir de esa cueva. Y el chico pez iba a ayudarme.

"Bo, vamos a salir de aquí los dos. Tú hiciste lo mejor para los tuyos, nadie merece estar atrapado para siempre".

Calíope negó con la cabeza, decepcionada.

"Esto no te ganará el favor *de tu gente*. Los que te ayudarán a encontrar a tu madre".

"*Mi gente es* Morgan. Y todos los que me están esperando en la superficie. Nadie ni nada me va a detener. Voy a encontrar a mi madre y traerla de vuelta a casa".

Bo saltó emocionado fuera del agua y volvió a tomar su forma de niño.

"Calíope, ¿qué retiene aquí a Bo?"

"Nada" —respondió ella, impasible—. "Al principio estaba bajo un encantamiento, pero podría haberse ido hace mucho si hubiera querido arriesgarse a que lo devoraran. Es su miedo. Y su culpa. Eso es lo que lo mantiene prisionero".

Bo bajó la cabeza y asintió.

"No quería que me destrozaran".

"¿Has intentado hablar con ellos? ¿Pedirles perdón?

"No. Nunca…" admitió Bo, muy bajito.

Calíope nos miró con esa superioridad suya que tanto me molestaba.

"Esos tiburones no perdonarán jamás. La leyenda ha crecido demasiado. Su momento ya pasó. Te aseguro que no tiene ninguna oportunidad".

Tomé a Bo del brazo y lo aparté un poco. Le hablé al oído, con suavidad.

"¿De verdad lo sientes?"

"Sí. No sabía lo que significaba este lugar para ellos… y lo siento mucho por su sacrificio".

Lo miré a los ojos. Y lo sentí. Su sinceridad era real. Había sufrido lo suficiente. Y yo necesitaba reunirme con mi hermano.

Ya era hora de salir de esta cueva.

"¿A dónde irás cuando salgas de aquí? ¿A tierra o al mar?" le pregunté, ya con el plan formándose en mi mente.

"Iré hacia el norte por la costa… y regresaré a mi mar de origen, respondió Bo con decisión".

Me giré hacia Calíope.

"¿Puedes comunicarte con los tiburones? Diles que Bo les quiere hablar… pero solo con uno. Que el resto se mantenga alejado".

Mientras ella se acercaba a la entrada de la cueva, me incliné hacia Bo y le susurré mi plan. Calíope no tardó en volver.

"Han aceptado escuchar, pero no perdonar. Puede que pronto sea el momento en que se cobren su venganza".

Bo se mantuvo en forma humana. Caminamos hasta el borde del agua. Agarré una piedra pequeña y la escondí en la mano. Ambos nos deslizamos con cuidado al agua, sin quitarle el ojo al tiburón solitario que se acercaba.

Bo gritó con desesperación:

"¡Lo siento muchísimo! ¡No sabía que este lugar era sagrado! ¡Por favor, dejadme ir!"

El tiburón enseñó su clásica sonrisa llena de dientes afilados... y se lanzó a atacar. *Yo* estaba en su línea directa.

"¡Bo, cambia de forma!" le grité.

El tiburón embistió, y justo en el momento crítico, le golpeé el morro con mi piedra. Bo se transformó y me sujeté de él. Salimos disparados de la cueva, nadando con todo lo que teníamos, rumbo a la *cueva de la Dama Blanca*.

Los tiburones se arremolinaron a nuestro alrededor, tratando de cerrarnos el paso.

"¡Bo, nada más rápido!"

La marea alta giraba a nuestro alrededor. Los tiburones estaban cada vez más cerca. Ya no podría dar otro golpe de suerte como el anterior. Nuestra brazada se volvió frenética. Pasamos por la cueva de la Hermana Menor, con la misma forma que la entrada de la *Dama Blanca*, pero más pequeña.

Una cueva más.

Miré hacia delante... y luego hacia abajo. Los tiburones subían, ya estaban justo bajo mis pies. Y entonces, de repente, ya no vi nada más que todo color *naranja*. Vi las aletas pectorales en forma de abanico de los pececitos rojo-naranja. *Garibaldis*. Cientos de ellos, algunos de un naranja brillante, otros con pequeñas manchas azules, nadando hacia nosotros. Nos rodeaban, creando una barrera protectora como una esfera viva de peces en movimiento. Nadaban arriba, abajo, a nuestro alrededor, manteniendo el ritmo con nosotros, camuflándonos mientras avanzábamos.Los que formaban el borde de la bola se lanzaban contra los tiburones que se acercaban, haciendo un sonido grave, como un pequeño eructo. Fijaban sus ojos amarillos en los depredadores. *Los garibaldis del lugar se habían unido* y estaban defendiendo su territorio…, al parecer, tenían sus propias cuentas pendientes con los tiburones. Nuestro escuadrón de aliados convirtió el agua en una tormenta naranja.

Seguimos avanzando.La avalancha de peces tan agresivos dejó a los tiburones desconcertados. La espuma blanca del mar golpeaba las rocas cuando finalmente llegamos a la cueva. Y sí, desde ahí podía verse la silueta de una mujer con un vestido blanco ondeando, hecho de niebla marina. Tan rápido como habían llegado, los garibaldis desaparecieron. Estábamos a salvo. Fuera del alcance de los tiburones.

Bo gritó hacia el agua:

"¡Gracias! ¡De verdad lo siento!"

Ahora estábamos en la esquina más oriental del acantilado. La Dama Blanca tenía una pequeña zona de playa, con grandes piedras y algo de arena. Sobre la pared resbaladiza colgaban unas cuerdas fijas: la temida *Pendiente del Diablo*. Arriba, un pequeño puente de madera conectaba con el sendero costero. Bo y yo nos quedamos al pie, mirando hacia arriba. Sabíamos que no podríamos subir por el acantilado, así como así. Habíamos llegado tan lejos como podíamos por mar. La marea estaba alta, y las olas golpeaban con fuerza. El interior de la cueva comenzaba a inundarse.

Y entonces la vi.

Una luz, arriba.

Agité los brazos y grité.

¡Morgan estaba ahí! Lo vi. Y lo sentí otra vez, en mi pecho. *Mi hermano. Me había encontrado.*

"*Estamos aquí, Muri*" gritó Morgan desde lo alto.

Había equipos de rescate con él. Linternas bailaban sobre el agua y las rocas, iluminando el camino. Me giré hacia Bo.

"¿Qué vamos a decir de ti?"

Bo me abrazó con fuerza.

"No te preocupes. Voy a sumergirme y nadar hacia el norte. Los tiburones se han retirado… y soy libre para encontrar mi camino otra vez. Gracias, Muriel. ¡Espero que nos volvamos a ver!"

"Bo… si te cruzas con una sirena llamada Lorelei, dile que vamos a encontrarla. Que la llevaremos de vuelta a casa. Nada nos va a detener".

Los focos del equipo de rescate recorrían el agua y las paredes de roca mientras comenzaban a descender por la pendiente resbaladiza. Bo se lanzó al agua, se transformó en pez y nadó veloz, desapareciendo antes de que alguien lo viera. Los rescatistas me aseguraron con arneses y me elevaron por la *endemoniada pendiente*. En segundos, estaba arriba, fuera de peligro. Morgan, Spencer y papá me esperaban en la cima. Mi padre corrió hacia mí, pero los rescatistas le hicieron señas para que esperara mientras me quitaban el equipo de seguridad. En cuanto estuve libre, corrí hacia él. Me abrazó con fuerza. Su calor, su forma de envolverme, me tranquilizó como nunca. *Todo iba a estar bien*. Me apartó un mechón de la cara y me miró muy serio.

"¿Qué hacías en el kayak tu sola? ¡Ni siquiera sabes manejar un kayak!".

Miré a Morgan de reojo, preguntándome qué historia le había contado… ¿y por qué? ¿No le había dicho la verdad sobre mamá?

Morgan se acercó rápidamente.

"Papá, ya te lo dije. Íbamos a encontrarnos con ella. Hubo un malentendido. Íbamos a ver el eclipse todos juntos, desde la orilla".

Asentí, respaldándolo.

Y en ese momento supe: por ahora, era suficiente. Y, aun así, nuestra auténtica aventura no había hecho más que empezar.

"Pensé que nos encontraríamos pronto" dije, encogiéndome de hombros.

"¡Pero si ni siquiera te gusta el agua!" exclamó papá.

"No me molesta el agua. Es la *playa* lo que me desespera".

Él me abrazó con fuerza.

"Vale, vale… vamos a casa. ¿Sabes que te perdiste la inauguración de mi exposición?"

"Lo siento. ¿Cómo fue?"

"Genial. Me hubiese gustado que tu madre hubiera venido".

El equipo de rescate me hizo un chequeo rápido y me dieron el visto bueno para irme a casa. Me echaron una buena bronca, claro, recordándome lo caro que eran estos rescates para los contribuyentes de California. Pedí disculpas mil veces, asegurando que nunca volvería a hacer algo tan temerario… aunque, en el fondo, sabía que esto era solo el comienzo de lo que tendría que enfrentar para encontrar a mi madre.

Iba a tener que redefinir lo que significaba *riesgo necesario*.

Morgan me empujó un pensamiento a la mente:

"Papá piensa que mamá lleva desaparecida desde hace tiempo."

No dije nada. Solo lo dejé ahí, en el aire.

De vuelta en casa, papá me acomodó en el sofá, debajo de un montón de mantas. Le indicó a Morgan y a Spencer que se quedaran conmigo, mientras él se ocupaba de cerrar los últimos detalles tras la exposición. Antes de salir por la puerta, se detuvo frente a una foto de mamá.

La besó con cuidado y susurró:

"Ojalá hubieras podido estar, Lorelei".

Morgan se llevó un dedo a los labios. Sabía que yo estaba a punto de decirle a papá la verdad sobre mamá. Espió entre las cortinas, asegurándose de que ya se hubiera ido. Spencer se sentó a mi lado en el sofá.

"Fuimos directo de *Paradise Point* a tu padre —dijo—. Le contamos todo. Pensó que Morgan estaba fuera de sí, que se había puesto histérico".

Morgan se sentó al otro lado.

"Cree que mamá lleva desaparecida desde el incidente de la tía Mallory. En su cabeza, todo se ha reescrito".

Justo entonces, alguien llamó a la puerta... pero sin esperar. Se escuchó cómo entraban por su cuenta.

Era *Brooke*.

Morgan se puso de pie de un salto para encararla.

"¿Qué haces tu aquí? Sé que *recuerdas* perfectamente lo que pasó".

Brooke llevaba un bolso cruzado lleno a reventar y algunos libros en los brazos. Parecía confundida por el comentario.

"¿Cómo vas a ayudarnos?" le grité.

"Bueno… traje algunos libros y cosas que creo que dejaste en mi casa" dijo mirando hacia mí. "No los reconozco. Parecen de la biblioteca".

Spencer la escaneó de arriba abajo con la mirada.

No me fío de ella. Su rollo hawaiano tranquilo… ha desaparecido por completo.

Brooke frunció el ceño y dejó caer los libros y el bolso sobre la mesa.

"Tenéis razón. *He cambiado.* Ya no me gusta pasar el rato con vosotros. Tal vez mi padre tenga razón y deberíamos volver a Hawái. Habéis estado actuando de forma muy extraña".

Los tres nos quedamos mirando a Brooke. No pude evitar soltarlo.

"¿Nosotros somos los raros? *¡Después de todo lo que tú hiciste!* ¡Deberías volver a Hawái!"

"Muri… lo entiendo, de verdad —dijo Brooke, bajando un poco el tono—. También echo de menos a mi madre. Pero vosotros estáis siendo *maha'oi*.

Hizo el gesto *shaka* de forma sarcástica y salió dando un portazo.

Mahalo, remató con desdén.

No les había contado aún a Morgan y a Spencer lo que viví con mamá en el océano. Y ahora… no sabía por dónde empezar. Todo parecía un episodio de *la dimensión desconocida*. Brooke, aparentemente, no tenía ni idea de lo que estaba pasando. O, al menos, eso quería hacernos creer.

Me agaché, recogí el bolso y los libros, y me senté en el suelo. Empecé a extender el material. Había artículos de periódicos, libros, mapas y algunas fotos. Morgan y Spencer se sentaron conmigo y también revisaron todo. Entre los papeles había información sobre la maldición, y también algo más oscuro: *cómo matar a una sirena*. Al parecer, el hierro era peligroso en altas concentraciones, y cualquier elemento de hierro podía mantenerlas alejadas de barcos y tierra firme. Pero el "hierro del cielo" —hierro meteórico— era letal. Una herida causada por un arma forjada con ese tipo de hierro, infundida con propiedades celestiales, era mortal… no solo para sirenas, sino para *todos los nefilim*.Recordé la enfermedad de mi madre… y pensé en toda la cantidad de metal que teníamos en casa, especialmente por el taller de papá. Eso no podía ser una coincidencia. Entonces encontré un artículo sobre un ferry canadiense, de 1967. Relataba un avistamiento de una sirena cerca de la Isla *Mayne* en la Columbia Británica, mientras pasaba por el canal. Ocurrió al atardecer, y fue visto por pasajeros en otros ferris. Describieron a la sirena como una mujer de cabello largo, rubio plateado. Algunos dijeron que sostenía un pez enorme. Y algunos… incluso tomaron fotos.

Le pasé el artículo a Morgan.

"Colin debe haber pensado que esa era nuestra madre. O nuestra abuela".

Morgan y Spencer se inclinaron sobre el artículo, examinando la foto con detenimiento. Mientras tanto, abrí un libro que hablaba sobre interpretaciones bíblicas del término *nefilim*.

Las piezas del rompecabezas empezaban a encajar.

Pero el cuadro que revelaban era mucho más grande… y más peligroso de lo que habíamos imaginado. Entre los recortes, había otro que llamó mi atención: hablaba de un pescador que había encontrado un bebé envuelto en algas marinas cerca de las *Islas San Juan*, frente a la costa del estado de Washington. El pescador era de un pueblo llamado *Friday Harbor*.

Morgan leyó el recorte y negó con la cabeza.

"Mamá siempre dijo que era de Pensilvania…"

Spencer miró la foto con curiosidad.

"Si la gente vio una sirena en 1967 *y* le sacaron fotos, ¿cómo es que nunca nos enteramos? Nadie cree en sirenas" dijo, incrédulo.

Abrí un libro grueso, uno de los tomos sobre nefilim, en la sección que hablaba de deidades del agua.

"Parece que la gente ha creído en sirenas desde siempre. *Todas* las culturas tienen alguna historia sobre seres marinos".

Spencer frunció el ceño.

"Si fueran reales… lo sabríamos".

Morgan se levantó de golpe, alzando las manos al aire, y empezó a caminar de un lado a otro.

"Vale. ¡Vale! ¡Sabemos que las sirenas existen! Nuestra madre se *transformó* en una delante de nosotros hace apenas unas *horas*. ¿Qué estamos haciendo aquí hablando sobre pruebas? ¡Tenemos que encontrarla!"

"*Eso* es lo que estoy intentando entender" —dije, mirando el mapa—. Si está volviendo a casa… ¿no sería *aquí* su hogar? No donde nos dijo que creció… sino *donde nació de verdad.*

Morgan y Spencer se quedaron en silencio.

Friday Harbor.

Isla Mayne.

El Pacífico Norte parecía estar dibujando el camino.

Y mamá… nos estaba esperando.

"¿Y cómo se supone que vamos a llegar hasta allá?" pregunté, mirando el mapa. Necesitaríamos acceso al océano abierto. Mamá no va a estar esperando para siempre en una isla.

Spencer sonrió con esa expresión suya de "tengo una idea loca y genial".

"Tenemos un barco. Y yo sé navegarlo".

"Quieres decir que *tus padres* tienen un barco" respondió Morgan, arqueando una ceja.

"Eso es solo un tecnicismo".

Morgan se interesó al instante.

"¿Y cómo lo sacaríamos sin ser vistos?"

"Mis padres se van mañana a una conferencia. No lo vayas contando por ahí, pero me iban a dejar solo. Mi abuelo va a estar pendiente, pero no se queda conmigo. Tengo margen".

Morgan sacó su teléfono y abrió un mapa de la costa. Empezó a revisar mareas y condiciones del mar para ver los mejores horarios para estar en el agua.

"Aunque consiguiéramos el barco, es un trayecto largo y con mar muy bravo… Si vamos, creo que lo mejor sería *primero llegar* a Washington".

"¿Y Calíope?" —pregunté, sin mucha esperanza—. "¿Crees que nos ayudaría?"

Morgan suspiró, frustrado.

"Ella nunca nos dice nada claro. Es como si estuviera jugando con nosotros, dándonos migajas de información".

Pasé el dedo por una página del libro y señalé una ilustración que se parecía muchísimo a una sirena.

"Calíope no trabaja para nosotros. Ella y sus hermanas sirenas tienen que responder a *cualquier* nefilim que las llame. Están ligadas por un juramento: pueden ayudar hasta donde puedan… sin *interferir*.
Eso también significa que *no lo saben todo*. Porque hay otros que *no quieren* que compartan sus verdaderos deseos.

Morgan asintió, pensativo.

"¿Y Colin? ¿Qué gana él teniendo a mamá?"

"No lo sé… pero ojalá pudiéramos preguntarle a Brooke" murmuré, mientras seguía barajando papeles y repasando datos. Tenía que haber una pista. *Algo* tenía que haber.

"¡Sí! ¿Cómo pasamos de salvar los arrecifes de coral a *tu tía es una sirena*?", saltó Spencer con tono sarcástico. Luego sacudió sus llaves y las hizo tintinear.

"¿Entonces qué? ¿Pillamos un vuelo hasta Washington o qué?"

Morgan miraba una foto de nuestros padres, colgada en el pasillo. Estábamos intentando entender quién *era* realmente Colin… y qué papel jugaba, más allá de buscar sirenas y devolverlas al mar.

"¿Vamos solo nosotros? ¿O intentamos que papá también venga?" preguntó Morgan, como si todavía estuviera decidiendo si valía la pena.

"¿Y los demás? ¿Recuerdan a mamá? ¿Podemos enseñarle a papá los papeles del alta del hospital?"

"Es como si de verdad llevara desaparecida un año. No hay rastro. Su armario está vacío. La han borrado… hasta el momento en que perdimos a la tía Mallory".

Solo con mencionar a la tía Mallory, algo en mi pecho se cerró. Dolor. Por todos. Por mi prima, a la que quería con el alma. Yo había sentido su pena durante todo el año. Su madre no iba a volver.

Pero la nuestra estaba a tiempo.

Inspiré hondo, pero fue como si mis pulmones se llenaran de agua. No por miedo… sino por conexión. No solo sentía a Morgan; *sentía* a Brooke. Incluso a Bo. ¿Era una empática ahora? ¿Lo había sido siempre?

¿Y si eso era lo que me hacía sentir tan abrumada todo el tiempo?

Y entonces lo supe: Brooke estaba metida en líos. Lo *sentí*. Con claridad.

Morgan respondió directamente a mi pensamiento.

"No voy a ir tras ella. Mi prioridad es mamá".

"Spencer… ¿me llevas? Creo que Brooke necesita ayuda.

Spencer se encogió de hombros y miró a Morgan.

"¿Tú qué dices?"

"Haz lo que tú creas. Yo estoy organizando el viaje" dijo Morgan, sin apartar los ojos de su teléfono, donde ya tenía abiertos mapas de la isla *Mayne* y las *Islas San Juan.*

El rumbo estaba trazado.

Todos intentando salvar lo que quedaba de nuestra familia. Spencer y yo salimos corriendo. Yo me sentía débil, agotada. Todo lo que había pasado ese día ya empezaba a pesar en mi cuerpo como una piedra. Cada segundo que pasaba, me sentía más abrumada, hasta el punto de querer rendirme. Pero, aun así, me subí al coche.

"¿A dónde vamos?" —preguntó Spencer, notando mi estado—. "No sé si deberías venir. Dime dónde piensas que ella está y yo iré".

"¡No! *Voy contigo*. Vamos a su lugar de surf. Está allí. Lo *siento*"

Spencer condujo rápido. El trayecto fue corto. Nos dirigimos al sitio favorito de Brooke Kainoa para surfear y conectarse con el mar. Era ese lugar cerca de las rocas… donde la había visto besando a Colin por primera vez, cuando recién se mudó a San Diego. Brooke solía meterse al agua con su tabla y flotar. Al principio, no quería volver a enfrentarse a las olas. Me había dicho una vez que ya no estaba segura si le gustaba el océano.

Pero un día se metió, remó… y tomó una ola.

Recordó. Recordó lo que era moverse al ritmo del mar. Ser arrastrada por su flujo. Fundirse con su madre en cada movimiento del agua.

Spencer y yo estábamos en silencio parados al borde del mar, mirando hacia la oscuridad. El sol se había escondido hacía ya mucho rato. Solo la luna y unas farolas daban luz suficiente para poder ver.

Entonces la vi. Señalé hacia el agua.

"Esa es su tabla" grité, con el estruendo de las olas de fondo.

Spencer la vio también.

"No veo a Brooke. ¿Tú la ves?"

Entonces él señaló.

Había un cuerpo flotando en el agua, cerca de la tabla.

Parecía que una de sus manos apenas tocaba el borde… pero no se movía. No remaba.

No nadaba.

"*¡Tenemos que sacarla de ahí!*" dije, intentando reunir fuerzas para lanzarme al agua. Pero no podía. No me quedaba energía. Sentía como si ya estuviera hundiéndome, aunque apenas estaba sentada en la orilla. Spencer no dudó. Se zambulló de inmediato y empezó a pelear contra las olas para llegar hasta Brooke. Y entonces vi el problema: *Brooke estaba atrapada en una corriente de resaca.*

Y Spencer… acababa de lanzarse a ella.

La corriente la arrastraba mar adentro, y él luchaba por alcanzarla, nadando contracorriente. Pero eso no iba a funcionar. Nos lo enseñaron mil veces: en una resaca, no hay que pelear contra ella. *Hay que nadar paralelo a la costa* para salir del flujo. Spencer se dio cuenta. Empezó a nadar lateralmente, tratando de escapar del tirón asesino del mar. La corriente se movía en un gran círculo. Brooke, en cambio, se dejó llevar, siguiendo la dirección de la corriente. Su tabla y ella comenzaron a acercarse de nuevo… pero por el lado opuesto del que estaba Spencer. Yo, impotente desde la orilla, veía cómo Spencer empezaba a agotarse. La desesperación lo estaba alcanzando.

Grité buscando ayuda.

Llamé a Morgan.

Grité a la calle.

Grité al océano.

Recé.

"¡Dios mío, ayúdanos!"

Y como si me hubiera escuchado, Morgan ya venía en camino, montado en mi bici. Había sentido que algo estaba mal. Había venido *por mí,* no por Brooke. Subió por la roca en cuestión de segundos. Estaba a punto de lanzarse al agua cuando le agarré el brazo.

"¡Están en una resaca! ¡No puedes entrar por aquí! ¡Te arrastrará a ti también!"

Morgan miró alrededor, buscando otro punto desde donde entrar sin peligro. Pero antes de que pudiera hacer algo, *la ayuda llegó.* El agua brilló bajo la luz de la luna. La superficie parecía cubierta por un velo iridiscente, como una mancha de aceite. Y en medio del resplandor, dos colas salpicaron el mar. Colas con colores *vibrantes,* púrpura, azul, amarillo, naranja, verde… pero no eran escamas. Parecían pinceladas de acuarela. *Arcoíris en movimiento.*

Las reconocí al instante.

Sirenas.

Las sirenas se dirigían hacia los atrapados por la corriente.

Una de ellas, una joven de cabello negro como la noche con conchas doradas, perlas y estrellas de mar trenzadas en su melena, recogió a Spencer en brazos y lo llevó de vuelta a la orilla. Él, aún en modo pánico por la adrenalina, se resistió al principio… hasta que ella comenzó a tararear una melodía suave y envolvente. Se rindió en sus brazos, relajado, hechizado por su belleza y se aferró a ella como si no existiera nada más en el mundo. Su parte superior estaba cubierta con esponjas marinas finas como gasa y pequeñas conchas. La segunda sirena se parecía mucho a la primera, pero era un poco mayor. Su cabello tenía el mismo tono cambiante y brillante que su cola, como si un arcoíris hubiera cobrado vida en el agua. Se deslizaba como si flotara sobre las olas, etérea. Traía a Brooke, inconsciente, acostada sobre su tabla de surf. En su pelo llevaba pequeñas estrellas de mar blancas y, lo más increíble, caballitos de mar vivos moviéndose entre sus rizos. Corrí para ayudar y sacar a Brooke del agua. Sentía cómo mi energía regresaba poco a poco. La abracé fuerte. Tosió, escupió agua y abrió los ojos. Al ver a su rescatadora, se sobresaltó y se alejó del agua. La sostuve, calmándola.

"Estás bien. Ella te salvó" le aseguré suavemente.

Me puse de pie y me acerqué al borde del agua.

"¡Gracias!"

"¡De nada! Escuchamos tu llamada. Soy Luna, y esta es mi hermana menor, Stella".

Stella entregó a Spencer en brazos de Morgan y luego se giró hacia mí. Su tono cambió por completo: dejó atrás la serenidad mágica que había usado para salvar a Spencer. Ahora se mostraba molesta, cortante, como si ocultara un juicio detrás de cada palabra.

"¿Por qué no saltaste tú a salvarlos?" me preguntó con desprecio.

Me quedé helada. Miré a Morgan y luego a Spencer. Ambos estaban tan sorprendidos como yo.

"Si hubiera podido, lo habría hecho" respondí con firmeza. Ni siquiera Spencer pudo manejar esa corriente. Era demasiado fuerte. Yo no sabía por qué Stella me estaba desafiando. Pero si ella esperaba que me sintiera culpable por no haberme ahogado, no lo iba a conseguir.

Yo estaba viva.

Y mis amigos también.

Luna dio un paso al frente, interrumpiendo la tensión con una voz suave: "Ella pregunta eso porque respondimos al llamado de *otra hermana del mar.*

Pensamos que una de nosotras estaba herida, que necesitaba ayuda. Y entonces… fue cuando vimos a estos humanos".

Se giró hacia Stella y luego señaló a Morgan.

"¿Ves, hermana? ¡Son niños substituidos!".

Stella lo estaba analizando con ojos brillantes. La forma en que lo miraba me puso nerviosa. No me habría sorprendido si se acercaba a acariciarle el pelo como hacían algunas chicas en el instituto. Lo peor fue que Spencer no apartaba los ojos de ella… la miraba con nostalgia, como si quisiera volver a abrazarla.

"Este es tu hermano, ¿verdad?" me preguntó Luna.

"Sí, pero no somos substituidos… o lo que sea que eso signifique" respondió Morgan. Solo es que tenemos una madre sirena. Nos enteramos hoy, así que… estamos asimilándolo.

Luna negó con la cabeza, con una expresión seria.

"No, hay algo más. Puedo sentirlo. Tenéis otro tipo de poder".

Entonces Brooke habló. Su voz era débil, pero clara. Su mirada ya no estaba nublada por el hechizo de antes. Me miró con horror, como si acabara de despertar.

"¡Oh, Muri! … ¡no! ¿Qué hemos hecho…?"

Morgan la ignoró por completo y se volvió hacia Luna y Stella.

"Estamos bajo una maldición. Viene de un ancestro que tuvo un encuentro con una sirena hace cientos de años".

Stella negó lentamente con la cabeza.

"No. No lo veo en los humanos que salvamos. Ellos no tienen ningún poder. Solo tú" dijo, mirando directamente a *mí*.

Brooke estaba ida, la vista perdida en el mar. Algo dentro de ella estaba rompiéndose.

Yo la ignoré. Tenía otras cosas con las que lidiar.

Miré a Stella, con una mezcla de rabia e incredulidad.

"¿Y tú qué sabes? ¿Será que hay sirenas por todas partes y no las vemos hasta que un día deciden mostrarse? ¿Es eso?"

Mi voz temblaba, pero no de miedo.

De indignación.

Porque, ya nada tenía sentido.

Luna fue quien respondió a mi pregunta.

"Sí. Hay muchas cosas bajo el mar que nunca habéis visto. Viajamos camino a Hong Kong con nuestra manada".

Spencer estaba completamente fascinado. Se notaba que tenía como cien preguntas atoradas en la garganta, a punto de explotar.

"¿Cómo es que habláis nuestro idioma? ¿Por qué Hong Kong? ¿Cuántos hay en vuestra manada? ¿Son todas chicas... o sea, sirenas? ¿Por qué vuestras escamas no parecen escamas? ¿Cuántos años tenéis? ¿Que criaturas viven con vosotras bajo el mar?"

Stella contestó sin apartar la vista de Morgan.

"Hablamos todos los idiomas. Los delfines rosados están muriendo en Hong Kong, y vamos a ayudarlos a cruzar con seguridad. No lo sé. Tal vez, diecisiete. Y viven con nosotras criaturas que estarían encantadas de comeros vivos".

Suspiró, y entonces miró directamente a Morgan, justo cuando él lanzó su pregunta.

"Mi madre… dicen que ahora es una sirena salvaje. Se transformó hoy, durante el eclipse. No sabe nada de su gente ni de su mundo. ¿Sabéis cómo podemos encontrarla?"

Tanto Stella como Luna se tensaron al oír eso. Había algo en esa información que las puso nerviosas. Luna salió del agua y se subió a una roca. Su torso y su cola brillaban como si estuvieran hechos de luz líquida. Tenía parches de algas pegados a la piel, y los caballitos de mar en su pelo se movían de verdad. Me hizo una seña para que me acercara. Cuando lo hice, me habló bajito, con voz seria:

"¿Tu madre es la sirena… Lorelei?"

Me miró a los ojos con una mezcla de temor y preocupación.

Y supe que ese nombre significaba mucho más de lo que nos habían contado.

"¡Sí! respondí, con el corazón en la garganta. "¿Cómo lo sabes? ¿Dónde está?"

Luna no contestó. En cambio, hizo un gesto a Stella, indicándole que se sumergiera. Stella se separó de las rocas, nadando con elegancia. Mientras se alejaba, entonó una pequeña canción suave que flotaba como un susurro sobre las olas.

"Espero volver a verte, Morgan… hijo de Lorelei".

Y con eso, se sumergió en el agua y desapareció entre la oscuridad del océano. Luna se giró hacia mí, y su voz se volvió más grave.

"Muriel… no la busques. No tendrá un final feliz para ti".

Sus ojos destellaron como los de una foca, oscuros e infinitos, igual que los de mamá en la playa de La Jolla. Se detuvo. Escuchó el viento. Y entonces hizo una serie de chasquidos y silbidos, como los que hizo mamá. El viento levantó su cabello, y por un segundo me pareció que todo se ralentizaba. El mundo entero se detenía con su presencia.

Fue entonces cuando me di cuenta…

No le había contado a nadie lo que viví con mamá en la cueva. Que la vi. Que me reconoció, por un momento, me conoció de verdad.

"Morgan", dije, con la voz temblando. "Vi a mamá en la cueva. Me miró y… sabía quién era yo. Solo fue un instante, pero lo supe. No sé por qué no te lo conté antes. Creo que estaba en shock. Y cuando cambió… se volvió salvaje, igual que ella" señalé a Luna. "Luego aparecieron delfines y un tritón y se la llevaron. Lo sé, suena a locura, pero no he podido sacármelo de la cabeza… y encima papá no recuerda nada".

La luz de la luna cayó sobre la sirena como un foco. Su cuerpo brillaba con reflejos iridiscentes, casi cegadores. El agua que salpicaba las rocas parecía pintada de arcoíris. Algo en ella desató en mi interior una parte salvaje, sin filtro, sin miedo. Me lancé hacia ella, la agarré por los hombros y la sacudí con desesperación.

"¿Dónde está mi madre? ¡Te ordeno que me lo digas!".

No sabía por qué había usado esas palabras exactas. Pero en cuanto lo hice, sus ojos oscuros cambiaron. Volvieron a ese verde mar suave, y fue como si regresara de algún trance. Se notaba molesta por mi agresividad.

Pero no me soltó.

Me miró. Y esperé a que hablara.

"¡No me puedes ordenar nada!" exclamó Luna, con la voz potente como una ola muy brava. "¡Igual que el viento y el mar, no me dejo mandar por nadie!"

Solté sus hombros al instante. Ella se deslizó hacia atrás y volvió al agua, regresando a su elemento.

"Lo siento…" dije, más bajo, con la desesperación creciendo en mi interior. "Por favor… ayúdanos. Tenemos que encontrar a nuestra madre".

Morgan se colocó a mi lado, también empapado por la bruma marina.

"Por favor, ayúdanos" repitió.

Luna guardó silencio. Todo su cuerpo parecía estar escuchando algo que nosotros no podíamos oír.

"Vuestra madre está lejos de estas aguas" dijo finalmente, casi en susurro. "Está regresando al lugar de origen… con su familia".

"¿Y dónde es ese lugar?" pregunté de inmediato. ¿Es donde nació?"

Luna asintió. Luego, mientras empezaba a nadar mar adentro, susurró una pequeña canción.

"Esperamos grandes cosas de tu madre. Ha tardado mucho en llegar. Adiós, hijos de Lorelei".

La vimos alejarse. Nadaba cerca de la superficie, y la luna rebotaba sobre su cola como si la persiguiera un arcoíris. Estábamos empapados, congelados, agotados. Necesitábamos parar. Respirar. Pensar.
Volver a casa. Acurrucarnos en el sofá. Poner algún programa de cocina, como hacía mamá. Y encontrar una forma… cualquiera… de hacer que papá al fin viera lo que estaba pasando. Regresamos a casa en silencio, extenuados, y nos sentamos todos como zombis en el sofá. Pero yo no estaba dispuesta a

dar el día por terminado. Todavía no.Y en cuanto sentí que estábamos a salvo, dentro de nuestras cuatro paredes, llamé al aire con la voz firme:

"Calíope, Mel... y quien fuera esa tercera que estaba con vosotras en el barco hoy".

Ya casi era medianoche y mi padre aún no había regresado.

La verdad, no me habría importado si entraba justo en ese momento y encontraba a tres sirenas plantadas en el salón.

Al menos así, por fin, tendríamos que hablar de mamá.

Decirle que no murió en el accidente con la tía Mallory.

Y de pronto... ahí estaban.

Las tres sirenas aparecieron. Sin ceremonia, sin dramatismos. Simplemente estaban ahí.

Y esta vez, no solo Morgan y yo podíamos verlas.

Brooke y Spencer, ya despiertos a esta nueva realidad, también las veían.

Calíope fue la primera en hablar, con esa sonrisa suya entre burlona y misteriosa que tanto me sacaba de quicio.

"¡Nos has vuelto a llamar! Veo que has sobrevivido a la cueva. Espero por tu bien que no te topes con ningún tiburón pronto".

Morgan me miró, con cara de *¿de qué está hablando?*

Calíope notó la tensión entre nosotros y añadió, encantada de soltarnos más información envenenada:

"¿No se lo has contado? Cuando estuvo atrapada en la cueva marina, ayudó a un *niño substituido* que estaba retenido por crímenes contra los tiburones. ¡Le ayudó a escapar!".

Se acomodó las plumas con toda la calma del mundo, como si habláramos del tiempo.

"Él me ayudó a mí a salir" solté, cruzándome de brazos.

Morgan me apretó la mano, firme.

"Si le ayudó, entonces hizo lo correcto. Confío en su criterio".

Respiré hondo, sintiéndome más fuerte con su apoyo.

"Así que necesitamos que nos digáis la verdad. Toda. Mañana vamos a buscar a mamá".

Brooke se levantó y tomó mi otra mano. Estaba con nosotros. En esto, todos lo estábamos.

Ella miró directamente a Calíope y preguntó:

"¿Por qué nuestros padres no recuerdan que Lorelei estuvo aquí ayer?"

"Porque Colin es un creyente poderoso" respondió Calíope, como si fuera obvio. "Y tiene los ojos nublados. No para siempre, pero sí lo suficiente como para que ella esté ya muy lejos".

"¿Un creyente? ¿Qué es eso?" interrumpió Spencer, confuso.

Melpómene fue quien respondió esta vez:

"Un creyente es alguien que ha sido bendecido con el conocimiento de nuestro origen… y de nuestro potencial. Cree que Dios creó los cielos y los océanos. Que hubo una gran tormenta que arrasó con muchas criaturas malvadas. Después, se hizo un pacto con el arcoíris. Una promesa de que el cielo nunca volvería a usar el agua para castigar al mundo de esa manera".

El silencio que quedó después de sus palabras no era incómodo. Era solemne. Como si, por fin, estuviéramos entendiendo que lo que estaba pasando… no era solo magia. Era parte de algo mucho más antiguo. Y muy, muy real.

Spencer fue el primero en reaccionar.

"Sí, el arca de Noé. Todo el mundo conoce esa historia, aunque no la crean. Es parte de la cultura pop. Ya sabes, lo de salvar a los animales de dos en dos".

Hasta ahí, todo era esperable.

Pero entonces la tercera sirena —la que no había hablado ni una sola vez— dio un paso al frente. Se colocó entre Calíope y Melpómene. Yo había evitado mirarla desde que aparecieron. Había algo en ella que me ponía los pelos de punta. La recordaba del barco. Observando todo, sin intervenir. Sus ojos ya me habían incomodado entonces… y ahora me helaban la sangre. Me arrepentí en ese instante de haberla incluido en el llamado.

Era la primera vez que la veía bien.

Tenía alas como Mel, pero no eran iguales.

Las suyas eran negras, oscuras como la noche.

Y su piel era blanca, casi translúcida, como la de un albino.

Su nombre era Raidne.

Y supe en ese momento que sería la última sirena que conocería en mi vida.

Su voz era grave, fría. Cada palabra suya sonaba como una sentencia. Primero se dirigió a sus hermanas:

"Ya sé que habéis aceptado vuestro destino de ir de nefilim en nefilim, cumpliendo sus órdenes, guardando sus secretos y esperando a ver qué pasa. Pero a estas alturas ya deberíais saber que todo eso es inútil".

Después nos miró a Morgan y a mí. Directa. Sin pestañear.

"Escuchad bien... a ver si así acabamos de una vez con todo esto".

La habitación se quedó en silencio. Raidne habló como si nos estuviera entregando una profecía que no queríamos oír.

"Colin y los suyos creen que la destrucción del mundo por fuego, como predice vuestra Biblia, ya ha comenzado... y que está siendo provocada por el propio ser humano. El mar se calienta, la tierra arde. Nuestro pueblo sobrevivió al diluvio. Pero no sobrevivirá al fuego.

Por eso, Colin quiere desequilibrar la balanza... literalmente".

Hizo una pausa, dejando que sus palabras calaran.

"Existen tres sirenas predestinadas a controlar el agua y el viento. Pueden provocar huracanes, tifones... arrasar la tierra entera con tsunamis. Si logran despertar todo su poder, la mayor parte del planeta quedará cubierta por agua".

Respiró hondo, con una calma aterradora.

"Eso... minimizaría los efectos de la destrucción humana por fuego".

Nos miró con una mezcla de lástima y resignación. Y supe que lo que estaba en juego... era mucho más grande de lo que jamás imaginamos.

Spencer se quedó helado, claramente preocupado por *toda la humanidad*, lo cual tenía sentido... dado que él formaba parte de ella.

Morgan, en cambio, se centró en lo esencial:

"¿Y nuestra madre? ¿Qué pinta ella en todo esto?"

"¿Entonces Colin quiere exterminar a la humanidad?" añadió Spencer, todavía aturdido.

Raidne resopló con impaciencia.

"No. Solo reducir la población a niveles "manejables". Ya he predicho muchas plagas antes".

Morgan insistió, sin quitarle ojo.

"¿Y qué pasa con nuestra madre?"

"Ella es una de las tres sirenas" —respondió Raidne, sin rodeos—. Su madre es otra y no sabemos quién es la tercera.

Se giró hacia sus hermanas con tono de despedida.

"Bueno, chicas, nos vamos".

Pero antes de marcharse, me clavó una mirada. Firme. Fría.

"¡No me vuelvas a llamar!"

Abrió sus enormes alas negras, preparándose para desvanecerse como las otras veces, cuando Morgan volvió a hablar, desafiante:

"¿Y cómo sabéis que mi madre es una de esas sirenas especiales?"

Raidne se giró una última vez.

"Lo es. Pero nadie entiende cómo fue escondida tan bien… ni cómo el hechizo de los Lutey logró mantener su verdadera identidad oculta durante tanto tiempo".

Luego miró a Brooke. Su voz se volvió casi sarcástica:

"Supongo que te debemos las gracias".

Y sin más, se esfumó.

Calíope y Melpómene se acercaron a nosotros. Podía sentir algo cálido viniendo de ellas. No eran como Raidne. No lo veían como una simple misión. Había afecto, quizás incluso ternura, en la forma en que nos miraban. Cada una abrió la palma de su mano.

Calíope sostenía un pequeño peine, muy parecido al que mamá llevaba en el pelo, y que habíamos usado para llamarla la primera vez. Se lo entregó a Morgan.

"Puedes pedir ayuda a una sirena, o a cualquier criatura del mar, pasando este peine por la arena y el agua".

Mel abrió su mano. En ella había un pequeño espejo, hecho de coral rojo y conchas marinas. Me lo tendió con cuidado.

Lo tomé con ambas manos.

Sabía que no era un simple espejo.

Era una herramienta. Una conexión.

Y el principio de todo lo que estaba por venir.

"Este espejo te mostrará algunas cosas" —dijo Mel, con voz suave—, pero ten cuidado: son solo destellos, no la historia completa. Actúa siempre con sabiduría según lo que veas. Justo en ese momento, se abrió la puerta principal. Durante un segundo eterno, mi padre se quedó congelado al ver a las dos sirenas que aún estaban en el salón. Su expresión lo decía todo: estaba intentando entender qué demonios estaba pasando en su casa.

Calíope le sonrió…

…y luego besó a Morgan en la mejilla antes de desaparecer con un parpadeo.

Yo ya empezaba a sospechar que Calíope tenía su favorito, y no había dudas de que era Morgan.

El tipo tenía un don, qué se le iba a hacer.

Ni siquiera lo intentaba, y aun así parecía conquistar a todas las chicas —humanas, sirenas o lo que fueran— que se le cruzaban en el camino. Mel desapareció también, justo en el momento en que se dio cuenta de que mi padre la había visto. Mi padre se quedó temblando. Literalmente.

Spencer corrió a sostenerlo, y Brooke le acercó una silla.

Se sentó, mirando al vacío… y se echó a llorar.

"Vuestra madre está viva, ¿verdad?"—susurró—. "Lo recuerdo. La acompañé de regreso a casa del hospital ayer mismo…"

De repente, se levantó de golpe.

"¡Está viva! ¿Dónde está? ¿Qué eran esas criaturas?"

Morgan le ayudó a volver a sentarse con calma.

"Papá, te lo intenté contar esta mañana. Pero ahora no hay tiempo para explicar todo. Lo importante es que ya recuerdas a mamá. Y ahora tenemos que ir a salvarla".

"¿Salvarla? ¿Pero cómo? ¿A dónde…? ¿De qué?"

Estaba completamente confundido. Entre los recuerdos que volvían, lo que Morgan le había dicho antes, y las sirenas materializándose en su salón… su cabeza debía estar hecha un lío.

"Saca esas millas de viajero frecuente, papá" —le dije—. Nos vamos al estado de Washington. A buscar a mamá.

Brooke nos miró a todos, como queriendo desaparecer.

"Me gustaría ir con vosotros, pero… creo que ya he causado bastantes problemas".

Mi padre la fulminó con la mirada.

"¿Tú y tu padre… tirasteis a mi esposa al mar?

Brooke bajó la cabeza y asintió, llena de vergüenza.

Me acerqué y la abracé.

"Papá, sé que estuvo mal… pero ahora lo entiendo. Solo quería recuperar a la tía Mallory. Tu hermana. Tú sabes lo que se siente perder a alguien así".

Morgan no fue tan compasivo.

"Vuelve con tu padre. Ninguno de nosotros está listo para perdonarte todavía".

Mi padre suspiró, con la voz más suave.

"Lo resolveremos cuando volvamos. Al fin y al cabo… seguimos siendo familia".

Morgan resopló, muy frustrado, y salió de la habitación.

"Genial, papá. Gracias por dejarme tirado otra vez. Como siempre".

Spencer estaba a tope con el móvil, enviando mensajes como loco.

"Yo ya lo tengo todo controlado. Mi abuelo no tiene que quedarse a vigilarme, y mis padres están tranquilos si voy con usted, señor Luzey".

Brooke esbozó una sonrisa tímida. Esta vez, su "mahalo" al marcharse… sí iba en serio.

Ya estábamos todos alineados.

No perdimos ni un segundo más.

Mi padre se puso a mirar vuelos. Yo agarré todos los libros, los metí en una bolsa junto con todo lo que creía que podría necesitar… aunque pronto me di cuenta de que estaba entrando en modo pánico y sobrecargando la mochila. Morgan se dio cuenta justo cuando metí el tercer bote de crema solar, un tubo de snorkel y un gel desinfectante.

"Estoy seguro de que, si tenemos que bucear, allí habrá equipo. Y también podemos alquilar un barco" dijo, tranquilo.

Su lógica me relajó un poco.

"Sí… y ahora papá está con nosotros".

Pero de pronto, volví a agobiarme.

"Pero… ¿cómo nos puede ayudar?"

Morgan se acercó y me sujetó de los hombros.

"Si vemos a mamá, él puede ser quien logre hacerla volver en sí. Sé qué crees que no entiende todo lo que pasó ahí fuera, en la cala… pero yo estuve contigo. Pude oír trozos, sentirlos. Por eso estábamos esperándote arriba".

Me abrazó como hacía años que no lo hacía, de esos de hermano mayor que te rompen y recomponen al mismo tiempo. Me di cuenta de cuánto lo había echado de menos. De cuánto habíamos evitado esa conexión… y de lo fuerte que era.

Él estaba en mi cabeza.

Y yo conocía su corazón. Juntos podíamos con esto.

Mi padre entró de golpe en la habitación, con cara de urgencia.

"Tenemos que coger el último vuelo que sale esta noche. Hay un ciclón tropical convirtiéndose en huracán en el Pacífico. Dicen que no ha habido una tormenta así en el norte desde *Patsy*, en el 59".

"¿Y cómo vamos a encontrar a mamá en medio de un huracán?" dije mientras estaba caminando en círculos y, por impulso, lanzando otro bote de crema solar dentro de mi mochila.

"¿Y si le pedimos ayuda al tío Nohea? Podría darnos información del tiempo. Trabaja en la NOAA, ¿no?".

"No. Vámonos ya", soltó mi padre, con una determinación que dejó a Morgan y a mí mirándonos alucinados.

Todo lo que habíamos creído sobre su relación con mamá se estaba tambaleando. ¿Y si resulta que papá sí la amaba de verdad? ¿Y si había estado intentando protegerla todo este tiempo?

¿O era el hechizo de los Lutey el que la había mantenido atada a él?

Su trabajo con el metal...

Su taller.

¿Y si eso fue lo que la enfermó?

¿Y si también fue lo que impidió que descubriera su verdadera identidad?

Pero... ¿y si ahora él era también la clave para traerla de vuelta?

"Papá, necesito algo de tu taller antes de irnos".

Corrí a su espacio de trabajo y rebusqué entre sus primeras piezas de forja. Elegí un collar de hierro, uno de los primeros que hizo. Era precioso pero afilado, con muchas formas puntiagudas, casi peligrosas.

Nadie lo querría llevar por miedo a cortarse.

Lo envolví con cuidado junto con el espejo de coral y lo escondí en mi equipo de snorkel, dentro de la maleta.

Estaba lista.

Los cuatro fuimos directos al aeropuerto, pasamos el control como pudimos y nos preparamos para lo que se avecinaba. Me obligaron a sacar toda la crema solar del equipaje de mano —gracias por nada, seguridad aérea— y los agentes se quedaron fascinados con el contenido de nuestras mochilas. Uno, particularmente curioso, miró mi billete, luego mi tubo de snorkel, y no

"Sabéis que viene una tormenta muy fuerte, ¿no? No creo que vayáis a usar todo este equipo", comentó el agente.

Sonreí, intentando no parecer molesta.

"Lo sé, ya me enteré", respondí, mientras me empezaban a entrar los nervios por el metal que llevaba en la bolsa. El agente lo vio claramente en la pantalla del escáner. Lo desenvolvió y me miró. Ni se molestó en revisar el espejo.

"Es muy inusual", dijo, mientras lo volvía a envolver.

Mi padre estaba observando.

"Sí, lo hizo mi padre. Es artista".

El agente lo miró, esperando confirmación. Papá asintió.

"Sí, es de mis primeras piezas".

Nos dejó pasar y envió nuestras cosas por la cinta.

"Es bonito. Que tengáis buen vuelo".

Cuando ya estábamos lo bastante lejos como para que no nos oyeran, los hombres Lutey me abordaron.

"¿Por qué has traído eso, Muri?" preguntó mi padre.

Morgan me lanzó preguntas directamente a la mente.

¿Qué estás pensando? ¿Por qué yo no sabía que lo llevabas?

Yo también me lo preguntaba. ¿Nuestra conexión venía y se iba sin razón? ¿O estaba empezando a controlarla yo?

Les contesté a los dos en voz alta:

"Pensé que lo podríamos necesitar".

Ya habíamos facturado todo y estábamos esperando mientras los vuelos comenzaron a desaparecer del panel uno tras otro. Cruzamos los dedos para que no cancelaran el nuestro, ese vuelo nocturno que parecía colgar de un hilo. El aeropuerto estaba medio vacío. Los equipos de limpieza barrían y vaciaban papeleras sin prisa. Miramos el panel con los vuelos del día siguiente: cancelación tras cancelación. Solo podíamos cruzar los dedos y esperar que mamá estuviera en uno de estos dos lugares: donde la encontró ese pescador o donde dijeron que fue vista una sirena en la Columbia Británica. Si no... estábamos perdidos y sin plan. Yo sentía que estaba allí, pero quizá solo era un deseo disfrazado de intuición. Ya no sentía esa conexión de antes.

Subimos al avión, medio vacío y no tardamos en despegar.

Dos horas y cuarenta y cinco minutos después, aterrizamos en Seattle, en el aeropuerto internacional de Seattle-Tacoma. Morgan y papá iban pegados al móvil, organizando la siguiente parte del viaje:

una lanzadera hacia South Lake Washington y luego un hidroavión hasta Friday Harbor. Spencer y yo arrastramos nuestras mochilas por el aeropuerto mientras ellos gestionaban todo. Aún era de noche y el viento que acompañaba a la tormenta se notaba cada vez más fuerte. El sol intentaba asomar entre las nubes mientras se acercaba el amanecer, pero no lo conseguía.

Y, cómo no, llegaron las malas noticias: había que esperar la lanzadera…y además no estaba claro si los hidroaviones iban a poder volar ese día. Yo estaba muy nerviosa. Volar ya me pone tensa, pero montarme en una avioneta donde te pesan a ti y a tu equipaje para ver si el aparato aguanta… eso ya es otro nivel.

La familia Lutey, con un miembro extra, estaba sentada en la cafetería del aeropuerto, rodeada de más tipos de café de los que una sola ubicación necesitaba. En nuestra casa, el café para adolescentes estaba prohibido, aunque para casi todo el mundo fuera lo más normal. Con cara de zombie, mi padre nos sorprendió con varias tazas del famosísimo café de Seattle. "Si vais a empezar a tomar café, ahora es tan buen momento como cualquier otro" dijo, sonriendo mientras nos pasaba sobres de azúcar crudo y botellitas de crema". Decidimos no contarle que no solo éramos cafeteros con experiencia, sino que estábamos agradecidos por la dosis. Con el día que llevábamos, el síndrome de abstinencia era real, y necesitábamos estar despiertos para lo que viniera.

Lo cierto es que no teníamos fijado un plan ni sabíamos el nombre del pescador, tampoco teníamos rastro alguno del nombre que mamá habría tenido antes de ser adoptada en Pennsylvania. Cuando por fin mi padre tuvo claridad y aceptó la posibilidad de que mamá realmente fuera una criatura del mundo submarino de las sirenas, empezó a hilar recuerdos.

Lorelei le había contado muchas historias a lo largo de los años… historias que siempre acababan con un "no lo sé" cuando él intentaba profundizar. Siempre pensó que era porque el pasado le resultaba doloroso.

Pero ahora entendía que ella en verdad, no sabía cómo había acabado en Pennsylvania.

Lo más curioso de todo era que a mi madre y a mi padre los habían presentado en una cita arreglada. Jamás lo habíamos sabido. Siempre creímos que se habían cruzado en la universidad, se habían mirado desde el otro lado de una sala y habían caído rendidos el uno por el otro como en una peli romántica. Sabíamos que mamá estaba en el departamento de música y que era una estudiante brillante. Y que papá estaba en el de arte.

Habíamos oído mil veces la historia de su primera cita, en la pizzería del campus, donde todos los ingredientes de una porción acabaron cayendo sobre el regazo de papá al darle un mordisco. También nos habían contado cómo él fue a escucharla tocar una pieza que había compuesto... y quedó hechizado desde ese momento. Pero resulta que hubo alguien que pensó que mi padre debía conocer a esa joven talentosa llamada Lorelei. En aquel entonces, papá salía con otra mujer, mayor que él, que era una especie de mecenas...Estaba acostumbrado a que las chicas se fijaran en él —como Morgan—, así que no tenía prisa ni interés. Lo raro es que no recordaba quién era ese amigo que tanto insistió en presentarle a Lorelei. Sabía que compartieron clases, pero no su nombre. Y, una vez empezaron a salir, se volvieron inseparables y se desconectaron de todos sus amigos anteriores. Lorelei no tenía familia. Y por entonces, solo vivía mi abuelo, con quien papá no hablaba desde hacía años. Aparte de la tía Mallory, nadie estuvo en contacto con ellos durante ese noviazgo. Así que, más allá de esa presentación inicial... no había nadie más que pudiera haber influido. O eso parecía.

Yo tenía de nuevo la libreta en mis manos, tomando notas como una posesa. Iba a resolver este misterio, sí o sí. Ojalá más pronto que tarde. Papá también nos habló de los supuestos "poderes" que los Lutey tenían sobre las sirenas y otras criaturas sobrenaturales. De hecho, esa fue una de las razones por las que se peleó con su padre. Su madre era una luterana estricta y no permitía ni una palabra sobre ese tipo de temas en casa. Pero su padre…Su padre sí que contaba alguna que otra historia que rozaba lo disparatado. Y ahora papá se lo estaba replanteando todo.

¿Y si eran ciertas? ¿Y si podían ayudarnos? Mientras él nos contaba una loca historia tras otra sobre nuestros antepasados, yo solo asentía…

y escribía sin parar. Nuestra lanzadera llegó y tomamos rumbo hacia la isla San Juan, para inmediatamente llegar al pueblo de Friday Harbor.

El sol brillaba con fuerza y no había más viento. Era un día perfecto para buscar en el mar.

Seguíamos preocupados por si los hidroaviones no volaban debido a la amenaza de tormenta, pero al llegar a South Lake… nada indicaba que el mal tiempo se acercaba. Nadie estaba protegiendo las ventanas, ni había colas en supermercados o gasolineras. Todo seguía como siempre. Los vuelos estaban programados con normalidad, con salidas hacia diferentes puntos de las islas San Juan durante todo el día. Ya teníamos los billetes. Estábamos listos.

El hidroavión amarillo que nos esperaba era incluso más pequeño de lo que había imaginado. Nos pesaron y midieron antes de asignarnos asiento. Papá terminó en el asiento del copiloto. Éramos solo nosotros y el piloto. El despegue fue un poco tembloroso, y mi estómago dio un vuelco. Quise hundirme en el suelo del avión. Morgan miraba por la ventana. El piloto era un hombre mayor, amable, originario de la Nación Samish.

Mientras volábamos sobre el mar, le explicó a papá que formaban parte de los pueblos originarios, los llamados *Primeros*. Su comunidad había rechaza-do vivir en una reserva del gobierno estadounidense porque querían que-darse en sus tierras, en las islas San Juan. Con el tiempo se las arrebataron y su cultura comenzó a desvanecerse. Señaló hacia abajo, al agua.

"Abrid bien los ojos para ver a las orcas. Las orcas son nuestros hermanos y hermanas". Inclinó el avión para que viéramos mejor el agua clara y la vida que contenía. Y como si fuera magia… allí estaban. Orcas.

"Hemos perdido a una de sus madres. Las orcas necesitan a sus madres. Ellas mantienen unida a la familia. Ya no viaja con el grupo. Y eso, normalmente, significa que ha muerto". Se le quebró la voz.

Guardó silencio para recuperar la compostura.

Mi padre también permaneció callado. Morgan habló en voz baja:

"Son preciosas. Ojalá no haya muerto. ¿Y los padres?"

El piloto Samish respondió con orgullo:

"Se quedan con el grupo de su madre. Ayudan a criar a todos los pequeños: sus sobrinos y sobrinas".

Entonces, Morgan me lanzó un pensamiento:

"Mira en tu espejo. ¿Qué ves?"

Aunque mi estómago seguía revuelto, me acerqué a la ventana… y luego miré dentro del pequeño espejo. Spencer estaba lo bastante cerca como para distraerme, pero intenté concentrarme.

Vi sirenas.

Una ciudad entera bajo el mar cuyos cimientos eran una cadena de montes submarinos enorme: antiguos volcanes extinguidos conectados por muros de coral natural, rocas afiladas, conchas, metal oxidado y trozos de madera de barcos hundidos. Dentro de los límites, algunas de esas islas volcánicas llegaban hasta la superficie y formaban zonas donde las sirenas podían tomar el sol y vigilar el abismo infinito. Todo tipo de vida marina viajaba hacia y desde la ciudad. unas trincheras profundas conducían hasta ella como si fueran un foso protector. Los montes creaban zonas de agua clara y poco profunda, y escondidas grutas submarinas donde respirar. Un delfín, una sirena, incluso una cría de ballena, podían parar allí sin ser vistos para recuperar el aliento. La ciudad no tenía fin: estructuras brillantes, montes submarinos repitiéndose a lo largo de todo el fondo del Pacífico. Las corrientes marinas arrastraban peces y recursos hacia los bordes de la ciudad. En sus límites, mantarrayas enormes —de más de cinco metros de ancho— patrullaban comiendo y vigilando las entradas. Vi sirenas y tritones de todos los tamaños, colores y formas. Algunos se parecían más a los peces que los rodeaban: el torso cubierto de escamas como sus colas.

Otros eran más humanos, con cabellos entretejidos y trenzas o adornados con joyas. Los tonos de su piel iban desde muy oscuros hasta casi blancos. Algunos tenían colores amarillos o coral, como si quisieran mezclarse con el entorno. De pronto, la visión empezó a nublarse. Algo removía la arena, bloqueando mi vista. Y vi a un pulpo gigante del Pacífico... mirándome. Con un último movimiento de sus tentáculos, todo desapareció.

Empezamos el descenso hacia Friday Harbor y me agarré al asiento, preparada. Le hice al piloto dos preguntas muy importantes... y él me las respondió con total sencillez.

"Disculpe... ¿Existe algún sistema de montañas submarinas por aquí cerca? Ah, y otra cosa... ¿su gente cree en sirenas?"

El piloto soltó una carcajada breve, y luego respondió con total naturalidad:

"No diría que cerca, pero existe una cadena llamada *Emperor Seamount*, que va desde Alaska hasta Hawái. También está el monte *Cobb*, cerca de *Gray's Harbor*. Es como una cordillera submarina. Y sí, algunos de los nuestros creemos en los mitad y mitad, y otros no. Toda la gente que vive junto al mar le pasa lo mismo.

"Por favor, prepárense para el aterrizaje", añadió entre risas.

Creo que mi pregunta le pareció un poco rara.

Morgan me echó una mirada fulminante "¿*En serio*?" Él pensaba que ya me estaba pasando de intensa. En cuanto aterrizamos, me llegaron varios mensajes al móvil. Brooke se había pasado todo ese rato investigando y nos mandó toda la información que había encontrado sobre avistamientos de sirenas en la isla, además de una imagen del antiguo artículo sobre el bebé encontrado en el mar. Según el artículo, un familiar del pescador había adoptado a la niña... y luego se había mudado a Pensilvania.

También mencionaba brevemente a la parroquia católica de *Friday Harbor*, que por lo visto se encargaba de cuidar a todos los bebés abandonados en las islas del archipiélago de San Juan hasta que eran adoptados oficialmente.

¿Y ahora, cómo encontrábamos ese enclave de sirenas?

Mi padre empezó a hablar con los habitantes sobre la tormenta que se avecinaba. Tenía curiosidad por saber por qué nadie parecía preocupado. Le explicaron que el efecto de sombra de lluvia olímpica, causado por las Montañas Olímpicas, protegía a las islas San Juan de las lluvias fuertes. Luego preguntó por el riesgo de un huracán del Pacífico, pero nadie parecía inquieto en este tranquilo pueblecito turístico junto al mar. El puerto estaba a rebosar. Todos los amarres estaban ocupados por casas flotantes o barcos de pesca. Había uno o dos yates muy elegantes con carteles que decían "se alquila para excursiones". El ambiente tan relajado casi conseguía calmarme, pero dentro de mí la tensión solo hacía que crecer. Revisé mis notas y añadí la nueva información que Brooke había enviado. No tenía ni Plan A, ni B, ni C. Morgan también estaba tenso. Sentía su preocupación desde la nuca hasta los pies. Pero fue nuestro padre el que empezó a armar un plan. Estaba tranquilo, decidido. Lo primero que hizo fue alquilar un barco para una excursión de buceo. Zarparíamos en dos horas. Mientras, paseamos por las calles del pueblo. Había anuncios de excursiones para ver orcas, tiendecitas que vendían pequeños tótems de madera, y un cartel del Parque de Esculturas de San Juan. Me sentí mal por todos los pensamientos negativos que habíamos tenido sobre nuestro padre. Teníamos tiempo antes de salir al mar, así que... ¿por qué no ir con él al parque? Morgan leyó mis pensamientos mientras miraba el cartel. Él también quería compartir ese momento. ¿Quién sabía lo que nos esperaba en mar abierto? La escultura y el metal eran cosas que sí entendíamos. Cosas sólidas. Reales. Puede que no siempre entendiéramos su arte ni por qué era tan importante para él, pero sabíamos que lo era. Le mostramos el cartel. Él no parecía muy interesado. "Vamos a centrarnos, chicos. Abrid esa libreta y veamos exactamente en qué parte de estas aguas tenemos que buscar". Le insistimos un poco. En el fondo sabíamos que sí quería ir. Al final aceptó. Alquilamos unas bicis y recorrimos los dos kilómetros hasta el parque. No queríamos adentrarnos mucho, solo ver algunas esculturas. Cada pieza estaba colocada en un espacio abierto, rodeada de naturaleza. Algunas se sentían duras y solitarias, y otras se integraban con el paisaje. Era difícil no tocarlas todas. Pero hubo una que nos llamó la atención a todos. Una escultura de una orca zambulléndose, hecha de madera y hierro. Morgan apoyó la mano en la aleta de metal. La dejó ahí unos segundos… y de repente se agarró la cabeza. Sentí el pinchazo de un dolor intenso. Mi padre corrió hacia él, pero Spencer fue más rápido. Se estaba convirtiendo en un fichaje clave para nuestro grupo.

"¿Estás bien?" le preguntó, sujetándolo mientras se tambaleaba.

"Uy… tengo una migraña brutal" respondió Morgan, apretando los ojos.

Se sentó en el suelo por un momento. Yo tenía el estómago revuelto porque estaba conectando con el dolor de cabeza que él tenía. Otro visitante del parque se acercó a ver si estábamos bien. Llevaba un rato caminando justo detrás de nosotros mientras observábamos las esculturas. No me había fijado en él. Usé la misma táctica que siempre aplico en sitios donde la gente no respeta el espacio personal. Desde el minigolf hasta los museos: nada de contacto visual. Como una camarera experta que finge no tener visión periférica y nunca ve cuando le haces señales para pedir la cuenta o un vaso de agua.

Pero esta vez sí lo vi bien. Era alto, y llevaba un alzacuellos. Era un cura.

El sacerdote estrechó la mano de mi padre y nos hizo un gesto con la cabeza. "Soy el padre Alexander. ¿Estais de visita en nuestro pequeño archipiélago?".

Morgan tenía una vibra rara, y no lograba descifrarla del todo. Era de total desconfianza. No había seguido mi filosofía de "ignorar a los humanos que invaden mi espacio"; él había estado atento. Había visto al sacerdote observándonos y siguiéndonos. Morgan respondió enseguida, con un tono seco y desconfiado.

"Sí, de visita".

Iba a decir algo más, pero su móvil vibró. Era Brooke.

"Perdonadme". Se apartó para contestar la llamada, con el aspecto de alguien que acababa de resucitar. Spencer, mi padre y yo continuamos la conversación. Charlamos sobre lo bonita que era la isla y nuestros planes de hacer turismo. No mencionamos la inmersión que íbamos a hacer. La llamada de Spencer me recordó la información que Brooke me había enviado sobre os bebés abandonados en la parroquia. Intenté sacar el tema de forma natural y preguntar por su papel en las adopciones, pero sonó como un comentario rarísimo soltado sin venir a cuento.

"Nuestro piloto dijo que puede que la manada de orcas haya perdido a su madre. Es muy triste cuando los bebés se quedan sin padres. ¿Pasa mucho eso por aquí?". Mi padre me miró como preguntándose qué narices estaba haciendo. El cura me examinó con atención antes de responder. Entrecerró los ojos un instante, como si midiera sus palabras.

"Bueno... no es normal, pero ha habido algunos casos en que algunos bebés fueron encontrados en las islas. ¿Por qué me lo preguntas?". Su mirada era directa, como si pudiera meterse en mis pensamientos. En realidad, no estaba leyendo mi mente, pero sí estaba tocando mi punto débil: las preguntas directas a mí. Nunca he sabido esquivar o mentir cuando alguien me pregunta algo así, sin rodeos. Hay, por lo menos, cien historias horribles y vergonzosas de mí contando cosas que nadie quería oír, solo porque una pregunta me obligaba a decir la verdad. Estaba a punto de soltarlo todo cuando sentí la mano de mi padre en mi hombro.

"Un placer, padre. Tenemos que irnos".

Su mano firme me empujó suavemente para sacarme de ahí, y eso ya terminó con cualquier necesidad de hablar. Le sonreí al padre Alexander.

"Oh, por nada. Encantado."

Morgan le sonrió, Spencer asintió con la cabeza, y todos salimos del parque de esculturas a toda prisa. No sabíamos exactamente por qué, pero de repente el ambiente nos incomodaba. Compramos agua en la tienda de regalos, cogimos las bicis y volvimos al muelle. Recogimos nuestras mochilas y nos registramos para el barco que habíamos reservado. Mi padre estaba seguro de que iba a tener que olvidarse de jubilarse, porque nos estábamos fundiendo todos los ahorros en esta misión de rescate. Un cartel en la entrada del muelle decía: "El mejor buceo en aguas frías". No me hizo ninguna gracia la parte de "frías". Yo y el frío no nos llevamos nada bien. Invitarme a esquiar es como decir que no me conoces o que directamente no me soportas. Yo soy más de San Diego: clima templado todo el año, poca lluvia, sin cambios locos de presión. Lo de la cueva fue, literalmente, el momento en el que más frío he pasado en mi vida.

El cielo en la isla de San Juan empezaba a cambiar. Las nubes que se habían anunciado ya estaban apareciendo: gordas, oscuras, y amenazantes. El viento se levantaba, y claro, mi cero experiencia con el mal tiempo se notaba... solo había traído una sudadera. Morgan miró las nubes y me recordó el espejo. Señaló un mapa dentro de una vitrina cerca del barco turístico. "Pide ver dónde deberíamos bucear. Mira el mapa". Eché un vistazo rápido para ver si alguien nos estaba mirando. Nada. Costas despejadas. Me concentré en el mapa y pedí ver dónde teníamos que bucear. En el espejo vi el paisaje real mientras miraba la topografía del mapa. El mar de Salish es la vía de agua que va entre las islas. Vi leones marinos de Steller trepando a lo que parecía ser la isla Brown. Luego vi a una sirena de pelo coral rojo oscuro y escamas verde claro y amarillas nadando hacia la isla López, justo donde el mapa decía "Shark Reef Sanctuary".

La sirena se detuvo de golpe y esgrimió una amplia sonrisa. ¡Me estaba mirando de verdad! Me asusté y solté el espejo, se rompió. Morgan y Spencer corrieron hacia mí. "¿Qué ha pasado?". Nos agachamos a recoger los trozos rotos, pero en cuanto los tocamos, se convirtieron en granos de arena. Spencer dejó que algunos se le deslizaran entre los dedos. "¡Guau...!"

"¿Por qué esto no venía con advertencias o unas instrucciones más claras?", me quejé.

El viento se llevó los restos de arena directo al mar. Las nubes llegaron más densas y el viento sopló aún más fuerte. El mensaje era claro: venía una tormenta. Papá nos hizo señas para que nos acercáramos al borde del muelle, donde ya estaban cargando nuestro equipo. Teníamos trajes de neopreno y todo el material para bucear. Por suerte, no iba a ser nuestra primera vez bajo el agua. Cuando teníamos diez años, hicimos un curso de buceo de dos semanas durante el verano. Confiábamos en que eso que dicen del "recuerdo muscular" fuera cierto, es cuando nuestros cuerpos recuerdan cómo respirar y movernos. Spencer era un buzo experto, así que me fijé en él para pillar algún truco. Mi confianza estaba por los suelos al recordar que, en realidad, ese verano ni siquiera participé del todo. Mientras los demás aprendían a usar el equipo en la piscina del YMCA, yo me sentaba al borde saludando a Morgan mientras él hacía burbujas. Otro punto menos para el equipo introvertido: cero habilidades prácticas.

Le conté a Morgan lo que había visto. El mapa y el espejo mostraban todo el archipiélago de San Juan, que incluye no solo las islas de Estados Unidos sino también del Golfo de Canadá. Había rocas, lagunas, cuevas... más de 450 islas que formaban parte de una cadena montañosa sumergida. Mil sitios donde buscar. Pero al menos teníamos un punto de partida: la isla de López.

Miré al cielo. El aire era espeso y raro.

El capitán nos explicó todos los equipos de su barco: tenía sonar, espacio de sobra para los tanques y hasta unos cuantos kayaks por si preferíamos remar por las islas. Subimos a bordo y zarpamos hacia el agua cristalina. Le conté a mi padre lo que había pasado con el espejo y hacia dónde teníamos que ir. Él se lo dijo al capitán y pidió que empezáramos por la isla Brown y luego avanzáramos hacia la isla de López. Decía que las aguas cerca de Brown eran mejores para bucear, así que le pareció bien ya que estaba súper cerca del puerto.

Nos pusimos el equipo y en apenas minutos ya estábamos en el agua. Aunque estaba fría, el traje de neopreno me protegía. Sabía que estábamos ahí para encontrar a mi madre o cualquier pista sobre ella, pero me quedé completamente alucinada con lo que había bajo la superficie. Erizos rojos y morados, anémonas de tentáculos sedosos color carmesí, corales de copa anaranjados y esponjas por todas partes tapizaban las rocas y el fondo marino. Los cuatro nadábamos juntos, y Morgan y yo hablábamos con nuestra conexión mental nueva de "casi gemelos". Estaba tranquila, como en casa. El equipo era fácil de usar, y con las aletas me sentía como una pro en el agua.

Reí de felicidad al darme cuenta de que el mundo bajo el agua no era silencioso. Podíamos oírnos entre nosotros y también escuchar los clics, cantos y chillidos de los animales del mar. Mi padre intentó comunicarse con lo poco que sabía de lenguaje de señas. Estábamos buscando una cueva o algo que pareciera la entrada a la ciudad submarina que había visto en el espejo durante el viaje en hidroavión. Había rocas puntiagudas, huecos poco profundos, erosión, y montones de peces nadando, pero nada que se pareciera a esa imagen.

De repente, sentí algo rozarme. Era una marsopa con cara dulce que me empujaba suavemente. Era más pequeña y delgada que los delfines que habían atrapado a mi madre en la cala. Nadaba juguetona entre Morgan y yo, y luego se acercó a mi padre. Parecía que quería que la siguiéramos… así que lo hicimos. Reconocí a algunas criaturas por haber investigado la fauna marina del área de Puget Sound durante el vuelo desde San Diego. Sabía que estaban pasando por un mal momento: las famosas orcas, esas que todos vienen a ver, estaban matando a las marsopas por diversión o por deporte, no por comida. Las orcas se alimentan de salmón Chinook, ni siquiera compiten con las marsopas por alimento. Literalmente las jugaban hasta la muerte. Era otra prueba de que, en este mundo —en la tierra o bajo el agua— cada quien va a su rollo sin importarle los demás. Nadamos alejándonos del barco, más cerca de la costa de la isla de San Juan. Otro amigo regordete se unió a la marsopa, y ambos asintieron con el hocico y nadaron hacia la superficie. Morgan y papá hicieron señas para que los siguiéramos. Cuando salimos del agua, todo había arriba había cambiado. El cielo estaba ya negro, y el mar se movía salvajemente. El barco se balanceaba fuerte de lado a lado. Dentro del agua, también todo se estaba agitando. Las corrientes giraban y hasta las anémonas luchaban por mantenerse agarradas a las rocas. Nuestra ubicación entre la isla de San Juan y la de Brown nos protegía un poco de lo peor de la tormenta, pero se notaba que en mar abierto se estaba formando algo grande. Oleajes enormes estaban en camino para azotar la costa. El capitán nos gritó que subiéramos al barco. Pero Morgan no quería rendirse todavía.

Tenía el peine con él. Spencer nadó de regreso al barco y nos miró desde allí, haciendo señas para que fuéramos con él.

"Muriel, voy a intentar llegar a una zona de arena cerca de la erosión, al borde de las rocas" Pensaba que si usaba el peine como Calíope había indicado—peinando la arena y el mar juntos—podríamos encontrar a mi madre mucho más rápido y traerla de vuelta. Asi que se zambulló de nuevo bajo el agua. La marsopa lo acompañó como si supiera qué hacer. Desde el barco, el capitán nos gritaba desesperado.

"¿Adónde va? ¡Tenemos que regresar a la costa ya! Esta tormenta va en serio".

Era difícil entender sus gritos con el viento y las olas. Se notaba que ni él podía creerse que una tormenta de este nivel hubiera llegado tan lejos. Esta parte del mundo, entre el estrecho de Georgia y el de Juan de Fuca, tenía corrientes fuertes, sí, pero la geografía siempre los había protegido. Mientras hablaba, ayudó a papá a subir al barco. Yo no dudé ni un segundo. Tomé una bocanada de aire y volví a sumergirme para ayudar a Morgan. El pequeño montículo que Morgan había alcanzado estaba lleno de coral, erizos y una pendiente arenosa que caía a una fosa marina. Parecía una mini-playa en medio de una ciudad submarina. Pero algo iba mal. Un cangrejo verde europeo y un cangrejo rojo de roca estaban peleando como si fuera su último combate. El verde era una especie invasora y tenía su foto por todo el pueblo, como en un cartel de "Se busca": Se buscaba vivo o muerto por crímenes contra el ecosistema.

Morgan se agachó en un rincón libre de bichos y sacó el peine de su cinturón de buceo. Lo pasó varias veces por la arena. La tormenta sobre nuestras cabezas rugía, y la arena se levantó en remolinos. Granos ámbar, cobre, marrón y beige volaban alrededor, nublando el agua. Me acerqué para decirle que ya era hora de salir, pero él seguía esperando. Creía que, si llamaba, alguien vendría. Y entonces lo hizo. Lo escuché claro como si me lo hubiera gritado a un metro. Mi padre, desde la superficie, miraba al agua moviéndose como loco. Pensó en tirarse de nuevo. El capitán tuvo que sujetarlo.

"¡Ayúdanos! ¡Queremos encontrar a nuestra madre! ¡Por favor!" Morgan y yo nos miramos con esperanza.

Las marsopas nadaron hacia nosotros. La más gordita se acercó tanto a mí que golpeó mi tanque. Recordé lo torpe que era buceando y empecé a mover las manos como loca para que me dejara tranquila. La otra marsopa, la más ágil, tiró del cinturón de Morgan, casi haciéndole soltar el peine.

Y entonces… vino el caos. El mar se volvió loco. El barco volcó. Mi padre cayó al agua, el capitán también. Vi a papá braceando, mientras el capitán flotaba sin moverse. El mar Samish, que antes era cristalino, ahora parecía una pesadilla. Oscuro. Turbio. Lleno de rocas, criaturas y conchas revoloteando sin rumbo. Las marsopas seguían con nosotros. Los cangrejos habían huido. Nadie quería quedarse en medio de esta guerra. Todos buscaron refugio.

Una luz titilante apareció a lo lejos, más allá de la costa, como si hubiera una constelación submarina de estrellas brillando bajo el agua. La masa resplandeciente se acercaba, iluminando poco a poco nuestro entorno, ahora oscuro y caótico. Antes de que pudiera procesar que mi padre estaba en el agua y probablemente necesitaba ayuda —o que el capitán podía estar inconsciente—, mis ojos se centraron en los cuerpos escamosos y brillantes de unas sirenas cubiertas de joyas. Eran diez. Todas jóvenes y bellísimas. Sus rostros eran distintos: algunas parecían más humanas, otras más criaturas del mar. Tenían los ojos como los de mi madre en la cala, negros, profundos, sin blanco visible, como los de una foca. Entonces apareció una undécima sirena en el centro del grupo. Sus ojos sí eran humanos. La reconocí al instante. Era Stella, la misma que había salvado a Spencer. Sentí un pellizco de celos al recordarla con él, abrazándolo mientras lo llevaba a la orilla. Se veía igual de hermosa, pero esta vez llevaba un corsé hecho de conchas doradas, perlas y estrellas de mar, como las que adornaban su melena suelta y brillante. Mi padre dejó de nadar al ver a todo el grupo de sirenas. Se quedó congelado, en shock, como si acabara de entender con qué tipo de criatura había estado casado todo este tiempo. Pero en cuanto los restos del barco a la deriva y el cuerpo inconsciente del capitán llegaron a su lado, regresó al presente. Nadó hacia él y lo sostuvo, subiendo ambos a la superficie para respirar. Se aferró a uno de los kayaks que se había soltado del barco. Spencer, que también estaba agarrado a otro, nadó hasta ellos y los unió.

Bajo el agua, la cosa se estaba poniendo cada vez más loca. Más marsopas aparecieron y se unieron a las primeras, formando un muro entre Morgan y las sirenas de ojos sin vida. Y entonces, desde las profundidades oscuras, emergió una gigantesca cabeza rojiza y brillante: era un pulpo del Pacífico gigante. Sus tentáculos se desplegaron en todas direcciones, mostrando las filas dobles de ventosas blancas que cubrían cada brazo. Apareció justo detrás de Morgan y lo envolvió por completo, atrapándolo con su cuerpo. Las marsopas reaccionaron enseguida, girándose para ayudar a Morgan, y yo nadé desesperada hacia mi padre, tratando de agarrarle una pierna para llamar su atención. Podía escuchar a Morgan gritar en mi cabeza. Sentí su terror al principio… y luego su fuerza. Me gritó con toda su alma:

"¡Sal del agua, Muriel! ¡Sal del agua! ¡ya!"

Tuve una corazonada: había una cueva oculta, justo donde habíamos estado buscando, pero estaba bloqueada por ese bicho gigante. De repente, escuché la voz de Stella en mi cabeza, clara como el agua. No hablaba solo conmigo. Todos podíamos entendernos bajo el agua ahora.

"Hazle caso a tu hermano", me dijo con frialdad. "No tenemos ningún interés en ti".

La tormenta cambió de rumbo rápidamente. Una corriente fuerte empujó el barco hacia la costa de la isla de Brown. Mi padre tenía al capitán colocado sobre el kayak, y Spencer los alcanzó. El capitán respiraba, pero seguía inconsciente. Mi padre intentaba mirar bajo el agua, pero las olas lo cegaban sin su máscara. Abajo, Morgan intentó razonar con Stella. "¡Solo queremos encontrar a nuestra madre!"

Pero el pulpo ya se lo estaba llevando. Yo quise seguirlos, y las marsopas se pusieron bajo mí para darme velocidad. Stella, con una voz más suave ahora, se dirigió directamente a Morgan:

"Morgan, tu madre ya no está en estas aguas. Ha regresado a su hogar. No la encontrarás aquí. Pero podemos reunirte con ella… si tú quieres".

Me sentí llena de rabia, era fuego antiguo que venía desde lo más profundo de mi alma—o de donde fuera que se escondía el poder de los que nacen entre dos mundos. Estaba cerca del pulpo, demasiado cerca para dejarlo ganar. Todo lo que había aguantado, lo que había perdido, lo que había visto… explotó. Mientras Stella susurraba dulces mentiras a Morgan, yo hervía de furia.

Primero se había llevado a mamá. Ahora iba por mi hermano.

Sentí el calor subir desde el estómago, extendiéndose por todo mi cuerpo como un rayo a punto de estallar. El mar respondió a mi energía. Un torbellino arrastró caballitos de mar, coral y pedazos de vida marina contra las sirenas. Los adornos brillantes en sus cabellos se deshicieron entre algas y caos. Agarraré una concha grande, afilada y rota, y golpeé con todas mis fuerzas uno de los tentáculos del pulpo. Sangre azul, espesa, se mezcló con el agua.

Por un momento, liberé a Morgan.

Una marsopa nadó hacia él para ayudarlo, pero en un movimiento desesperado, el pulpo soltó su tinta negra, espesa como petróleo. El agua se volvió una sombra viva. La marsopa retrocedió. El monstruo atrapó a Morgan de nuevo. La tinta se metía en mis ojos. No podía ver y apenas respirar. Y esa sensación… impotencia. La voz de Stella cortó la oscuridad, como un cuchillo en mi mente:

"No puedes hacer nada. Hazle caso a tu hermano. Vete".

Pero no. Yo no me rendía.

Las sirenas entonaban algo entre cantos antiguos y hechizos. Voces graves, lentas, resonaban como un eco dentro del agua. Como si invocaran algo. O alguien. Pensé en mi padre. En cómo me enseñó a controlar mi caos cuando era más joven, cuando las emociones eran demasiado. Pensé en mi madre, acariciándome el pelo, enseñándome a canalizar mi fuerza, no a esconderla. Cerré los ojos.

"Ayúdame", dije por dentro.

Una simple palabra.

Y el mar… escuchó.

Una ráfaga de energía salió de mi cuerpo como una descarga eléctrica, igual que si fuera una anguila. Solté dos chispazos súper potentes que recorrieron el agua a toda velocidad, dándole a todo aquello que no podía ver. La electricidad dejó a todos los bichos del agua atontados y bajo control. El pulpo gigante, con sus ocho brazos, tres corazones y nueve cerebros, ya no era un problema. Mi hermano estaba libre, aunque también se llevó parte del golpe. El agua, antes llena de tinta, se fue aclarando mientras flotaba hacia las sirenas. Tenía el peine apretado en la mano, que brillaba con una luz suave. Fui nadando hasta él, lo agarré y lo llevé hacia la superficie, donde mi padre y Spencer se peleaban por mantener en orden los kayaks. La superficie estaba hecha un caos, con olas enormes que nos empujaban cada vez más cerca de la isla de San Juan. Morgan tenía mala pinta. El shock no se le pasaba. Solté mi tanque de oxígeno y el suyo para poder movernos mejor sobre el kayak.

Desde el fondo del mar, Stella nos habló con voz potente:

"Te estamos esperando, Morgan".

Las sirenas empezaron a cantar como en un coro, todo lleno de zumbidos y melodías. Morgan, con la voz rasposa y la cara blanca, nos suplicó:

"Tenemos que llegar a la orilla".

Estábamos ya muy cerca, pero luchábamos contra el viento que empezaba a parecer de huracán. Fue muy difícil, pero conseguimos llegar a la costa y agarrarnos bien. Mi padre sacó primero al capitán. Había gente en la orilla ayudando a todo el que veían en el agua. Un grupo de hombres bajó corriendo por la playa inclinada y nos echaron una mano. Todo lo que no estaba atado salía volando por el viento. Se llevaron al capitán al hospital, y a nosotros nos mandaron a un improvisado refugio.

Aunque los vecinos de Friday Harbor estaban muy acostumbrados a las tormentas, las autoridades habían preparado planes por si las cosas se ponían feas. Nuestra lanzadera nos dejó a la puerta de la iglesia católica del pueblo. Era el lugar elegido como centro de acogida para turistas. La isla era tan pequeña que no tenía muchos sitios donde cobijar a gente, pero por suerte no estábamos en temporada alta. Dentro de la iglesia había unas veinte personas. Los bancos estaban dispuestos como si fueran camas, había un equipo médico y una mesa llena de comida y agua. Un bombero nos recibió y ayudó a instalarnos. También nos dijo que el equipo médico nos revisaría. Yo estaba convencida de que iba a pillar una pulmonía, ya era la segunda vez que me envolvían en mantas térmicas para calentarme después de meterme en aguas heladas. Me sorprendió no estar enferma ya, aunque sentía que era cuestión de tiempo. El que sí tenía muy mala cara era Morgan. Estaba pálido y agotado. Me sentía fatal por haberlo electrocutado sin querer bajo el agua. No pensé que él también recibiría el golpe, pero es que tampoco sabía que yo tenía ese poder, así que puedo perdonarme… Al fin y al cabo, estaba en una iglesia. Mientras me perdía en mis pensamientos, vi al padre Alexander salir del confesionario. Cruzamos la mirada y me sonrió.

Spencer también lo vió.

"Eh, Muri… mira quién está aquí".

El cura vino directo hacia nosotros. El bombero nos presentó.

"Este es el padre Lutey. El responsable de toda la parroquia de las islas San Juan. Os ayudará con lo que necesitéis".

Se me cayó el alma al suelo. Nadie del grupo pasó por alto ese apellido. Spencer lo soltó sin pensar:

"¡¿Lutey?!"

El sacerdote habló, tranquilo:

"Sí, gracias por la presentación, Walter. Ya conocí a esta encantadora familia esta mañana".

Walter vio que el equipo médico lo necesitaba y nos hizo un gesto con la cabeza.

"Vale, perfecto. No os olvidéis de la revisión. Es allí" y se fue en dirección a una mujer que se había desmayado. El viento golpeaba fuerte el edificio. Sabíamos que el ojo de la tormenta no pasaría por el archipiélago de San

Juan; lo que estábamos viviendo era solo una pequeña parte de lo que iba a azotar más al sur, en el continente.

Mi padre miró al cura con mucha desconfianza.

"Creía que eras el padre Alexander".

El cura sonrió con tranquilidad.

"Algunos feligreses todavía sienten la necesidad de seguir las tradiciones y nos llaman por el apellido. Pero por aquí somos un poco más modernos. Siempre me presento por mi nombre de pila".

"¿Entonces eres el padre Alexander Lutey?" pregunté casi en un susurro.

"Sí, así es" respondió, y luego miró a Morgan. Él no tiene buena pinta.

Morgan prefirió tumbarse en uno de los bancos.

"¿Aún le duele la cabeza?" preguntó el sacerdote.

Mi padre no respondió. En lugar de eso, hizo otra pregunta sobre el apellido. Sentía que las emociones de Morgan se estaban volviendo borrosas, y los pensamientos que compartía conmigo eran confusos. Tenía la canción de las sirenas zumbando en la cabeza.

"Es un apellido poco común. ¿De dónde viene?" preguntó, fingiendo no saber el origen de su propio nombre.

El padre Alexander Lutey entrecerró los ojos y bajó la voz con un brillo raro en la mirada. "De Escocia". "Vuestra familia viene de Escocia".

Los ojos de mi padre se abrieron como platos. Mi corazón latía tan fuerte que me retumbaba en los oídos... pero no, no era el mío. Era el de Morgan. Su respiración se volvió rápida, su pulso se disparó. Su cuerpo empezó a convulsionar. Grité pidiendo ayuda a los médicos. Spencer corrió hacia Walter gritando:

"¡Necesitamos ayuda!"

Intenté sujetar el cuerpo de Morgan, pero sus brazos se movían de forma incontrolada. Mi padre se acercó e intentó abrirle la boca. Creo que iba a agarrarle la lengua para que no se la tragara, pero Walter y un médico ya se habían hecho cargo. Le miraron los ojos, que solo mostraban el blanco. Lo estabilizaron, le tomaron las constantes, le pusieron otra manta encima y le dieron oxígeno. Poco a poco su cuerpo dejó de temblar y su respiración se calmó. Parecía que volvía en sí. Walter le ayudó a incorporarse mientras el otro médico le hacía preguntas para comprobar que su cerebro estaba funcionando bien.

"Deberíamos llevarlo al hospital en cuanto pase la tormenta" dijo.

"¿Qué le pasa? ¿Es hipotermia?" preguntó mi padre mientras miraba los valores del tensiómetro.

"No lo sé. Ahora parece estar bien. Vamos a revisarlo otra vez, por si acaso. Vigiladlo. ¿Ha comido algo?"

Me di cuenta de que no habíamos comido nada en todo el día desde el café que tomamos en el aeropuerto. Pude justificar lo que le pasaba con una necesidad desesperada de alimentarse. No podía tener nada que ver con pulpos, sirenas o corrientes eléctricas. Mi apuesta era bajón brutal de azúcar en sangre. Me daba igual cómo se llamara ese cura raro, iba a conseguirle a mi hermano un bocadillo o lo que fuera. Le di un beso a Morgan en la mejilla y salí disparada hacia la mesa donde estaban los tentempiés. Empecé a apilar todo lo que veía que tuviera carbohidratos complejos, y entonces me di cuenta de que también necesitaba proteínas. Notaba cómo la gente me miraba mientras cogía todo lo que podía a un ritmo frenético. Activé mi técnica de "te ignoro, no tengo visión periférica" para esquivar esas miradas incómodas que seguramente me sugerían que dejara de coger tantos palitos de queso. Conseguí apañármelas para llevar mi mezcla de cosas ricas y bebidas, y volví junto a mi padre y el sacerdote que estaban metidos en una discusión bastante acalorada. Esta vez no pude evitar las miradas curiosas, porque yo también me puse a escanear el lugar para ver quién nos vigilaba. El cura notó también que todos los ojos estaban puestos en nosotros. Spencer intentaba hacer de árbitro, pero no le estaba saliendo nada bien.

"¿Por qué no vienen conmigo a mi despacho para charlar en privado?", guiándonos a los cuatro hacia una zona más apartada.

Morgan bebía un refresco y picoteaba un queso en tiras. Le miré, orgullosa de mí misma por haber pensado en traer uno. Me sonrió, como si hubiera escuchado mi pensamiento. Poco a poco le volvía el color al rostro. Me sorprendía que pudiera caminar después de lo que acababa de pasarle al cuerpo. Spencer cargaba con el plato de comida y nuestras pocas pertenencias. Lo de traer bolsas impermeables había sido idea suya, y lo agradecíamos muchísimo. El despacho del sacerdote estaba decorado con muchos objetos religiosos, pero también con un montón de cosas relacionadas con el mar. Había varias fotos del padre en un barco de investigación, y otras de cuando era joven, con uniforme de la Marina, junto a otros cadetes. Enmarcado en la pared tenía un certificado de un curso que hizo en algo llamado el Friday Harbor Lab, en la Universidad de Washington. Estaba claro que lo del mar no era solo un hobby. Tenía sentido, porque tenía que moverse entre islas pequeñas para visitar a sus feligreses. Me acerqué a mirar bien las fotos… tal vez encontrara algún parecido familiar. Pero antes de que pudiera sacar ninguna conclusión, mi padre cerró la puerta y, sin avisar, se lanzó contra el cura, lo agarró y lo empujó contra la pared. Morgan y yo nos quedamos sin aliento, esperando los acontecimientos. Spencer tiró de papá para separarlo. Nunca lo habíamos visto así. Sabíamos que se había peleado con el tío Nohea, y mamá había dicho que en su juventud tenía un carácter fuerte, pero esto era otro nivel. Y el padre era bastante mayor que él, así que nos dolió presenciar la escena.

"Dímelo de una vez, viejo. ¿Qué demonios está pasando?" espetó. El padre Lutey ni se inmutó. Su entrenamiento militar se notaba en la calma con la que reaccionó. Se sacudió la ropa, se irguió y tomó una postura que dejaba claro que no se sentía ni acorralado ni asustado.

"Tranquilízate. Siéntate. Voy a responder a todo lo que queráis saber. No hace falta recurrir a la fuerza" dijo con mucha calma. Ese comentario hizo que mi padre volviera en sí. Lo soltó y trató de recomponerse. Aunque él decidió quedarse de pie, yo me senté.

"¿Qué sabes sobre lo que está ocurriendo a nuestra familia?" preguntó mi padre, aún muy tenso.

El padre se colocó detrás de su escritorio y se dejó caer en una silla grande y cómoda. Tenía una jarra de agua y unos cuantos vasos. Se sirvió uno y nos ofreció. Todos dijimos que no. Afuera, el viento seguía soplando, pero ya no sonaba justo encima del tejado; parecía más lejano.

"En esta parroquia hacemos un trabajo muy especial" dijo mientras me miraba directamente. Sé que antes preguntaste por los bebés huérfanos. Cada cierto tiempo recibimos bebés, los cuidamos y los damos en adopción. Es algo muy especial cuando esto sucede.

Morgan habló entonces, con seguridad:

"Sabemos que nuestra madre fue traída a nosotros".

El cura asintió con la cabeza.

"Sí, conozco la historia de vuestra madre. La verdad es que la tenía olvidada, pero un estudiante del laboratorio de Friday Harbor me la recordó hace poco —dijo, señalando el certificado que ya había visto antes—. El laboratorio forma parte de la Universidad de Washington. Vienen investigadores y estudiantes de todo el mundo para estudiar aquí. Nuestro entorno tiene especies muy únicas… como, por ejemplo, el pulpo gigante del Pacífico".

Mi padre se levantó otra vez y empezó a caminar nervioso por la sala.

"Ve al grano. Ya basta con la historia de Friday Harbor" dijo, golpeando la mesa con el puño y muy nervioso. Mi mujer está desaparecida, y necesitamos encontrarla".

Por lo visto, antes el padre Lutey se había enrollado hablándole de cómo él y el clan Lutey habían acabado en Friday Harbor. Había soltado una buena charla sobre la flora y fauna del Pacífico Noroeste. Contó que los Lutey llegaron al "Nuevo Mundo" desde Escocia, pasando por Canadá, y luego bajaron hasta Estados Unidos. También mencionó otra familia llamada los Pellar, que todavía estaba en Escocia, pero que eran más viajeros: había miembros suyos en Irlanda, Australia, Sudamérica y Asia. Según él, todos ellos tenían una misión importante: mantener el equilibrio del ecosistema. Ahí fue cuando vimos que la conversación entre ellos se empezaba a calentar, justo cuando estábamos por los bancos de la iglesia.

"Sí, entiendo que quieras encontrar a tu esposa. Pero déjame ser claro: eso no va a pasar en este viaje a Friday Harbor".

Mi padre parecía a punto de abalanzarse sobre el cura, que seguía tan tranquilo en su sillón. Me levanté y me puse entre los dos antes de que pasara algo peor.

"¡Por favor, solo cuéntanos todo lo que sepas de nuestra madre!", supliqué, conteniendo a mi padre para que no se le echara encima al cura. Miré a Morgan, que seguía con cara de estar medio atontado. El cura miró hacia la puerta del despacho, se levantó y, rodeando con cuidado a mi padre, la cerró con llave. Volvió a su asiento, bebió un trago de agua y empezó a hablar en voz baja.

"Seré directo, ya que parece que la situación lo exige. Como ya sabéis, vuestra madre es una sirena".

Solté el aire que llevaba conteniendo y me volví a sentar. No hizo falta convencerle ni rogarle por la verdad. Señaló mi cuaderno:

"Quizá quieras tomar apuntes, porque no podré estar con vosotros cuando esto os lleve a donde tenga que llevaros".

Pasé las páginas de mi libreta. Le ofrecí un poco de agua a Morgan mientras esperábamos que el cura siguiera hablando. Mi padre también se sentó, por fin.

"A veces, muy rara vez, encontramos bebés sirena atrapados en redes o arrastrados por corrientes que los traen hasta nuestras costas. Nosotros los acogemos, los damos en adopción a buenas familias y los educamos en nuestra cultura. Ellos no saben nada de la vida que habrían tenido en el mar ni de quiénes son sus verdaderos padres. La mayoría acaban llevando vidas excepcionales".

Yo ya estaba sintiéndome bastante incómoda con ese plan de "reubicación" que acababa de soltar, pero lo que más me importaba era saber qué había pasado con mi madre.

"¿Y nuestra madre?" se adelantó Morgan, lanzando la misma pregunta que yo también tenía en la cabeza.

"Vuestra madre…la trajeron aquí para protegerla" mientras rebuscaba en un cajón del escritorio buscando una foto.

"¿Y quién la trajo? ¿El pescador?" preguntó mi padre.

"Sí" dijo con calma. "La leyenda dice que un pescador la encontró, pero en realidad era parte de nuestro clero y ese día estaba pescando en solitario. La madre de vuestra madre—es decir, vuestra abuela—se la entregó. Dijo que era la mujer más hermosa que había visto jamás: rubia, con una cola de criatura marina. Su voto de castidad le ayudó a mantener la compostura. Admitió que habría seguido a esa mujer hasta las profundidades del océano si ella se lo hubiera pedido, pero estuvo rezando todo el rato que pasó con ella y, por suerte, ella le pidió otra cosa. Le pidió que se llevara a su bebé lejos de esas costas. Le dijo que era una niña muy especial, y que había una profecía sobre ella y esa hija. Aunque le partiera el corazón, debían separarse. Él era un firme creyente de todos los antiguos textos y leyendas y siempre pensó que en cada historia había algo de verdad. Y allí estaba ahora, hablando con la bella sirena frente a sus atónitos ojos".

Luego, el padre Lutey empezó a contarnos sobre algunos de los creyentes más conocidos en sirenas a lo largo de la historia: los asirios. Ellos creían en una diosa llamada Atargatis; los romanos la conocían como Dea Syriae. Los sumerios y babilonios también tenían nombres para esa diosa del mar. Incluso los filisteos adoraban a un dios que parecía un tritón: Dagón. En la Biblia, el último acto de Sansón fue destruir el templo filisteo de Dagón. Lo que más interesaba al sacerdote-pescador era la conexión entre el Diluvio Universal del Génesis y los poemas sumerios de Gilgamesh, del siglo XXVII a.C., que también hablaban de una gran inundación. De hecho, prácticamente todas las culturas antiguas tienen una historia de un gran diluvio provocado por la maldad del ser humano. La verdad de la leyenda, contada por esa sirena que le entregó a su hija, era lo que ese sacerdote había estado esperando vivir toda su vida. No era un demonio, ni se hacía pasar por una diosa. Era simplemente una madre, una sierva, como él. Su pueblo tenía su propia historia de la creación y su salvador. Coexistían en realidades muy similares, cada una con sus propias reglas y su propio orden. Su creador sonaba exactamente igual que aquel en el que él creía. Como en la Tierra, en su mundo también existían fanáticos religiosos con grandes poderes, pues descendían tanto de los ángeles como de Adán y Eva. Estaban convencidos de que la maldad humana acabaría provocando una nueva destrucción del planeta, y por eso creían necesario mantener a la humanidad bajo control. Yo lo interrumpí. Ya estaba bien de lecciones de teología sirenil. Lo que necesitaba saber era por qué no podíamos rescatar a mi madre allí, en Friday Harbor.

"Vale, lo pillamos. Las sirenas existen. La gente lleva creyendo en ellas desde siempre. Ahora vamos al tema de cómo recuperar a mi madre. ¿Cómo lo hacemos?"

El padre Lutey, que resulta que era nuestro primo lejano, se levantó y se acercó a Morgan, que aún seguía con mala cara.

"Ahora mismo lo que más os debería preocupar es otra cosa. Vuestra madre ya no está aquí. Pero a lo mejor aún podéis salvar a vuestro hermano".

Mi padre reaccionó de inmediato. Estaba como en trance con toda la historia de las sirenas, pero esas palabras lo despertaron. Se acercó a Morgan, como queriendo protegerlo de lo que venía.

"¿De qué estás hablando?"

"Tu hijo es un tritón, y es el tercer ser del mar que menciona la profecía. Ya ha empezado a cambiar".

Morgan y yo hablamos al mismo tiempo:

"Ni de broma. Esto no va a pasar. No nos vamos a convertir en seres del mar".

Lo dijimos al unísono, como buenos mellizos. Lo teníamos claro. Nuestros cerebros estaban alineados, lanzando pensamientos sobre nuestra familia, el mar, y cómo frenar todo lo que este cura intentaba hacernos creer que era inevitable. Si algo nos habían enseñado nuestros padres, era que nosotros hacíamos nuestro destino. El futuro lo decidíamos nosotros.

Sin embargo, tuve un momento de duda. El destino de mi madre parecía estar ya escrito, nunca había podido decidir por sí misma. Primero fue entregada por su propia madre, luego criada por extraños sin saber quién era realmente. Después se casó con mi padre… ¿realmente quería hacerlo? ¿Estaba bajo el hechizo de los Lutey? ¿Habría preferido casarse con otra persona… o con nadie? Mis pensamientos iban a mil por hora, hasta que el cura me sacó en seco de mi torbellino mental.

"Muriel. Es solo Morgan el que está cambiando".

Cuando dijo eso, sentí un frío brutal en las manos. La sangre me abandonó la cara y las lágrimas me empezaron a caer solas. Empecé a hiperventilar. Sentía el miedo de Morgan subirle desde dentro, como si lo compartiéramos. Sabía que el cura decía la verdad. Algo dentro de él había cambiado. Lo había notado cuando las sirenas lo llamaban, como si algo en él respondiera de forma automática. Volvimos a lo de siempre: la diferencia. El ADN. Sí, habíamos compartido el mismo vientre, pero éramos dos embriones distintos creciendo en personas completamente diferentes. Yo era una chica nerviosa, intensa, reservada… que, si hubiera sido un chico, habría sido "gracioso", "difícil de domar", "un espíritu libre". En cambio, como era yo, era "demasiado". Demasiado emocional, demasiado sensible, demasiado todo. Y ahora también me estaba quedando fuera de ese cambio. Pero respiré hondo. No era momento para mis dramas internos. Esto iba de Morgan. Esto iba de mamá.

Mi padre miró al cura, furioso:

"¿Pero qué demonios estás diciendo?"

El padre Lutey le tomó el pulso a Morgan y le miró los ojos. Luego le tocó detrás de la oreja derecha. Morgan hizo una mueca de dolor y llevó su propia mano al sitio.

"Branquias. Le están saliendo" dijo el cura.

Mi padre, Spencer y yo nos lanzamos a mirar detrás de su oreja, pero Morgan lo impidió, apartándonos con la mano.

"No. Escuchad. Esto no está pasando. Este tío solo está esquivando el tema. Aún no ha dicho cómo encontrar a mamá. ¡Por eso vinimos hasta aquí! Así que, cura —dijo, mirándolo fijo—, suéltalo ya. ¿Dónde está mi madre?"

"Lo más probable es que vuestra madre esté en la zona de la que viene su nombre, la Loreley. Está en la orilla derecha del río Rin. O quizás ya haya llegado a reunirse con sus hermanas, las selkies, y sus hermanos, los hombres azules del Muir, en el canal de Minch, frente a la costa norte de Escocia". Miré a Morgan. Su piel tenía un tono azul grisáceo, como si aún estuviera helado por dentro.

"Nos dijeron que había vuelto a su tierra natal" soltó Spencer, con cara de pocos amigos.

"Ese es su hogar" afirmó el cura. Ella no nació en estas aguas. Su madre la trajo.

Justo en ese momento, tocaron la puerta del despacho. Mi padre se dejó caer en una silla, derrotado. El Padre Lutey se levantó para abrir. Solo entreabrió la puerta.

"¿Está bien, Padre? ¿Necesita ayuda?" preguntó otro sacerdote, desde el otro lado del pasillo. La tormenta ya ha pasado y la gente está volviendo a sus hoteles. Intentaba mirar dentro, como para asegurarse de que todo estuviera en orden. El Padre Lutey sonrió ante la interrupción.

"Perfecto, Michael. ¿Está todo en orden ahí fuera?" preguntó, dándole paso. Michael entró en la oficina y nos miró de arriba abajo. Se notaba que la tensión se respiraba en el ambiente.

"Sí, todo está bajo control. ¿Y aquí dentro? ¿Puedo ayudar en algo?" Sus ojos se posaron en mi padre, que ahora murmuraba cosas sin sentido, como si ya no pudiera más.

"Permíteme que te presente a parte de mi recién encontrada familia: Mitch, Muriel, Morgan y su buen amigo Spencer. Son Lutey del sur, de San Diego. ¿No has estado tú en San Diego?". Michael asintió con la cabeza y saludó con la mano, pero no se acercó ni intentó darnos la mano. Se mantuvo cerca de la puerta, visiblemente precavido. Ocupaba bastante espacio con su postura firme y segura. Su piel estaba bronceada de forma natural, y tenía un aire atlético. El Padre Lutey notó su incomodidad y trató de romper el hielo.

"Es su primera vez en la isla. Nos conocimos esta mañana en el jardín de esculturas. Es tu lugar favorito, ¿verdad?"

"Sí. Me gusta mucho ese lugar" respondió Michael con un leve acento español.

"Todos tenemos nombres que empiezan por M, ¿eh? Vaya decisión de familia curiosa", añadió el padre Lutey mirando a cada uno de nosotros. Luego cambió el tema de golpe.

"El año pasado trabajaste muy de cerca con un estudiante del laboratorio de Friday Harbor. Aquel que acabó llevándose unos archivos… que no eran suyos". El Padre Lutey de esta forma dejó claro que estaba bien tocar ese tema, por incómodo que fuera.

"Sí, Michael. ¿Por qué lo mencionas?"

Se notaba que Michael no estaba cómodo hablando del tema, pero finalmente cedió.

"No fue culpa tuya. Yo también caí en su juego. Solo cuéntales lo que pasó. Puede que ellos sepan algo de él".

Eso captó la atención de todos.

"Se llamaba Colin. Venía de Escocia y estaba estudiando un fenómeno llamado "spray de arcoíris del mar". Hay una zona cerca del santuario de tiburones donde se da bastante este efecto óptico. En fin, se ganó nuestra confianza. Yo suelo hacer voluntariado en el laboratorio en mis ratos libres, porque cuando estuve en el ejército ayudé a entrenar delfines y leones marinos".

Sabíamos bastante sobre el programa militar que nos estaba explicando Michael. Brooke, como muchos de sus compañeros, se había pasado el principio del año protestando por todo. Desde temas del campus hasta el uso de plásticos, cualquier tema político, el etiquetado de los transgénicos, el libre comercio, y el movimiento de "cero residuos". Básicamente, si algo iba mal en el mundo, Brooke tenía ya una pancarta lista. Así que, como era lógico, también estaba al tanto de lo que pasaba más cerca de casa.

Un día su grupito de activistas se enteró de lo que hacía la base militar con los delfines… y ya tenía una nueva causa. Esta protesta no llegó muy lejos porque se trataba del ejército, y obviamente no iban a dejar que un grupo de adolescentes liara una en instalaciones militares. El programa de mamíferos marinos de la Marina, donde entrenaban delfines y leones marinos, empezó en los años 60 y era todo un misterio. Se sabía que se usaron en combate, como en Vietnam y en Irak. Había cinco equipos de animales marinos. Tres se encargaban de detectar minas. Uno era una mezcla de delfines y leones marinos para vigilar zonas de intrusos. El último, solo con leones marinos, estaba entrenado para recuperar objetos, incluso víctimas en mar abierto. La Marina había probado con un montón de otros animales sin tanto éxito: ballenas, focas, aves, tiburones… de todo. Yo no pude evitar juzgar a Michael por haber participado en ese tipo de entrenamientos. Mi padre le cortó bruscamente.

"¿Colin? ¿Lo conoces? ¿Dónde podemos encontrarlo?"

Michael se notó molesto por la interrupción. No parecía precisamente un tipo paciente, raro en alguien de la iglesia.

"Me dijeron que lo vieron por el pueblo antes de que empezara la tormenta" contestó Michael.

El padre Lutey lo despidió con un simple:
"Gracias, en breve me reuniré con todos".

Michael asintió y salió sin decir más.

Luego, el sacerdote se dirigió directamente a mí:
"Colin ya sabrá que Morgan es el elegido. Estaba investigando en los archivos para encontrar a los otros niños que fueron acogidos por nuestra parroquia. Sospechaba que el tercero de la profecía saldría de ese grupo".

Me extrañó que me hablase a mí directamente, como si los demás no pintaran nada.

Morgan escuchó mis pensamientos y me contestó enseguida:

"No me fío de este tío, Muri. Vámonos. Me da igual lo que diga, yo no me voy a convertir en un tritón. Lo importante ahora es mamá".

Fue directo a la puerta, la abrió, y miró a Spencer y a mi padre:

"Vámonos".

Salió, y yo fui detrás.

Nuestro "primo" sacerdote me gritó al salir:

"Muriel. Mantenlo alejado del agua".

Me quedé con la espina clavada. Tenía mil preguntas dándome vueltas en la cabeza. ¿Cuál era la historia real de la maldición? ¿Cuántos Lutey se había llevado el mar? ¿Podíamos salvar a Morgan si de verdad estaba cambiando?

Cuando salimos de la iglesia, vimos que el pueblo no había salido ileso. Había señales caídas, árboles arrancados y el cielo seguía oscuro, con una lluvia fría cayendo sin parar. Morgan sacó el móvil para ver si había vuelos disponibles.

"Volvamos a San Diego y pensemos bien qué hacer. ¿Quizás nos tengamos que ir a Escocia?"

Yo le mandé el mismo pensamiento que Spencer dijo en voz alta:

¿Y Colin? Si está aquí, ¿deberíamos buscarle?

Respiré hondo y les solté lo que sentía:

"No sé si Colin está por aquí, pero creo que mamá sí está. Todos dicen que se ha ido, pero yo lo siento. Está cerca. No es solo una corazonada, lo sé. Tenemos que seguir buscándola".

Mi padre y Morgan dudaron un momento, pero Spencer lo tuvo claro:

"Muriel, yo seguiré buscando contigo".

Mi padre miró a Morgan, vio el miedo en sus ojos y lo mal que estaba.

"Me quedo con Morgan. Pasaremos un día más buscando a tu madre, pero olvidémonos de Colin. No merece la pena".

Cuando llegamos a la isla de San Juan habíamos ido directos al grano sin pensar en un plan a largo plazo. No teníamos hotel ni idea de qué haríamos después. La tormenta había dejado el pueblo patas arriba. El ferry volvía a funcionar, y los turistas o intentaban salvar sus vacaciones o se marchaban como alma en pena. Pensamos que con tanta gente huyendo, quizá conseguiríamos una habitación libre en cualquier lugar. Debatimos nuestro próximo paso: ¿Ir al laboratorio de Friday Harbor o acercarnos al santuario de tiburones? Primero lo primero: buscar dónde pasar la noche. Elegimos una posada cerca de la terminal del ferry. Era un edificio moderno de dos plantas, con vistas desde todos los ángulos. Si estuviésemos allí de vacaciones, podríamos ver orcas desde el balcón con una taza de chocolate caliente. Mi hermano estaba precisamente en ese balcón, mirando el mar. Le dejé disfrutar de su momento y abrí mi libreta.

El padre Lutey nos había contado un montón de cosas raras, y no sabía cómo seleccionar lo más relevante. No habló nada sobre las sirenas. Todavía no entendía cómo encajaban en el mundo marino o qué era exactamente Colin. Dijeron que era un "creyente" y que buscaba a los nefilim perdidos. ¿Había otros seres mitad humanos viviendo entre nosotros? ¿En qué se transformaban? ¿Todos eran del mar? ¿Sufrían como mamá por no saber quiénes eran en realidad? ¿Estábamos divididos entre los humanos de tierra y lo que vivía bajo el mar? Abrí los textos antiguos y empecé a comparar información. Algunos hablaban de selkies, tritones y los hombres azules del Muir. Básicamente, todos eran tipos de sirenas. Me arrodillé y recé. Rezar como nunca antes, pidiendo respuestas.

Mi padre se acercó, me puso la mano en el hombro.

"¿Ayuda?"

Me levanté y comencé caminar, a ver si así me calmaba un poco. Él se sentó en la cama y empezó a ojear los libros conmigo.

"¿Quién iba a decir que tu tío Nohea tenía razón sobre lo que vio en alta mar?" dijo.

De entre las páginas cayó un papel y lo recogí. Era la historia de la maldición de los Lutey... o más bien, como decía el título del papel, *la bendición de los Lutey*. Según este relato, nuestro antepasado recibió tres deseos por ayudar a una sirena. Pidió romper hechizos malignos, tener el poder de inspirar buenas acciones en otros y que esas bendiciones se pasaran de generación en generación. Pero después la sirena que le dio esos tres dones intentó arrastrarlo al fondo del mar para ahogarlo. Él usó su cuchillo de hierro para protegerse. Años después, ella volvió a por él y esa vez, él no luchó. Se fue con ella al mar. La bendición quedó con la familia, pero el precio de tratar con esa sirena recibió una condena: un descendiente moriría en el mar cada nueve años... para siempre. Me llamó la atención un detalle que también había anotado en mi cuaderno y lo tenía rodeado con un círculo: *hierro*. Se lo enseñé a mi padre.

"¿Tú qué crees, papá? ¿Vamos a tener que luchar para proteger a Morgan? Traje el collar de hierro" dije, sacándolo de mi bolsa. Él lo examinó.

"No sé muy bien qué puedes hacer con esto Muri" ... "Bueno, igual funciona como el ajo con los vampiros" bromeó.

"Ven, dame un abrazo y lo comprobamos".

Le lancé una mirada y no me moví.

Llamaron a la puerta. Spencer miró por la mirilla y abrió. Era el repartidor de pizza. Spencer había propuesto que tuviéramos una buena comida juntos antes de separarnos. Aunque teníamos muchas comidas favoritas, todas siempre cocinadas por mamá, la pizza era nuestra comida de confort, nuestro "plan B". Cuando algo iba mal o necesitábamos algo fácil: pizza. Nos sentamos en silencio, comiendo trozo tras trozo hasta que no quedó ni uno. Y con eso, se terminó lo que nos mantenía juntos. Tenía que salir a buscar a mi madre. Tenía que dejar atrás a los hombres Lutey.

Llamé a mi tío Nohea. "¿Nos puedes hacer un favor? Necesitamos un barco con sonar potente y un equipo para la vigilancia submarina". Me dijo que tenía un contacto y que lo encontráramos en el muelle. Avisé a todos y Spencer y yo nos preparamos para salir. Abracé a mi padre y luego a mi hermano. Su piel estaba fría... y un poco escamosa. Spencer también abrazó a Morgan y, por alguna razón, después me abrazó a mí.

Su abrazo duró un poco más de lo esperado. No me aparté, aunque no soy mucho de abrazos. Tengo toda una filosofía sobre el espacio personal. Hay una caja invisible que nos rodea a cada uno y debería respetarse siempre. La única excepción era la familia. Pero con Spencer me sentí segura, protegida. Y no quise soltarme. Intenté justificarlo mentalmente. Creo que una vez leí un artículo que decía que las feromonas masculinas podían calmarte si estabas estresada. Cualquier feromona masculina, no sólo de alguien que te gustara. Estoy casi segura de que lo leí. Morgan, como siempre, metido en mi cabeza:

"Lo sabía, tienes un rollo con él, hermanita" soltó con una sonrisilla.

Me puse roja, me solté de Spencer y miré hacia el balcón. Me invadió un miedo repentino. No voy a perder a mi hermano, ni al mar ni a nada. Tenía que encontrar la forma de protegerlo. No creía que el collar de hierro fuera suficiente. Algo había pasado bajo el agua… había usado un poder que no sabía que tenía. Y necesitaba averiguar si podía hacerlo de nuevo.

Mi padre señaló a Morgan, que seguía en el balcón.

"Tenemos un problema. Algo está pasando con Morgan. Podría estar…"

No podía ni terminar la frase. Respiró hondo y continuó:

"Podría estar transformándose. No os demoréis mucho".

Morgan estaba cada vez más pálido… y con un tono azulado.

"Me alegra que te quedes" le dije. "Voy a encontrar a mamá o, al menos, esa ciudad de sirenas que vi en el espejo. Alguien de ahí podrá ayudarnos".

Justo cuando me iba, se me ocurrió algo:

"Oye, ¿podrías llamar a Calíope? Tal vez ella ya está por aquí. Siempre aparecía cuando Colin estaba tramando algo. Tengo la sensación de que es como una mosca en la pared y está en todas partes".

"¿Por qué yo?" preguntó, desconcertado.

Bajé la mirada. Había algo que yo sabía y ellos no.

"Tú siempre eras el que la llamaba" le dije.

"¿Qué dices? Si fuiste tú la primera que la viste en el bosque, y después siempre soñabas con ella" respondió.

Sabía que lo que decía no era cierto. No tenía lógica, pero lo sabía. Yo lo sentía, conocía sus pensamientos.

"Creo que fue al bosque ese día para ponerme a prueba, pero en cuanto tú entraste en su espacio, supo que eras tú a quien tenía que guiar".

A Morgan le gustó esa teoría:

¡Calíope!

Y apareció enseguida. Todos en la habitación la vieron. Mi padre se agarró a una silla para no caerse del susto. Ya le habíamos contado todo sobre las sirenas, Colin y mamá, pero seguía en proceso de digerirlo. Sentía que le daba miedo. Cuando recuperó el equilibrio, nos empujó a Morgan y a mí detrás de él.

"¿Qué tipo de demonio eres tú?"

Calíope soltó una carcajada, como siempre que alguien mostraba miedo o se ponía demasiado serio. La empatía con los humanos no era lo suyo.

"No soy ningún demonio, señor. Simplemente soy un ser… un poco diferente a ustedes".

Morgan se adelantó, aunque se le notaba débil y cansado.

"¿Has estado aquí todo este tiempo?" le preguntó.

Calíope encontró un sitio cómodo para sentarse y esponjó un poco sus plumas. Se acomodó cerca de los libros y hojeó uno de ellos. Su respuesta a Morgan fue directa, como siempre.

"Sí, soy como el angelito en tu hombro. Estoy contigo ahora hasta que te hundas en las profundidades saladas. Ya vi que usaste el peine".

"¡Dijiste que nos ayudaría!" le grité.

Mi padre seguía convencido de que esto era cosa de demonios. Se persignó y empezó a rezar, intentando protegernos. Calíope vio sus gestos y se rió como si le hiciera gracia.

"Puede persignarse y rezar todo lo que quiera; no va a cambiar nada".

Se volvió a reír. No me gustó nada cómo se burlaba de nosotros ni cómo faltaba al respeto a mi padre y su fe. Salté hacia ella, lista para arrancarle las plumas, pero Spencer se interpuso entre las dos. Quería protegerme, no sabíamos qué clase de poder tenía Calíope cuando se enfadaba. Ella, por su parte, ya estaba en posición de ataque.

Morgan intervino:

"¿Cuál es la verdad? Solo sé honesta. Dinos la verdad".

Usó toda su energía para exigirle una respuesta. Calíope sonrió.

"Me preguntaba cuándo los Lutey se darían cuenta. Ahora estoy obligada a responder".

Miré el papel con la historia de la maldición de los Lutey. Podíamos obligar a alguien a hacer una buena acción. Supongo que decirnos la verdad contaba como una.

"Entonces responde" le solté entre dientes.

"Os di el peine para que encontrarais a vuestra madre y el resto de vuestra familia. Me alegra que lo usaras".

"¡Entonces les mentiste!" estalló mi padre, furioso. No entiendo por qué confiabais en esta criatura.

En ese momento supe que nunca habíamos confiado del todo en ella. Solo nos aferrábamos a la esperanza de que pudiera ayudarnos a salvar a mamá.

"Nunca les mentí. Jamás. Solo vemos fracciones de la verdad" dijo Calíope muy enigmática.

Me solté del agarre de Spencer y me lancé contra Calíope.

"Pues ahora vas a conocer una fracción de la mía".

Y antes de que pudiera reaccionar, le arranqué unas cuantas plumas de un ala.

Ella levantó la mano, lista para hacerme algo, pero Morgan habló antes:

"Te ordeno que te sientes y nos cuentes todo lo que sabes. No le hagas daño a mi hermana".

Tras esta orden, pareció entrar en una especie de trance. Se apartó de mí y se sentó.

"Vuestra madre os está esperando en el lugar que llaman el santuario de los tiburones. Se acuerda de vosotros y está intentando volver a casa con todos ustedes. Quiere quedarse con vuestro padre y con vosotros".

"¿Cómo la rescatamos?" preguntó Morgan.

"Si lográis sacarla del agua y llevarla de vuelta a tierra firme, podrá quedarse para siempre".

Yo intervine, preocupada por todos los problemas de salud que había tenido.

"¿Seguirá enferma si se queda en tierra?"

"No. Ahora que sabe quién es y ha tomado una decisión, estará bien… siempre y cuando evite ciertas cosas y costumbres de la vida terrestre".

El ambiente de la habitación se llenó de una energía esperanzadora. Era la primera buena noticia desde que se cayó al agua durante el eclipse. Spencer entrelazó su mano con la mía y la apretó suavemente. Él no parecía tan emocionado como el resto.

"Entonces, vámonos ya, antes de que anochezca" dije con decisión.

"¿Y qué pasa con Morgan?" le preguntó mi padre a Calíope, pero ella no respondió. Así que lo intenté yo, imitando el estilo de Morgan.

"Te ordeno que me digas si Morgan va a estar bien".

Calíope me miró con una sonrisita.

"No lo sé. Pero sí puedo deciros que Colin está en la isla, cerca de donde vuestra madre os espera. Ya os he contado todo lo que sé".

Entonces sostuvo el libro que estaba hojeando yo antes… y desapareció.

La página hablaba sobre los hombres azules del Muir. Eran los creadores de tormentas más poderosos del océano. Era algo muy raro en el mundo de los seres del mar nacer dentro de su linaje. Solo se unía un nuevo "hermano" a su clan cada cien años… y una vez en una luna azul. Nunca había oído esa expresión usada así. La "luna azul" era una luna llena extra—no prevista. Salí al balcón y miré hacia el cielo. Luego revisé en mi móvil la fase lunar. Otra maldita luna llena estaba por llegar.

Morgan se acercó.

"Muri, sé que vas a traer a mamá de vuelta. Lo sé".

Me dio un beso dulce en la frente y luego me despeinó.

"Acuérdate que siempre estaré aquí para fastidiarte".

Después empezó a hablarme directamente al corazón, en silencio. Pude sentir su amor puro hacia mí... y el miedo enorme que tenía sobre lo que estaba pasando en su cuerpo. Estaba cambiando, pero no era como los cambios típicos de la pubertad. Era como si su cerebro se estuviera reconfigurando, y todos sus sentidos también. Me abrazó otra vez y rompió a llorar.

"Tengo miedo, Muri".

Se me llenaron los ojos de lágrimas. Me latía la cabeza como cuando te aguantas el llanto por demasiado tiempo. No quería dejarlo. No podía dejarlo. Mi alma y todo mi ser estaban conectados a él. Él me hacía sentir completa. Soy su hermana gemela. Él es mi otra mitad, y no debería estar sin él. Pero tenía que irme. Tenía que encontrar a mamá. Cuando me separé de él, quise tranquilizarlo, pero no pude.

"Quédate aquí. No te acerques al agua. Vamos a traer a mamá".

Spencer intentó aliviar el ambiente:

"Todo irá bien. Pide un montón de comida, mírate todas las pelis más locas de la tele y juega on los videojuegos. Ni notarás que no estamos".

Morgan volvió a salir al balcón y miró hacia el agua. Mi padre me hizo una señal con la cabeza para decirme que ya era hora de irnos. Spencer y yo salimos rumbo al muelle para encontrarnos con nuestro contacto. Caminamos en silencio. El cielo se veía raro, como si anunciara que una tormenta estaba por llegar, no que ya había pasado. Cuando llegamos al muelle, nos estaban esperando el Padre Lutey y Michael.

"¿Vosotros?" pregunté sorprendida.

"Estoy aquí para ayudar" dijo el Padre Lutey. Tu tío llamó a Michael.

Spencer y yo preguntamos al mismo tiempo:

"¿Y cómo podéis ayudarnos?"

Michael respondió:

"Ya os dije que trabajé en el programa militar entrenando delfines y leones marinos. Bueno, pues algunos de esos delfines llegaron a las islas San Juan después de que los liberara. Por eso ya no estoy en el ejército y ahora trabajo en esta parroquia. Creo que ellos harán un mejor trabajo que cualquiera de nosotros para encontrar a alguien perdido o retenido bajo el agua".

"También tengo esto" añadió el Padre Lutey, sacando algo que parecía un abrecartas antiguo. "No es exactamente un cuchillo, pero está hecho de hierro meteórico puro. Es un regalo de un monje tibetano".

Nos lo acercó para que pudiéramos ver los grabados en los laterales. Era una sirena.

"Esta es Suvannamaccha, una princesa sirena de Asia".

Luego guardó el abrecartas en una funda de madera cubierta con más grabados que no logramos descifrar y me lo entregó.

"Espero que consigas traer a tu madre de vuelta. Deja que Michael os ayude".

"Tengo un barco... y cuentas pendientes con Colin" añadió Michael.

El barco de la NOAA ya nos esperaba. Era parte de la flota de pequeñas embarcaciones que tienen repartidas por todo el país, listas para operar cerca de la costa. Algunas de las más grandes pueden incluso hacer viajes largos en mar abierto. Nosotros íbamos a subir a una lancha de unos ocho metros, equipada con sonar, material de buceo, kayaks y equipo médico.

Michael lanzó al agua una especie de cebo o señal, y Spencer y yo empezamos a ponernos el equipo de buceo. Apenas habían pasado unas horas desde que habíamos salido de esas mismas aguas, pero todo parecía diferente. El sol estaba bajo en el cielo y la luna empezaba a asomar. La costa estaba destrozada, con árboles arrancados de raíz, y los cangrejos corrían de un lado a otro buscando dónde esconderse. Nos dirigíamos a la isla de López, al arrecife de los tiburones. El agua tenía pequeñas ondas, como si la vida marina estuviera saliendo a respirar.

Michael rompió el silencio:

"Hace más de diez años que no se ve un tiburón en Shark Reef. Las orcas los mantienen lejos de las islas San Juan. ¡Estas orcas se comen a los tiburones blancos como si nada!".

Spencer se dio cuenta de que el tema de los tiburones me estaba poniendo nerviosa. Me alegraba que no fuera un sitio habitual. No sabía cuán rápido se corría la voz bajo el mar, pero después de ayudar a Bo, tenía claro que los tiburones no eran mis colegas. No quería pensar en eso. Spencer me cogió la mano y marqué a Morgan. Aún teníamos algo de cobertura. Pero quien respondió fue mi padre.

"¿Cómo está?" preguntó Spencer. Estaba a punto de poner el móvil en altavoz para hablar con Morgan, pero de repente se quedó paralizado. Dejó caer el teléfono al suelo del barco.

Yo no sentía nada raro por parte de Morgan, así que no entendía por qué Spencer estaba tan blanco. Se sentó en el fondo del barco, y yo me agaché a su lado.

"¿Qué pasa?" pregunté, convencida aún de que Morgan estaba bien.

"Morgan decidió venir tras nosotros. Colin le estaba esperando... y lo tiraron al puerto. Tu padre lo vio hundirse... y ya no volvió a salir a la superficie".

No sabía qué sentir. ¿Pánico, quizá? Pero en el fondo, estaba segura de que Morgan estaba bien. Michael echó el ancla justo cuando llegamos al lugar conocido como el santuario de tiburones.

"Tenemos que centrarnos. Una misión cada vez. Ahora no podemos hacer nada por lo que pasó en el puerto".

Se inclinó por el costado y dio unos golpecitos en el casco. Tres delfines mulares salieron a la superficie. Chillaban y emitían unos sonidos a modo de saludo. Michael los acarició y les hizo una señal con la mano para que se sumergieran, y acto seguido, se tiró al agua con ellos. Tenía el sonar encendido. En el monitor podíamos ver a los delfines y a Michael moviéndose bajo el agua. Tenía que creer que Spencer se había confundido. Morgan podría haber escapado. Yo no sentía que estuviera en peligro. Seguía creyendo en nuestra conexión.

Las nubes de tormenta se cerraron y empezó a llover. Spencer y yo nos deslizamos al agua con todo el equipo. Michael agarró un par de arpones de pesca del barco y nos dio uno a cada uno. Seguimos a los delfines, que nos guiaron hasta la entrada de una red de cuevas submarinas que se extendían bajo la Isla López. Las entradas estaban escondidas entre altas algas marinas y corales, junto a unas rocas afiladas que parecían imposibles de atravesar, formando montículos bajo el mar. Michael colocó luces con batería en las aletas de los delfines, eran nuestras linternas en el abismo oscuro. El cielo estaba negro, y el mar también. El agua estaba aún más fría sin el calor del sol. Uno de los delfines regresó y empezó a nadar justo detrás de mí. Desde esa posición, su luz iluminaba no solo lo que teníamos delante, sino también a nuestro grupo y todo lo que había alrededor. Spencer fue el primero en darse cuenta de que no estábamos solos. Decenas de ojos nos seguían mientras avanzábamos. Peces, leones marinos, tortugas, marsopas... incluso alguna orca, nos observaban al pasar. No había un depredador alfa en esta escena, ni un ciclo natural de cazador y presa. Estaban esperando algo. Sentía que, si había bandos, ellos estaban del nuestro.

Doblamos con, un giro brusco y nos adentramos más en el laberinto de cuevas. De golpe, recordé que tenía claustrofobia, herencia directa de mi padre. El corazón me latía con fuerza en los oídos, y agradecí el flujo constante de oxígeno de mi tanque. No tenía ni idea de cómo íbamos a volver. Rezaba para que alguien estuviera dejando un rastro como las migas de pan en los cuentos. Un resplandor venía desde una zona al final de lo que parecía ser un túnel. Ya no había animales a los lados, solo roca. Al avanzar más por el túnel, el agua empezó a desaparecer. Había una superficie. Seguimos la luz y llegamos a una especie de piscina en el centro de una formación rocosa. Era como un volcán hueco que se abría hacia el cielo. Me alivió el espacio abierto. Vi que Spencer también estaba agobiado. Se quitó la máscara en cuanto notó el aire fresco.

Salimos uno a uno a la luz de la luna. Y fue entonces cuando la vi.

Mi madre estaba al otro lado, observándonos. Todo en ella había cambiado desde la última vez que la vi en la cala. Su pelo largo, rizado y negro tenía destellos dorados, con caballitos de mar rosas y morados sujetándole algunos mechones fuera de la cara. Cada vez que uno se movía, el caballito lo enganchaba. Llevaba perlas y una corona dorada con cristales amarillos puntiagudos y geodas moradas. Su piel brillaba con motas de oro, y su cola era más dorada que naranja. Como si el mismísimo Midas la hubiera tocado y le hubiera dejado un brillo dorado por todo el cuerpo. Sus ojos también eran distintos, ya no eran esos oscuros ojos de foca, ahora eran humanos.

"Mamá... Lorelei, ¿estás lista para volver a tierra?" me acerqué nadando despacio, y ella retrocedió un poco.

"¿Quién eres tu?" le preguntó a Spencer. Lo tomé como una buena señal, porque eso significaba que a mí sí me reconocía.

"Soy amigo de tu marido y de tus hijos" respondió él.

Ella miró a su alrededor y me preguntó:

"¿Dónde está Morgan?"

"No lo sé. Colin lo empujó al puerto" respondí, acercándome un poco más. Esta vez no se alejó. Hizo unos clics y chillidos. Los delfines que venían con nosotros salieron a la superficie y le contestaron. Ella volvió a hacer unos sonidos y luego movió la mano. Los delfines se sumergieron y se marcharon.

Empecé a entrar en pánico.

"Mamá, ¡necesitábamos a esos chicos para salir de aquí!"

Mi madre vio el miedo en mi cara. Me recordaba. Sabía quién era. Abrió los brazos y nadé hacia ella. Su cuerpo era suave en algunas partes y escamoso en otras. Me abrazó con fuerza.

"Los he mandado a buscar a tu hermano" dijo. Su voz sonaba más a música que a palabras.

"Mamá, puedes volver a casa. ¿Quieres volver?" le pregunté. Ella me acarició el pelo y me miró con ternura.

"Claro, cariño. Quiero volver a casa. Pero no es tan fácil" dijo mientras giraba y colocaba su mano sobre una parte de la pared que empezó a brillar. Se abrió un pasadizo oculto que conducía a la ciudad que yo había visto en el espejo. Estaba alucinando mientras ella revelaba la entrada.

Leyó mis pensamientos y, esta vez, respondió para los tres.

"Llevamos en la Tierra tanto tiempo como cualquiera. Tenemos tecnología, medicina y magia. ¿Por qué iba a evolucionar el ser humano y nosotras no? Solo Muriel puede entrar aquí".

"Mamá, no quiero entrar ahí. Quiero que vengas con nosotros. ¡Vámonos ya!" Justo cuando dije eso, dos sirenas salieron del portal que mi madre había abierto. Inclinaron ligeramente la cabeza delante de ella antes de hablar. No sabía si era un gesto de respeto o si mi madre tenía algún tipo de autoridad".

Las dos sirenas tenían manchas oscuras en la piel, como una especie de hiperpigmentación. Eran muy parecidas a los peces, mucho más que mi madre. También tenían el cabello con aspecto de algas, como si llevaran musgo encima. La diferencia más clara entre ellas estaba en la cola: una la tenía color coral y la otra era de color verde aguamarina.

La de la cola coral fue la que habló:

"La tormenta y la primera ola de destrucción avanza hacia el río Huai, en China. Desbordará esas aguas contaminadas y arrasará las aldeas del cáncer".

No sabía si se refería a que la gente de esas aldeas era un cáncer del que querían deshacerse o a otra cosa. Como siempre, mi madre leyó mis pensamientos.

"Son aldeas a lo largo del río donde cientos de personas han sido abandonadas a morir de cáncer. El agua está tan contaminada que ya no hay ni peces, solo residuos tóxicos".

Entonces miró a la sirena y le preguntó:

"Entiendo por qué los creyentes empezarían por ahí. Así pueden justificar sus actos diciendo que ayudan a los humanos abandonados, liberándolos de su sufrimiento y purificando el agua. ¿Y cómo lo van a hacer si no cuentan con nuestra ayuda?"

"Han localizado la última pieza de la profecía. Es un hombre azul del Muir, muy poderoso".

En cuanto dijo eso, pensé en Morgan, y mi madre lo supo al instante, igual que todos los que estábamos allí: Morgan era su hombre azul.

"¡Vámonos, mamá!" le dije, deseando con todo mi corazón que volviera a casa, a nuestras vidas.

"Siempre te he llevado conmigo, cada instante" me respondió, y se inclinó para darme un beso suave y dulce, como de despedida. Los caballitos de mar enredados en su pelo lloraban por ella. Se escondían entre sus mechones, porque también conocían su corazón.

Entonces me susurró al oído:

"Cuida de tu padre".

La escuché, pero no estaba procesando del todo lo que significaba.

Spencer levantó su arpón y apuntó hacia ella.

"Deberías volver con Muriel. Ella te necesita".

De repente, dos sirenas salieron disparadas desde detrás de mi madre y se elevaron, mostrando sus cuerpos. Su pelo se expandió y parecían el doble de grandes que un momento antes. Bufaron y mostraron unos dientes afilados como colmillos. No sabía si estaban protegiendo a mi madre… o si en realidad la tenían prisionera.

Saqué el abrecartas y me acerqué a las sirenas. Mi madre alzó la mano, y ellas se retiraron.

"¿Qué estás haciendo, Muriel?" preguntó con voz tranquila.

"Te vienes con nosotros. Fue un error que tu acabases aquí. Tienes que volver a casa" dije firme, sin soltar el abrecartas.

Spencer temblaba mientras seguía apuntando con su arpón.

Mi madre se giró hacia mí.

"Lo siento, Muri. No puedo volver. No todavía. Tengo que encontrar a Morgan".

Intentó que la entendiera, pero yo no podía.

"¡No! No sabes lo que estás diciendo. Nosotros también vamos a encontrar a Morgan. Todo va a salir bien. Tienes que venir con nosotros. Tenemos un barco esperándote".

Los delfines regresaron, me empujaron suavemente y empezaron a hacer clics y chillidos hacia Lorelei, la sirena.

"Tenemos que movernos ya. Hay peligro ahí fuera. Están intentando advertirnos" nos dijo mi madre.

"Tu hermano está bajo el control de Colin. Él es quien está provocando la tormenta que se avecina".

Escuché sus palabras, pero no me entraban del todo. ¿Estaba eligiendo a Morgan antes que regresar con nosotros? ¿Antes que reunirnos para traerlo todos juntos de vuelta? Empecé a sentirme rara, temblorosa, sola. Mantenía el abrecartas apuntando a mi madre y a las sirenas. No pensaba dejarla atrás otra vez. Ella tenía que venir con nosotros.

Empecé a notar cómo la electricidad recorría mi cuerpo de nuevo de arriba a abajo. Sentía el miedo y la rabia crecer dentro de mí. Mamá se venía conmigo a casa, le pareciera bien o no. Ella asintió con la cabeza y les habló a los delfines con un chillido.

"Seguid a estos delfines antes de que la tormenta fuera sea incontrolable. Muriel, puedes venir conmigo a la ciudad o volver con tu padre, como tú quieras, pero yo no puedo ir con vosotros".

La miré sin poder creerlo, como una niña enfadada que no acepta un "no".

"¡No! tu única opción es venirte con nosotros. ¡Punto!".

La electricidad zumbaba a mi alrededor. Ella me miró seria, pero con esa voz que me recordaba cuando yo era muy pequeña. La voz que me calmaba, que me enseñó a hablar con cabeza y a ver más allá de mi rabia.

"Muri, oye, ¿quieres hacerle daño a Spencer o a los humanos que están en el agua? Si sigues así, esa corriente que te rodea va a llenar toda esta zona. Puedo ver lo que piensas, y sé que tú recuerdas lo que le hiciste a Morgan".

Mientras hablaba, me di cuenta del zumbido que salía de mí. Empecé a llorar.

"Por favor, elígenos, mamá. Elígeme a mí. Encontraremos juntas a Morgan".

Entonces, me habló directamente, y escuché dentro de mi mente.

"Siempre te elegiré a ti, mi niña. Te quiero más de lo que puedes imaginar. Veo tus dones y también tus cargas, pero mi destino está en otro lugar. Déjame ir. Tu hermano ahora me necesita. Hay un amigo esperándote con los tiburones. Él conoce bien el camino".

Mi madre se acercó a mí. Bajé mi lanza y ella comenzó a pasar a mi lado, dirigiéndose a la entrada de la ciudad secreta de las sirenas.

"¡No!" grité con toda mi alma. "¡No te vayas otra vez!".

Disparé la lanza por accidente y rozó a Spencer. Su sangre empezó a teñir el agua. Mi madre y las otras sirenas se lanzaron hacia él para ayudarlo. Ella emitió una especie de pulso eléctrico, como el que yo había sentido antes, pero dirigido exactamente a la herida de Spencer. La cerró un poco.

"Tienes que llevarlo a la superficie lo antes posible. No podemos hacer nada más por él".

Una de las sirenas ató con unas algas a Spencer a uno de los delfines. Sentí que tenía que agarrarme también al delfín, y salimos deslizándonos fuera de las cuevas submarinas.

Escuché la voz de mi madre susurrándome al oído: "Corre, corre, mi dulce niña". Como si estuviera en trance, miré al cielo y vi un arcoíris lunar. Me quedé quieta, escuchando mientras todo a mi alrededor era caos y salpicaduras de nuestra salida apresurada.

Entonces lo escuché. Era la voz tranquila de Morgan: "¡Encuéntrame!".

A lo lejos vi a mi madre adentrándose por las puertas de la ciudad secreta de las sirenas. Me dirigí rápidamente hacia la entrada de las cuevas. Nada más llegar ya vimos el problema: tiburones. Eran docenas, en silencio y esperando. Escuché un quejido y un llanto ahogado que venía de uno de ellos. Tenía algo en la boca: un pez brillante y extraño... era Bo.

Escuché de nuevo la voz de Morgan: "¡Encuéntrame". Spencer estaba perdiendo mucha sangre. Los tiburones sonreían de forma siniestra y bloqueaban el paso del delfín que intentaba sacarnos de allí. La tormenta rugía en la superficie, girando con furia y arrastrando corrientes en espiral que removían la arena y las algas. Todo lo afilado y punzante que se agitaba bajo el agua me rozaba la piel, saturando mis sentidos y empujándome al límite. Todo era ruido: los gemidos, los pensamientos, los tiburones, Spencer, mi madre, Morgan susurrándome... "¡Encuéntrame!"... un zumbido... mi padre, cantos, Colin, Morgan otra vez... "¡Encuéntrame!"... Spencer gritando cuando un tiburón atacó al delfín... las orcas silbando y golpeando violentamente sus colas... y de nuevo, Morgan: "¡Encuéntrame!"... Zumbidos... Zumbidos...Ya no podía más.

Cerré los ojos y recé: "Hágase tu voluntad". La electricidad salió de mi cuerpo con cada latido, pulsando en ondas cada vez más fuertes, hasta que todo quedó en silencio, flotando... incluso yo misma.

Después vino la oscuridad total y un silencio absoluto que se hizo eterno. Luego, un destello... y la voz de Bo, que era lo único que podía escuchar. "Tu madre y tu hermano están en las aguas del estrecho Minch. Se han ido a las Islas Occidentales". Un destello final y de nuevo, oscuridad y silencio, hasta el momento en el que supe que Spencer y yo estábamos siendo arrastrados a la superficie por buzos.

Esa fue mi última memoria...desperté un mes después, en una casa donde nunca había vivido un hermano ni una madre.

Algunos deseos sí se cumplen. Ya no era una gemela y mi verdadero viaje apenas comenzaba.